장수 고양이의
비밀

MURAKAMI ASAHIDO WA IKANISHITE KITAERARETAKA
by Haruki Murakami

Originally published in Japan.
Korean translation rights arranged with Harukimurakami Archival Labyrinth, Japan
through THE SAKAI AGENCY and SHINWON AGENCY CO.

장수 고양이의 비밀

무라카미 하루키 지음 | 안자이 미즈마루 그림
홍은주 옮김

문학동네

차례

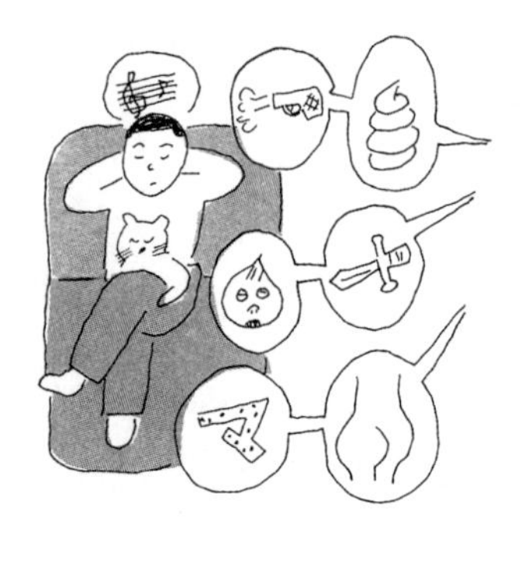

일러두기

1. 주석은 모두 옮긴이주입니다.
2. 본문 중 방점은 원서의 표시에 따른 것입니다.

벌써 십 년도 지난 일인데

'오랜만입니다'라지만 미즈마루 씨와 함께 『주간 아사히』에 「주간 무라카미 아사히도」라는 칼럼을 연재한 지 벌써 이럭저럭 십 년도 지났다. 이쯤 되면 '그런 거 모른다, 기억 안 난다'는 사람이 대부분일 것이다. 음, 그렇게 옛날 일인가, 기껏 오 년쯤 지난 게 아니었던가 싶어 고개를 갸웃하게 되지만 이건 나이를 먹었다는 확실한 증거일 뿐, 새삼 헤아려보면 분명히 십 년이 넘었다.

그 무렵 나는 후지사와 구게누마에 집을 빌려 살고 있었고, 미즈마루 씨는 따님이 중학교에 들어간 직후였다. 가오리 씨(미즈마루 씨 따님의 이름이다)를 얼마 전 만났더니 대학을 졸업하고 어엿한 사회인이 되어 있었다. 화백도 "딸이 사회인이라니, 기분이 참 묘하단 말이지"라며 요쓰야의 술집에서 잔을 기울이며 개탄하더라만, 아닌 게 아니라 세월 참 빠르네요.

그렇다고 언제까지 구시렁구시렁 넋두리만 할 순 없으니(구시렁구시렁) 연재를 시작하겠습니다만, 생각해보면 당시는 기노쿠니야의 400자 원고지를 몽블랑 만년필로 한 칸씩 자근자근 메워갔단 말이죠. 그런데 지금은 매킨토시 컴퓨터 키보드를 타닥타닥 두드려 PC통신으로 원고를 보낸다. 그러고 보니 십 년 전에는 팩시밀리도 사용하지 않았는데. 세상은 대체 어쩌자고 이렇게 빨리 변하는 걸까(구시렁구시렁).

예전 연재 당시의 사건 중 지금도 또렷이 기억하는 것이 하나 있다. 그때 나는 매일 아침 집에서 에노시마까지 조깅을 했는데, 구게누마 해안에 지쿠시 데쓰야* 씨를 꼭 닮은 노숙인 아저씨가 사는 걸 보고서 담당자 히로세 씨와 무슨 얘기를 하다가 "있죠, 히로세 씨, 지쿠시 데쓰야를 닮은 아저씨가 해안 도관에 살더라고요. 한번 보세요. 본인이 아닌가 싶을 만큼 똑같으니까" 하고 알려주었다. 그랬더니 그 다음주 『주간 아사히』 화보에 '이봐, 데쓰야!' 하는 제목으로 그 사람을 클로즈업한 사진이 선명히 실렸다. 정말 몹쓸 짓을 했다고 지금도 깊이 후회한다.

---

* 일본의 저널리스트, 뉴스캐스터.

그 아저씨는 지금 어디서 어떻게 지낼까? 기껏 속세를 벗어나 자유로이 살고 있었는데 내가 공연히 건드리는 바람에 여러모로 피해를 보지는 않았을까. "앗, 우리 아버지가 이런 데에!" 하는 결과를 낳지는 않았을까. 주간지 기자에게는 잡담 한마디도 함부로 조잘대서는 안 된다는 걸 그때 뼈저리게 배웠다.

말은 이렇게 해도, 다음번에 구메 히로시*를 꼭 닮은 노숙인을 오이소 해안에서 목격하거나 하면 또 "있죠, 있죠, 이거 아세요?

---

* 일본의 아나운서.

실은 말이죠……" 하며 담당자에게 냉큼 전화하지 않을까 싶기도 하다. 그래도 구메 히로시를 빼닮은 노숙인보다는 역시 지쿠시 데쓰야를 빼닮은 노숙인 쪽이 훨씬 리얼리티 있는 느낌인걸, 딱히 아무려나 좋은 얘기지만(구시렁구시렁).

십 년 전 연재 당시 사건 중 또하나 기억에 남아 있는 것이, 집을 지을 생각으로 한 대형 도시은행에 대출을 받으러 갔다가 매정하게 거절당한 일이다. 아마 『양을 쫓는 모험』을 출간한 뒤, 『세계의 끝과 하드보일드 원더랜드』를 탈고하기 전으로 기억한다. 뭐, 이름도 조금 알려졌고 그럭저럭 고정 수입도 있고 그다지 큰돈도 아니니까 문제없을 줄 알았는데 웬걸, 담당자에게 보기 좋게 퇴짜를 맞았다. 놀라서 "대체 왜 안 되는데요?"라고 물어봤다. 담당자는 "그게 말이죠, 지난번에 ***(모 텔레비전 프로그램)을 보는데 ***(모 작가)가 나와서 '무라카미 하루키는 이제 틀렸다. 그놈은 앞으로 아무것도 못 쓸 거다' 하더라고요. 그래서……"라고 털어놓았다.

"음, 그러니까, 그게 대출이 안 되는 이유라고요?"

"그렇습니다."

내가 아무리 온화하기로서니(과연 그럴까) 그 말에는 하도 어이가 없어 당장 예금을 모조리 빼버리고 그뒤로 그 은행과는 일절 거래하지 않았다. 은행이 소설가의 예언을 믿기 시작하면 이건 뭐, 누가 뭐라건 세계의 종말이다. 다른 은행에서는 곧바로 대출을 받았다(아마 담당자가 예의 프로그램을 보지 않았던 거겠지). 문제의 은행은 그후 다른 은행과 합병해 이름이 바뀌었는데, 현재 불량채권으로 어려움을 겪고 있다는 말이 바람결에 들린다. 내가 거래를 끊은 것과 업적 부진에는 전혀 직접적인 관계가 없겠지만.

뭐, 나도 이 업계에서 꽤 오랫동안 먹고산 인간이니 험담을 듣는 데 익숙해서 무슨 말이건 별로 신경쓰지 않거니와, 비평이건 예언이건 물론 개인의 자유지만, 그래도 말이죠, 남의 대출까지 훼방 놓는 건 좀 아니지 않나요.

세상이 아무리 변해도 매스미디어의 무서운 영향력과 이 업계의 성가신 부분은 십 년 전과 별로 달라지지 않은 것 같다(구시렁구시렁).

95년 일본 시리즈 관전기

'보트는 보트'

며칠 전 안자이 미즈마루 씨와 일본 시리즈를 보러 진구 구장에 다녀왔다. 야쿠르트 3연승 후의 4차전, 이날만 이기면 야쿠르트 전승으로 시리즈가 끝나는 상황이었다. 짐작건대 이날 일본 국민의 90퍼센트쯤은 '오늘은 아무래도 오릭스가 이기면 좋겠어. 지진*도 있었고, 이치로도 열심히 했으니까'라고 생각하지 않았을까. 게다가 상대는 노무라(감독)고 말이다…… 나는 자타공인 야쿠르트 팬이지만 그 기분은 모르지 않는다.

생각해보니 일본 시리즈를 구장에서 직관한 것은 1978년 야쿠르트 대 한큐 경기 이후 처음이다. 당시 나는 일하는 틈틈이

* 1995년 1월 효고현 남부에 일어난 대지진. 특히 고베시의 피해는 막대했다.

부지런히 첫 소설 『바람의 노래를 들어라』를 쓰고 있었다. 그래서 그해 일본 시리즈가 어땠는지는 지금도 꽤 선명히 기억난다. 물론 그 야쿠르트가 일본 시리즈에 진출한 것이 영 실감나지 않았기도 하지만, 동시에 내 인생에서 어떤 분기점이 된 해였기 때문이다.

그러나 말이 야쿠르트 팬이지 오랫동안 일본을 벗어나 있었기에 내가 아는 이름 중 지금까지 팀에 남아 있는 선수는 두세 명뿐이다. 그래서 미즈마루 씨 외에도, 가까이에 사는 마니악한 야쿠르트 팬 요시모토 유미 씨를 해설자로 초빙했다. 요시모토 씨는 그냥 보면 점잖은 사람인데 야쿠르트 스왈로스와 고양이 얘기만 나오면 눈동자가 한곳에 멈춘다. 나도 둘 다 좋아하지만 그 정도로 흥분할 때는 좀처럼 없다.

나는 고베 출신이라 "무라카미 씨, 올해는 틀림없이 오릭스를 응원하겠죠?"라는 말을 자주 들었는데 딱히 그렇지도 않고 여전히 야쿠르트 편이다. 물론 그 지진 뒤에 멋지게 우승한 오릭스 여러분을 대단하게 생각하고 고베 사람들을 위해 앞으로도 노력해주길 바라지만, '그건 그거고 이건 이거'다. 쌀쌀맞게 들리지만 지진은 지진, 야구는 야구다. 보트는 보트, 팩스는 팩스다(굳이 출처를 밝히진 않겠지만 평소 즐겨 쓰는 표현이다).

그리고 순전히 개인적인 편견이겠지만, '블루웨이브'라는 팀명이 솔직히 별로다. 어감이 너무 말랑하다. 스포츠 팀명은 좀더 심플하고 크리스피해야 한다. 말은 중요하니까. '베이스타스'도 좀 고개를 갸웃하게 되는데(웨일스라고 나쁠 게 뭐람?) 그렇게 보면 '블루웨이브'도 결코 나을 게 없다. '오릭스 블루웨이브'라는 이름의 팀을 응원하는 데는 약간 저항감이 든다. 무슨 리듬체조 팀 같다. 뭐 익숙해지면 그만인 문제일 수도 있겠지만.

텔레비전 중계에서 우연히 들은 고베 그린 스타디움의 기묘한 외국어풍 장내 방송도, 이런 말 하면 좀 그렇지만, 정말이지 창피했다. 방송을 들을 때마다 나도 모르게 손에 들고 있던 맥주를 흘릴 뻔하거나 얼굴이 화끈거리는 느낌이었다. 이런 건 익숙해지고 말고의 문제가 아니라고 생각한다. 일본 구장이니 그냥 일본어로 하면 될 것을.

요시모토 그런데 무라카미 씨, 창피한 걸 따지자면 그 장내 방송만이 아니거든요. 거기 배트보이의 복장 본 적 있어요? 그거 보면 훨씬, 훨씬 창피해져요. 세일러복 같은 디자인인데, 꼭 한번 봐보세요.

어떤 복장일지 얘기만 들어서는 상상이 안 되지만 아마 보지 않는 편이 좋으리라는 예감이 든다. 본거지인 고베라는 도시의 콘셉트(고베=항구도시=외국물 먹은 분위기)를 기반으로, 어디

서 아저씨들이 이마를 맞대고 아이디어를 짜내 여러 가지 결정을 했겠지. 어쩌면 광고대행사 같은 곳도 한몫 거들었을지 모른다.

하지만 그렇게 '미리 만들어놓은 색깔'이란 대개 엉뚱한 결과물을 낳기 마련이다. 새하얀 방파제에 굳이 갈매기를 그려넣는 발상과 마찬가지다. 그냥 평범하게, 깔끔하고 심플하게 두면 될 것을. 누가 뭐라건 본연의 맛이란 오랜 시간 천천히, 속에서 절로 배어나는 것이니까.

결코 내가 야쿠르트 팬이라서 깐죽거리는 게 아니다. 고베에 소소한 연고와 애착이 있는 한 시민으로서 굳이 쓴소리를 드리는 바다. 모쪼록 화내지 말아주시길. 사실 관객 입장에서 창피해지는 건 그런 스타디움만의 문제가 아니다. 진구 구장이 경기 전에 내보내는 응원가도 '상당히 좀 그런' 존재다. 그런 건 그냥 없어도 되지 않을까. 세상에는 왜 이렇게 쓸데없는 것만 갈수록 늘어날까. 야구장뿐 아니라 일본이라는 나라 전체에, 뭔가를 더하기보다 빼나가자는 발상이 필요한 것 같은데.

구시렁구시렁 이런 생각을 하는 사이 경기는 0대0으로 담담히 8회까지 나아갔고, 이때 가까스로 이시다가 적시타를 날렸다. 솔직히 어째 집중력이 떨어져 보이는 경기다. 양팀 모두 선발투수 소진인데다 잔루에 잔루가 이어져 시원한 맛이 없다.

아무튼 선제점이 났으니 우익 외야석의 응원단은 예의 〈도쿄온도〉를 합창하고 초록색 우산을 펼쳐 흔든다. 옛날에는 없던 풍경이다. 요시모토 씨는 야쿠르트 모자는 고이 소장하고 있지만 우산은 없다. 아무리 열성팬이라지만 이래봬도 스타일리스트 출신이라 우산과 〈도쿄온도〉까지 치닫지는 않는다. 내년에 어떻게 될지는 장담할 수 없지만.

미즈마루 저기, 난 주니치 팬이라 가끔 진구에 주니치 대 야쿠르트 전을 보러 가는데, 야쿠르트 응원단의 저 초록 우산 흔들기는 상대 팀 팬 입장에선 상당히 짜증난단 말이죠.

나 왜 하필 초록색일까요? 대체 누가 정했을까?

요시모토 아마 육 년 전쯤 오카다 씨(응원단장)가 정했을걸요. 초록색으로 하자고. 저 우산은 사람이 맞아도 안 다치도록 끝이 둥그스름하게 되어 있어요. 만든 가게가 돈 많이 벌었다더라고요. (잘 아는걸.)

나 그래요? 뭐 무의미한 건 맞는데, 한신에서 날리는 풍선처럼 일회용이 아니라는 점 하나는 에너지 절약 면에서 훌륭하네요. 갑자기 비 올 때도 유용하고.

요시모토 다 생각해서 만든 거예요.

나 (쌍안경으로 그라운드를 관찰하면서) 그런데 야쿠르트의 도바시 선수는 꼭 신용금고 영업사원처럼 생기지 않았어요? 저런 얼굴로 야구하는 거 이상하다고요.

요시모토 쳇(도바시 선수의 팬이라 험담을 들으면 울컥한다). 흥, 도바시 군은 저래봬도 인기 있거든요. 나만 해도 한참 옛날부터 주목해왔고.

미즈마루 그나저나 생각해보면 요즘 자이언츠에는 괜찮게 생긴 선수가 별로 없지 않나요? 예를 들어…… (이하, 자이언츠 팬의 노여움을 살 것 같아서 생략.)

나 후루타 선수는 꼭 과소지역 관청 호적과 직원 같지 않아요? 스타의 얼굴이 아니잖아요. (하여튼 남의 말이면 못할 게 없다.)

요시모토 쳇(요시모토 씨는 물론 후루타의 팬이기도 하다). 그래봤자 후루타 군에게는 예쁘고 멋진 여자친구가 있거든요.

미즈마루 아, 맞다. 좋은 사람이죠. 내 개인전에 온 적도 있어요. 후루타와 약혼한 뒤로는 안 오지만.

나 미즈마루 씨가 이상한 짓을 해서 그런 건 아니겠죠?

미즈마루 그럴 리가 있나.

이런 시시한 이야기를 하는 사이 9회 막판에 오릭스의 오가와에게 동점 홈런을 얻어맞고, 12회에 D·J에게 결승 홈런을 맞아 야쿠르트가 지고 말았다. 열한시가 넘어서야 승부가 났으니 장장 네 시간 반의 기나긴 경기였다. 좀더 알차고 콤팩트하게 할 수는 없을까. 아무래도 10월 말이니 이 시간이면 제법 추워진다. 맥주를 마시면 화장실도 들락거려야 하고, 당연한 말이지만 화장실도 붐빈단 말이죠.

애초 일본 시리즈를 이런 밤시간에 한다는 것부터 말도 안 되는 얘기다. 일본 시리즈는 누가 뭐라든 낮에 해야 한다. 게다가 경기는 졌지.

요시모토 쳇. 괜찮아요. 내일은 브로스가 등판해서 확실히 이길 거니까. 흥.

나 저기, 그렇게 정색하고 화내지 마세요.

요시모토 화 안 났는데요. 완전 괜찮거든요. (그런데 눈동자가 한곳에 멈췄다.)

우리는 근처 술집에서 굴된장 전골을 곁들여 따끈한 다이헤이잔을 마시며 얼어붙은 몸을 녹이고, 으레 그러듯 '아르쿠르'로 옮겨가 술을 마셨다.

그나저나 지금 생각해도 십칠 년 전 일본 시리즈는 실로 스릴 있고 재미있었다. 한큐 투수진도 아다치, 야마다, 이마이로 구성된 호적수였다. 기분은 나쁘지만 마쓰오카, 야스다, 스즈키보다 한 수 위였다. 척 매뉴얼이 손도끼 휘두르듯이 외야석(고라쿠엔 구장이었다) 최상단에 라이너로 때려넣은 홈런도 잊을 수 없는 한 방이었다. 그러고 보면 오스기의 레프트선 홈런 판정을 놓고 우에다 감독이 한 시간이나 눈물로 항의했더랬지. 확실히 그건 파울 같았는데.

그런 세세한 장면 하나하나를 아르쿠르 카운터에서, 옛 여자친구 떠올리듯 혼자 멍하니 생각했다. 한갓 야구라지만 그해 경기에는 하나하나 묘하게 마음을 끌어당기는 구석이 있었다.

어쨌거나 일본 시리즈는 역시 낮에 해야 합니다.

체벌에 대해

중학교 시절 선생님에게 자주 맞았다. 초등학교 때는 선생님에게 맞은 기억이 없고, 고등학교 때도 맞은 기억이 없다. 그런데 어찌된 일인지 중학교에서는 수시로 맞았다. 담배를 피웠다든가, 뭘 훔쳤다든가, 술을 마셨다든가 하는 심각한 비행을 저질러서가 아니라, 숙제를 잊어버렸거나 뭔가 선생님의 기분을 거스르는 언동을 했다는 정도의 제법 사소한 이유로 일상적으로 맞았다. 맨손으로 뺨을 맞기도 하고, 물건으로 머리를 맞기도 했다. 선생님에게 맞는 일은 우리(적어도 내) 일상의 일부나 마찬가지였다. 대개 남학생이 맞았지만 여학생이 맞는 일도 없지 않았다. 어쩌면 내가 특별히 건방져서 자주 맞았는지도 모르지만, 당시에는—지금이야 어떻건—그렇게 수시로 남의 기분을 거스르며 살지는 않았더랬다.

내가 다닌 중학교는 효고현 아시야시에 있는 평범한 공립학교로, 결코 거친 환경이 아니었다. 지금은 어떤지 몰라도 그때는 눈에 띄는 불량 학생도 없고, 동급생 대부분이 전형적인 중산층 가정의 자녀였다. 내가 보고 들은 한 비행도 학원폭력도 없었다. 그렇게 평화로운 환경에서 왜 그렇게 빈번히 선생이 학생을 때려야 했는지 불가사의할 따름이다. 전전戰前의 병영과 다를 바 없지 않은가.

물론 학생을 때리지 않는 선생님도 있었다. 그러나 남자 선생의 반 이상은 학생을 때렸지 싶다. 우익 세력에서 곧잘 '전후 민주주의 교육이 일본을 망쳤다'는 말을 하는데, 무슨 소리인지 도무지 모를 일이다. 내가 겪기에 '전후 민주주의 교육' 같은 건 어디에도 존재하지 않았으니까.

벌써 삼십 년 넘게 지나서 기억이 많이 흐려졌지만, 그때를 돌이켜보며 '지나고 나니 다 좋은 추억이네' 싶은가 하면 절대 그렇지 않다. 지금 생각해도 여전히 불쾌하고 화가 난다.

물론 그때 '이건 맞아도 할말이 없군'이라고 생각했다면 나도 이렇게 두고두고 억울하지는 않을 것이다. 하지만 '이런 일로 맞는 건 부당하고 불공평하잖아'라고 느꼈기에 지금도 똑똑히 기억나는 것이다. 적어도 나는 모교를 다시 찾아가고 싶은 마음이

조금도 없다. 불행한 일이라고 생각한다. 그 학교에는 잊기 힘든 좋은 추억도 많았으니까.

생각해보면 그때 선생들에게 일상적으로 당한 체벌로 내 인생이 꽤 많이 바뀌었지 싶다. 그뒤로 나는 선생과 학교에 친밀감보다 공포와 혐오를 더 강하게 품게 되었다. 살아오면서 훌륭한 선생님도 몇 명 만났지만 개인적으로 접촉한 적은 거의 없다. 아무래도 그럴 마음이 들지 않아서다. 이 또한 불행한 일이다.

몇 년 전, 같은 효고현 고등학교에서 여학생 교문 압사 사건이 났을 때도 '말도 안 되는 일이지만 내 경험에 비춰보면 아주 불가능하지도 않다'고 생각했다. '불행한 사건일 뿐 학생 교육에 열성적인 사람이었다'며 그 선생을 변호하는 사람조차 있다는 얘기에 더더욱 암담해졌다. 그 열성이란 것이 문제를 더 심각하게 만든다는 사실을 그들은 모를까?

텔레비전 뉴스에서 두어 번 내가 다닌 중학교를 보았다. 한 번은 한신 대지진 당시 희생자들의 유해가 교정에 놓여 있는 모습이고, 또 한번은 그후 천막이 늘어선 교정에서 치러진 졸업식 광경이었다. 나는 마흔여섯 살의 소설가로, 매사추세츠주 케임브리지에 살고 있으며, 더는 선생님에게 부당한 폭력을 당할 일이 없었다.

그런데도 그때 내 머릿속에 제일 먼저 떠오른 것은 지진 희생자를 동정하는 마음보다 '아, 저기서 선생님한테 많이 맞았지' 하는 답답하고 씁쓸한 기억이었다. 물론 희생자들은 진심으로 안타깝게 생각했다. 그들이 받은 고통에 비하면 선생님에게 맞은 아픔쯤은 아무것도 아니다. 그러나 그렇게 논리적으로 생각하거나 비교하기에 앞서, 나는 아직까지 몸과 마음에 남아 있는 상처의 고통을 제일 먼저 떠올렸다. 대지진과 체벌, 전혀 관계없는 부조리한 폭력성 두 가지가 머릿속에서 하나의 이미지로 겹쳐진 것이다.

세상에는 '아이를 훈육하려면 체벌이 필요하다'고 주창하는 사람들도 있다. 그러나 나는 아니라고 생각한다. 물론 무의식적으로 사랑의 매를 드는 열성적인 교사도 있을 테고, 그것이 좋은 결과를 낳는 경우도 없지는 않을 터다. 하지만 체벌이 열성의 한 방법론이 되어 독자적으로 기능하는 순간, 그것은 그저 세간의 권위에 기댄 하찮은 폭력이 되어버린다. 비단 학교에서만이 아니다. 나는 일본 사회에서 그런 하찮은 폭력성을 질리도록 봐왔고, 가능하면 두번 다시 보고 싶지 않다.

소문의 진상 오다와라 동물원에서 강치에게 가마보코 어묵을 먹이는 걸 봤다. 무척 먹음직스러웠다.

모래톱 속의 열쇠

나카하라 주야의 시 중 '달밤에 단추 하나/물가에 떨어졌네'라는 것이 있다. '그것을 주워 요긴히 쓰자고/나는 생각한 것도 아니나'라고 이어진다. 그 정도로 멋지지는 않지만, 나도 예전에 후지사와 구게누마 해안에서 모래톱에 묻힌 자동차 열쇠를 발견한 적이 있다.

9월 어느 일요일, 해 질 무렵 혼자 해안을 산책하다 모래톱에 앉아 멍하니 석양을 바라보는데 뭔가 딱딱한 것이 손끝에 닿았다. 잘 보니 웬걸, 지난 세기 호놀룰루에서 카메하메하 대왕이 애용했다는 전설의 플래티넘 구둣주걱……이 아니라 '스바루' 마크가 새겨진 극히 평범한 열쇠고리였다. 아마 누군가의 바지 주머니에서 스르르 떨어져, 주인에게 돌아가지 못한 채 계속 묻혀 있었을 것이다.

모처럼 주말에 바다까지 먼 나들이를 왔는데 설마하니 자동차 열쇠를 잃어버리다니, 생각해보면 딱한 이야기다. 깊이 동정한다. 주머니에 열쇠가 없는 걸 알고 얼마나 새파랗게 질렸을까. 일대를 몇 시간이나 필사적으로 찾아 헤맸을 터다. 하지만 넓디넓은 모래톱에서 스바루 열쇠를 찾기란 흠, 말하자면 모래톱에서 조약돌 하나를 찾아내기보다 아주 약간 쉬운 수준…… 요컨대 어지간히 어려운 일이다. 내 일이라고 생각하면 몸이 오그라든다.

그것만으로도 충분히 안됐는데, 가령 좋아하는 여자와 함께 오기라도 했다면 이건 뭐 손쓸 수 없게 딱한 얘기다. 초가을 쇼난 해안에서 즐거운 하루를 보내고 "슬슬 돌아갈까" 하면서 속으로는 은근히 '분위기도 무르익었겠다, 가까운 호텔로 꾀어내볼까' 하고 계획중이던 참에 차 열쇠가 행방불명이라니, 완전히 수습 불가능이다. 여자도 남자에게 차가운 눈총을 쏘면서 '뭐야, 완전 멍청이 아냐?' 할 것이다. 혹시 속으로 '가자고 하면 슬슬 가도 괜찮지 않을까. 나쁜 사람도 아니고, 샤워도 좀 하고 싶고, 갈아입을 속옷도 가져왔는데' 하는 생각이라도 했다면 그야말로 해변의 비극이 아니고 뭐란 말인가. 나는 그 사람들의 성적 충동과 아무 이해관계도 없는 일개 외부자일 뿐이지만, 만약 내가 그

입장이면 어떨까 하는 '가설의 신발'(이라는 것이 우리집 신발장에는 꽤 넉넉히 들어 있다)을 신어보면 정말 진심으로 안됐다는 생각이 든다.

하물며 BMW나 포르셰 열쇠였다면 나도 '아~ 그러세요? 흐흠, 거참 안되셨네요. 뭐 한 번쯤 참으시지 그래요' 하는 정도로 쿨하게 넘어갈 수 있지만 스바루 열쇠면 어쩐지 남의 일 같지 않아 측은해진다. 후지중공업을 홍보하려는 의도는 전혀 없습니다만.

나는 뭐든 안 가리고 잘 잃어버리는 인간이라, 남이 뭘 잃어버렸다 하면 지극히 관용적이고 따뜻하고 동정적이 된다. 만약 결투중에 상대가 실탄을 떨어뜨려 곤란해한다면 찾을 때까지 손 놓고 기다려주지 싶다. 어쩌면 같이 찾아볼지도 모른다. 그 정도로 분실에 관대하다. 절대 덮어놓고 나무라지 않는다. 아내가 뭘 잃어버려도 "하는 수 없지. 그럴 수도 있으니까"라고 위로할망정 화내거나 불평한 적은 한 번도 없다. 반대 경우에는 실로 냉혹하고 무참한 소리를 듣지만, 그럼에도.

오래전, 고등학교 친구가 세상을 떠나 그애 어머니에게서 케네디 주화를 유품으로 받은 적이 있다. 오모테산도를 걷다가 열쇠고리를 주문 제작해주는 가게를 발견하고 그 주화로 열쇠고리를 만들기로 했다. 그러면 오랫동안 소중하게 쓸 수 있을 것 같았다. 그런데 며칠 후 찾으러 가보니, 완성된 열쇠고리에 달려 있는 케네디 주화가 친구 유품과 전혀 다른 물건이었다. 원래는 작은 흠집이 있었는데 그게 보이지 않았던 것이다. 어떻게 된 일인지 물어보니 실은 가게 직원이 주화를 잃어버리는 바람에 별수없이 새것을 사다 대신 달았다지 않은가. 나는 저간의 사정을 설명했다. 나에게 그 주화는 매우 큰 의미가 있다고. 직원은 어쩔 줄 몰라하며 사과했지만 잃어버린 주화는 돌아오지 않았다.

그때도 나는 특별히 화를 내지 않았다. 몹시 실망하긴 했지만 이상하게도 화내거나 비난할 마음은 들지 않았다. 새 주화로 만든 열쇠고리를 받아들고 그냥 집으로 돌아왔다. '이런 일도 생기는 법이다'라고 그때 문득 생각했다. 형체 있는 것은 아무리 애써도 언젠가, 어디선가 사라져 없어지는 법이다. 그것이 사람이건 물건이건.

안자이 미즈마루의 비밀의 숲

좀 지난 일인데, 근처 작은 갤러리에서 안자이 미즈마루 씨의 개인전이 열려서 아내와 함께 오프닝 파티에 갔다. 나와 함께 작업한 『밤의 거미원숭이』에 실린 원화를 모은 전시회로, 원화 수십 장을 한데 모아놓으니 역시 상당한 장관이었다. 샴페인잔을 기울이며 오랜만에 미즈마루 씨 부인도 만나고 따님도 소개받으니(화백은 심히 멋쩍어했다) 꼭 아오야마에서 열릴 법한 친목회 같은 분위기였다. 짐작건대 화백은 그뒤에 근처 바 아르쿠르로 옮겨가 와일드한 밤을 보냈을 테지만, 나는 밤늦게 아르쿠르에 가면 어찌된 셈인지—아마 조명이 어두워서가 아닐까—카운터에서 새근새근 잠드는 몹쓸 버릇이 있는지라 가까운 초밥집에서 가볍게 맥주만 마시고 얌전히 집에 돌아왔다.

보통 미즈마루 씨가 본격적으로 술을 마시기 시작하는 시각이 내가 슬슬 잠자리에 들 시각과 겹치는 까닭에, 꽤 오래 알고 지낸 사이면서도 생각해보면 화백과 작정하고 술을 마셔본 기억이 거의 없다. 지금은 같은 동네에 사는데도 편의점 근무시간 교대처럼 생활 패턴이 기본적으로 엇갈린다.

가끔 같이 술을 마시다가 밤 열시쯤 손목시계를 들여다보고 "미즈마루 씨, 전 졸리니까 이만 가볼게요" 하면 화백은 "그래? 유감인데. 무라카미 군 팬이라며 꼭 한번 만나고 싶다는 예쁜 아가씨가 이 근처에 살아서, 마침 전화해서 불러내볼까 하던 참인데, 아깝구먼, 정말. 굉장히 미인이거든. 성격도 좋고. 금방 올 수 있을 텐데" 같은 말을 진심으로 아쉬운 투로 늘어놓곤 하는데, 아무리 정말 그럴까 싶어 미심쩍은 눈으로 경계하게 된다. 그래도 미즈마루 씨의 밤 세계는 상상을 초월할 만큼 심오하니(개인적으로는 '안자이 미즈마루의 숲'이라고 부른다), 어쩌면 덮어놓고 의심할 일이 아닐지도 모른다. 미즈마루 씨가 띠링띠링 전화를 걸면 아리따운 아가씨가 "미안해요~ 많이 기다렸죠?" 하면서 정말로 나타날지 어떨지 한번 진위를 확인해보고 싶지만, 시곗바늘이 열시를 넘어가면 두 눈꺼풀이 인디애나 존스 영화에 나오는 바위 문처럼 무겁게 내려와서 결국 집에 돌아와 이 닦고 잠옷으로 갈아입고 쿨쿨 자버린다. 흰 토끼와 검은 원숭이가

큰일났네(미즈마루)

조니 틸롯슨의 〈큐티 파이〉를 부르며 봄날의 들판을 뛰어다니는 한가로운 꿈의 세계—뭐가 한가로운지 잘 모르겠지만—에 이끌리는 통에 나를 만나고 싶어하는 아리따운 아가씨와는 연이 닿지 못한다.

하지만 설령 미즈마루 씨 말이 사실이라 해도 넙죽넙죽 시키는 대로 아가씨들을 만났다가는 분명 후환이 돌아오리라는 예감이 든다. 이럭저럭 십 년도 지난 일인데, 미즈마루 씨에게 이끌려 당시 아오야마에 있던 엄청나게 와일드한 분위기의 클럽에 간 적이 있다. 예쁘고 발랄한 아가씨들로 북적대는 와중에 너나

없이 술을 마시며 다음날 아침이면 세상이 끝날 것처럼 시끌벅적하게 놀고 있었다. '도대체 여기는 뭐람?' 하면서 주뼛주뼛 맥주를 마시는데 한 여자가 다가와 "같이 춤춰요" 하기에 "아뇨, 저는 그런 건 좀……" 하고 몸을 사리자, 미즈마루 씨가 근엄한 얼굴로 "이봐, 무라카미 군. 이럴 땐 기분좋게 같이 추는 게 예의거든. 여자를 창피하게 만들면 안 돼. 에헴" 하지 않겠는가. 그때는 나도 젊었고 세상 무서운 줄 몰라서 '그래? 그게 예의란 말이지?' 하고 같이 춤을 좀 췄는데, 얼마 후 아오야마 일대에 '무라카미가 저래봬도 여자랑 진한 블루스 추는 게 취미라더라. 모 클럽에서 아주 신이 나서 춤추더란다'는 과장된 소문이 퍼졌다. "무라카미 씨 그런 사람이었어요? 얘기 듣고 실망했어요"라고 말하는 여자 편집자도 있었다. 나야 일상적으로 모두를 실망시키며 살고 있으니 이래도 좋고 저래도 좋지만, 혹시 몰라 소문의 근원지를 더듬어가보니 아니나 다를까 화백이 적극적으로 항간에 퍼뜨린 얘기였다. 또 그런 일이 생기면 좀 곤란하다. 그런데 그랬나? 블루스 같은 걸 정말로 췄던가……

이번 갤러리 개인전에도 화백이 가르치는 요코하마의 일러스트레이션 학교 여학생 무리가 와서 잠깐 대화를 나눴는데, 그중 한 명이 "무라카미 씨가 뒤에서 꽤 나쁜 짓을 한다는 소문을 들었는데, 정말이에요?"라고 물었다. 그런 쓸데없는 소문의 출처는 대개 상상이 간다. 정말이지 요코하마까지 가서 뭘 가르치는 거냐고 소리 높여 따지고 싶다.

소문의 진상 올여름 하와이의 영화관에서 〈매디슨 카운티의 다리〉를 봤는데, 영화가 끝나자 관객들이 모두 왁자하게 웃었다. 대체 어찌된 영문이었을까?

공중부유는 매우 즐겁다

평소 꿈이란 걸 별로 꾸지 않는다. 학자의 말에 따르면 세상에 꿈을 꾸지 않는 사람은 한 명도 없다고 하니, 사실은 나도 남들만큼은 꿀 것이다. 그러나 아침에 일어나면 머릿속에 꿈에 대한 기억이 거의 없다. 자랑은 아니지만 나는 눕자마자 잠들어 REM 수면의 수렁 속에서 장어처럼 아침까지 쿨쿨 자버리기에, 가령 꿈을 꾸었다 해도 그 기억은 국자로 사막에 물을 뿌리듯 스르르 허무 속으로 빨려들어가버리는 모양이다. 꿈 입장에서도 기껏 오색찬란 재미난 이야기를 펼쳐줬는데 '아침이면 아무것도 기억이 안 난다' 하면 허망할 터다. 나도 변변찮으나마 소설가니까 그 기분은 잘 안다. 미안하게 생각한다. 그래도 기억 못하는 건 못하는 거니까 할 수 없군요.

간혹 한밤중에 퍼뜩 눈이 떠지는데, 그런 때는 직전까지 꾸던 꿈의 내용을 선명히 떠올릴 수 있다. 하지만 금세 다시 누워서 자버리는 통에 아침에는 역시 아무것도 기억하지 못한다. 생각나는 것은 내가 한순간이나마 꿈의 내용을 선명히 기억했다는, 허무하고 슬픈 사실뿐이다. 분명히 아는 노래인데 멜로디가 도저히 떠오르지 않을 때의 무력감과 비슷하다.

그런데 공중부유 꿈만은 예외다. 옛날부터 공중부유 꿈을 곧잘 꾸는데, 이 꿈은 어느 것이나 신기할 만큼 선명하게 기억난다. 꿈속에서는 공중에 뜨기가 그리 어렵지 않다. 피융 날아올라 그대로 허공에 머무르면 된다. 특수한 근육을 쓰는 것도 아니고 정신을 집중하는 것도 아니다. 조금도 힘들이지 않고 얼마든지 떠 있을 수 있다. 좀더 올라가고 싶으면 올라갈 수 있고, 내려오고 싶으면 내려올 수 있다. 어째서 남들은 못하는지 신기할 따름이다. 해보면 아주 간단한걸. "보세요, 간단해요. 요령만 익히면 누구나 할 수 있다고요"라고 나는 사람들에게 말한다. 외려 너무 단순하고 간단해서 요령을 설명하기 힘들다.

공중에 뜬다 해도 그렇게 높이 올라가는 건 아니다. 기껏해야 지상에서 1미터쯤. 이유는 모르지만 높이 올라가고 싶은 마음이 들지 않는다. 지상 50센티미터쯤에 초연히 둥둥 떠 있는 것이 내가 생각하는 공중부유의 이상형이다.

나는 이 패턴의 꿈을 옛날부터 정기적으로 꾸는 모양이다—그도 그럴 것이 십오 년 전쯤에도 이런 내용의 에세이를 아사히신문에 쓴 적 있기 때문이다. 그때도 '나는 옛날부터 공중에 뜨는 꿈을 곧잘 꾼다'라고 썼다. 그렇다면 기억도 못할 만큼 오래전부터, 같은 패턴의 공중부유 꿈을 줄기차게 꿔온 셈이다. 그리고 비록 꿈이지만 그 감각은 내 몸에 제법 탄탄히 배었다. 그래서 옴진리교 교주 아사하라가 공중부유인지 부양인지를 할 수 있다는 이야기를 처음 들었을 때, 믿고 말고를 떠나 '그래서 뭐 어쨌다고?' 하는 생각이 먼저 들었다. 내게 공중부유란 결코 특별한 일도 기이한 일도 아니기 때문이다. 그런 건 나도 한다. 물론 꿈속에서지만.

공중에 뜨는 꿈을 정기적으로 꾸는 것이 정신분석적으로 어떤 의미인지는 모르겠고, 특별히 알고 싶은 마음도 없다. 이 꿈에 대해서는 분석적인 의미 같은 것이 별로 중요하지 않겠다 싶어서다. 이런 말은 좀 '위험'할지 모르지만, 어쩌면 순수하게 계시적인 종류의 꿈이 아닐까란 생각마저 든다. 언젠가 정말로 공중에 뜨게 되지 않을까. 그러면 좋을 것 같다. 비록 꿈속일지라도, 의미도 목적도 없이 공중에 두둥실 떠 있는 건 말할 수 없이 기분좋은 일이기 때문이다. 나도 모르게 싱글싱글 웃음이 난다. 내킬 때 얼마든지 그럴 수 있다면 인생이 얼마나 즐거울까.

실은 이와 매우 유사한 '기분좋음'을 최근 들어 실생활에서 맛보게 되었다. 올여름, 자유형으로 2000미터 이상 쉬지 않고 나아가기에 성공한 것이다. 그것도 어느 날 아침 문득, 이렇다 할 계기도 없이 갑자기 술술 나아가고 있었다. 그전까지 자유형으로는 길어봐야 500미터쯤밖에 나가지 못했고 그나마도 숨을 헉헉댔는데, 지금은 한 시간쯤 헤엄쳐도 신기할 만큼 멀쩡하다. 숨도 차지 않는다. 어쩌다 내 몸에 이런 일이 일어났는지 잘 이해가 안 되지만 어쨌거나 결과가 좋으면 만사 좋은 거니까, 혼자 묵묵히 레인을 왕복하면서 기분이 좋아서는 수중에서 싱글거리곤 한다.

이런 연유로 최근 무라카미는 철인삼종경기까지 남은 종목은 사이클뿐이다, 하며 나잇값도 못하고 불타는 중입니다. 그런데 이 사이클이 힘들단 말이죠, 정말로.

신문에 대해, 정보에 대해, 이것저것

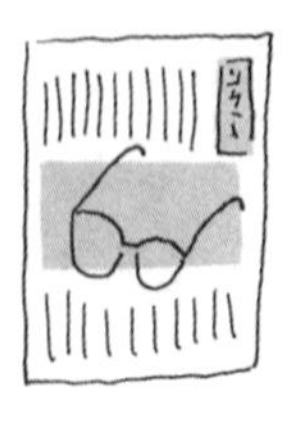

한 십 년째 신문을 구독하지 않는데 그렇다고 특별히 불편했던 적은 없다. 텔레비전 뉴스도 거의 보지 않는다. 알고 보면 무슨 중요한 정보를 놓쳐서 불편이 생겼을지도 모르지만, 스스로 불편을 느끼지 못한다면 그것을 '불편'이라 부를 수 있을지 의문이다. 정보란 신기해서, 들어오는 정보가 어디까지 필요하고 어디부터 필요 없는지 따져나가다보면 점점 경계선이 불분명해진다. 필요 없다고 생각하면 전부 필요 없어 보이고, 반대로 좀 부족하지 않나 불안을 느끼면 한없이 불안해진다. 그러니 정보산업이 이렇게 번창하는 것이리라.

이를테면 나는 컴퓨터 네트워크 서비스를 사용하긴 하지만 그 안에 있는 정보는 대부분 생활에 불필요한 것들이다. 아니, 100퍼센트 없어진대도 당장은 큰 불편을 느끼지 않을 것 같다(있으면 있는 대로 활용하지만). 그런 것을 없으면 절대 안 될 것처럼 포장해 본래 없던 곳에 가상 수요를 창출하는 것이 현대 정보산업의 실체가 아닐까.

그렇다면 우리에게 정말로 필요한 정보는 하루에 어느 정도일까? 사람마다 기준이 다를 테지만, 내 경우는 신문 네 쪽 정도가 아닐까 싶다. 활짝 펼친 신문지 한 장의 양면으로 충분하다. 그렇게 생각하면 요즘 나오는 일간지는 쪽수가 너무 많고, 너무 두껍고, 너무 무겁다. 석간도 필요 없다. 필요한 부분만 골라 읽으면 되지 않느냐고 하겠지만, 그러자고 매일 지구에서 숲이 조금씩 사라지는 건가 생각하면 내 작은 가슴이 아파온다.

옛날, 소설을 쓰기 시작하고 얼마 되지 않은 무렵 끈질긴 신문 구독 권유에 고생한 적이 있다. 지금은 어떤지 모르겠지만 당시에는 무척 성가셨다. 낮에 집에서 일하는데 딩동 초인종이 울려서 나가보면 "신문 안 보시나요? 한 달만 구독해도 되는데" 한다. 그러게, 달랑 한 달 구독해서 뭘 어쩌라는 걸까 싶지만 어쨌거나 거절한다.

"저는 신문을 안 보는 인간이라 필요 없습니다. 괜찮습니다" 라고 설명해도 좀처럼 인정해주지 않는다. 이리저리 궁리한 끝에 "한자를 잘 몰라서 신문 안 봐요"라는 말로 거절하기로 했다. 거울을 보고 한참 연습해 '음, 이 정도면 됐다' 싶을 때 실제로 시험해봤다. 이건 먹혔다. 아주 잘 먹혔다. 어느 신문에서 나온 판매원이든 두말 않고 돌아섰다.

"당신이 말하면 엄청나게 설득력이 있어" 하면서 아내는 감탄했지만, 무슨 말씀, 어디까지나 그냥 연기라고요.

그런데 이 수법이 통하지 않은 적이 딱 한 번 있었다. 상대는 아카하타* 판매원 아주머니였다. 여느 때처럼 "한자 잘 몰라서 신문 안 봐요" 했는데도 그녀는 전혀 굴하지 않았다. 생글거리면서 "있죠, 아카하타에는 만화도 실려 있어요. 한자 모르면 만화를 보면 되잖아요?"라고 상냥한 목소리로 말했다.

일본공산당은 역시 만만치 않다고 그때 나는 실감했다. 빈정거리는 게 아니라 진심으로 그렇게 생각했다. 지금도 '일본공산당'이라는 말을 들으면 그 아주머니가 떠오른다. 그렇다고 아카하타를 구독하지는 않았지만, 그뒤로 한자를 모르는 척하며 신문 구독을 사절하는 일은 그만두었다. 그런 거짓말은 역시 좋지 않다는 생각이 들었으니까.

* 일본공산당 중앙기관지.

그나저나 신문 휴간일이란 대체 무슨 의미일까? 나야 물론 신문이 종종 휴간해도 별 상관없다. 신문배달원에게 휴일을 주고 싶다면 휴일을 주면 된다. 내가 아는 한 그런 이유로 신문을 휴간하는 나라는 일본뿐이지만(참고로 내가 구독한 몇 종의 미국 신문은 모두 일 년 365일 무휴였다. 왜 그럴까요?), 뭐 상관없다. 하루쯤 신문이 오지 않는다고 세계가 멈추지는 않는다.

하지만 전국지가 한날 일제히 쉬는 건 좀 이상하지 않나요? 얼마 전 아침 일찍 오랜만에 역 매점에서 조간을 사려다가 눈을 의심했다. 판매대에 신문이란 신문(스포츠 신문은 제외하고)이 그림자도 없는 것이다. 초등학생 집단 독감도 아니고, 왜 모두 같은 날 사이좋게 쉬어야 하느냐 말이다. 월요일은 요미우리가 쉬고, 화요일은 마이니치가, 수요일은 아사히가…… 이러면 되지 않을까요? 미쓰코시 백화점이 휴무면 마쓰야에서 쇼핑할 수 있는 것처럼. 그게 성실한 자유경쟁이고 공정한 서비스일 텐데. 이래서야 담합 소리를 들어도 별수없지 싶다.

설마 '하루쯤 신문이 오지 않는다고 세계가 멈추지는 않는다'는 사실을 독자에게 가르쳐주기 위한 친절한 서비스는 아니겠죠.

(책 끝에 뒷이야기를 실었습니다.)

하이네켄 맥주의 훌륭한 점

일본 주유소에는 무슨 영문인지 무턱대고 씩씩한 직원들만 모여 있곤 한다. 아무 말 없이 무뚝뚝한 것보다야 나을지 모르지만 호통에 가깝게 우렁찬 목소리로 "어서 오세요" "고맙습니다"를 외치고 배꼽 인사를 하면 나 같은 사람은 솔직히 난처할 뿐이다. 고등학교 야구부도 아니고, 그깟 휘발유는 좀더 조용하고 이성적으로 넣어주면 좋지 않을까 싶다. 일본에서 처음 주유소에 간 외국인은 난데없는 호통에 기겁하지 않을까. 꼭 〈전장의 메리크리스마스〉 같은 광경이잖아요. 지난번에도 운전하다가 '전국에서 제일 크게 인사하는 주유소'라는 광고판을 발견했다. 물론 내가 굳이 이런 곳에 들어갈 리는 없다. 도무지 무슨 생각일까. 전국에서 제일 크게 인사한다고 대체 뭐가 어쨌단 말인가?

아시다시피 미국 주유소는 셀프서비스가 주다. 혼자 주유소에 들어가서 기계에 신용카드를 찔러넣고, 잠자코 휘발유를 넣고, 기계가 뱉어내는 영수증을 받아 나오면 된다. "안녕하세요"도 "감사합니다"도 없다. 나는 셀프서비스의 묵묵한 프로세스가 제법 마음에 들어서, 셀프서비스와 풀서비스가 있으면 반드시 셀프 쪽으로 갔다. 물론 더 저렴하기도 했거니와, 또하나, 영어로 "가득 채워주세요(Fill it up, please)"라고 말하기가 제법 고달팠던 탓이다. 경험해본 사람은 알겠지만 처음에는 이 문장을 단숨에 발음하기 상당히 어렵단 말이죠. 미국인은 잘만 하는데(당연하다).

초기에 살던 뉴저지주는 셀프서비스 주유소가 법률로 금지되어 있어서 할 수 없이 매번 이 "Fill it up, please"를 실전에서 연습했는데 끝내 유창하게 발음하지 못했다. 아마 내 구개 형태에 무슨 문제가 있나보다. 매사추세츠주로 옮겨가고 셀프서비스를 이용하게 되면서 작게나마 안도했다. '가만, 꼭 가득 채울 건 없잖아. 10달러어치 넣어주세요(Ten bucks, please) 했어도 됐는데'라고 문득 깨달은 것은 뉴저지주를 떠나고 한참 지나서였다. 뭐야, 좀더 일찍 머리를 썼으면 좋았을걸.

영어 발음 하면 '쿠어스Coors' 맥주로도 한바탕 곤욕을 치른

적이 있다. 무더운 여름날 오후 하와이에서 바에 들어가 "쿠아~스" 하고 주문했다. 그런데 전혀 통하지 않았다. '코아스' '쿼아스' '쿠아아스' '쿠우아스' 등등 갖은 발음을 일일이 표정을 바꾸고 손짓까지 섞어 진땀 흘리며 시도해봤지만 결국 실패하고 허무하게 버드와이저를 마셨다. 딱히 버드와이저의 맛에 불만은 없지만, 이런 일이 있으면 피로가 확 몰려온다.

아무리 생각해봐도 의문이 풀리지 않는 에피소드인데, 그뒤로도 미국의 바나 레스토랑에서 족히 백 번은 쿠어스를 주문했지만 말이 통하지 않은 적은 한 번도 없다(밀러 맥주에 관해서는 별로 꺼내고 싶지 않은 슬픈 일화가 몇 개 있지만…… 훌쩍훌쩍). 그런데 하와이 바에서, 펑퍼짐하고 태평한 웨이트리스에게만 내 '쿠어스'가 도무지 통하지 않았다. 왜 그런 사태가 일어났는지, 대답은 한 자락 바람 속에 있다네, 친구.

영어를 아주 잘하진 못해도 외국 바에서 순탄히 맥주를 주문하고 싶은 분께는 귀중하고 오랜 내 경험에 비추어 하이네켄 맥주를 강력히 추천합니다. 발음에 R도 L도 들어 있지 않고 비교적 알아듣기 쉬우니까. 욕심을 내면 첫 음절에 악센트를 넣어서 '하'이나켄 정도로 발음하는 것이 바람직하지만, 굳이 그러지 않아도 쉽게 통합니다. 당신 앞에는 무사히 하이네켄 맥주가 놓일 겁니다. 짐작건대. 아마. 필시.

그런데 맥주든 휘발유든 미국에서 일본으로 돌아와보니 가격이 너무 비싸서 입이 딱 벌어진다. 그쪽에선 맥주 작은 병이 1달러가 안 되고, 휘발유는 고급으로 가득 채워도 20달러를 넘는 일이 거의 없었다. 일본에서 휘발유를 넣으면 자칫 만 엔에 육박한다. 아무리 우렁차고 명랑한 인사를 받아도 이래서야 조금도 기쁘지 않습니다. 당연한 이야기지만, 과묵해도 싼 쪽이 좋다.

하지만 요즘 정세를 봐서는 압도적으로 저렴한 미국 맥주와 휘발유 가격이 언제까지 유지될지 모르겠다. 현재 미국이 안고 있는 거액의 재정 적자를 해소하려면 주세와 휘발유세 증세가 불가결하다고 많은 전문가가 지적하기 때문이다. 그러나 클린턴 대통령이 한마디라도 그런 소리를 꺼내면 재선은 기대할 수 없을 것이다. 미국 남자 대다수에게 자동차와 맥주와 총은 누가 뭐라든 양보할 수 없는 최후의 피켓라인이다. 흠, 어떻게 될까.

초·중하급 달리기 동호회 통신 1

전국 방방곡곡의 초급 및 중하급 달리기 선수 여러분, 추운 날씨에 기운차게 달리고 있습니까? 저는 지난번에 스트레칭하다 무릎을 다치는 바람에 예정되어 있던 후지오야마 하프마라톤을 안타깝게도 패스했습니다만, 지금은 그럭저럭 순조롭게 회복중입니다. 여러분도 부디 몸조심하세요.

나는 카메라 담당 M군(이하 에이조라 부른다)과 종종 로드 레이스에 참가한다. 혼자 나가는 것보다 둘이 가는 편이 뭐든 즐겁고 편리하다. 집이 멀어서 평소 연습은 따로 하지만, 20킬로, 30킬로를 연습삼아 달릴 때는 불러내서 같이 한다. 혼자 세 시간씩 묵묵히 달리자면 아무리 나라도 좀 지겨우니까…… 헤아려보니 요 칠 년 사이 풀마라톤 네 번, 하프마라톤 네 번을 그와 함께 달렸다. 레이스를 시작해서 3분의 2 정도는 페이스를 맞춰 나란히 달리다가, 그후엔 나가고 싶은 쪽이 알아서 나가는 방식이다. 신기하게도 나는 지금껏 한 번도 그에게 진 적이 없다. 신기할 수밖에 없는 것이, 우리 둘은 사실 실력 차가 거의 나지 않는다. 게다가 이겼다 해도 기록으로는 기껏 이삼십 초, 길어야 일 분 남짓이니 언제 뒤집혀도 이상하지 않다. 그런데 무슨 영문인지 에이조는 나를 앞지르지 못한다. 재미있게도 내 기록이 좋을 때는 그도 좋고, 내 기록이 나쁠 때는 그도 나쁘다. 어느 쪽이건 간발의 차이로 나를 이기지 못한다. 아무리 생각해도 이상한 이야기다.

어느 날 큰맘먹고 "저기 말이야, 절대 골프처럼 일부러 져주는 건 아니겠지? 말하자면 나이 대접 해준다, 뭐 그런 거"라고 물었더니 그는 부루퉁한 얼굴로 말했다. "그럴 리 없잖아요. 저도 이기고 싶다고요, 당연히…… 그러려고 이렇게 연습하는 건데." 하기는 듣고 보면 에이조에게 그런 처세술이 있을 것 같지는 않다. 게다가 그 진지한 연습 자세만 해도 도저히 일부러 져주는 것으로는 보이지 않는다.

이 사람의 연습은 워낙 경이적이라, 한여름 땡볕 아래 배낭을 메고 스기나미구의 사무실에서 도쿄역까지 달리고, 내처 후추의 집까지 달려서 귀가하는 어마어마한 코스를 소화한다. 수중에 돈이 있으면 도중에 포기하고 전철을 탈지도 모른다며 무일

푼으로 오직 달리기만 한다. 흡사 '핫코다산 죽음의 행군'*의 한 여름판이다. 나 같으면 절대 불가능하다. 여름철은 아침 일찍 가볍게 달리고, 그다음에 수영을 가는 정도다. 그래서 "에이조 군, 여름철 연습은 적당히 해야지 안 그러면 몸이 상해서 본전도 안 남아"라고 늘 충고한다. 그러면 그는 "네, 그렇죠, 알겠습니다"라고 대답하면서도 '방심하게 해놓고 그사이 혼자 몰래 맹연습하시려고?' 하는 의심 가득한 눈초리로 나를 노려본다. 그리고 더 격렬히 연습한다. 적어도 달리기에 대해서라면 이 사람은 의심이 많고, 끈덕지고, 극단적으로 치닫고 만다. 덕분에 어디선가 픽 쓰러져서는 기다시피 병원을 찾아가 '앞으로 한 달 달리기 금지'라는 의사의 엄명을 받는다. 그래도 기본이 튼튼하기에 이내 좀비처럼 일어나 똑같은 실패를 되풀이한다. 세상에는 '운동은 몸에 좋지 않다'는 설을 주창하는 사람이 있는데, 에이조를 보면 그 뜻을 알 것도 같다.

이런 사람을 매일같이 건사하려면 고생이겠다 싶은데, 에이조의 부인도 똑똑한 사람이라 일단 '그냥 마음대로 하게 놔두자'는 방침으로 일가를 꾸리는 듯하다. '애도 키워야 하는데 저런 걸

* 1902년 핫코다산에서 혹한기 산악훈련중이던 일본군이 조난된 사건.

일일이 상대할 겨를 없다'는 생각도 내가 보기에는 적지 않은 것 같다. 에이조의 부인은 옛날 모 출판사에서 레이아웃 디자인을 했는데, 당시 사진 주간지에서 일하던 에이조가 끈질기게 꾀어 냈다.

"유능한 사람이었는데요, 눈 깜짝할 새 에이조 씨가 낚아채갔지 뭐예요." 사내 젊은 여자 직원들의 동향을 잘 아는 편집자 스즈키 아무개는 힘없이 고개만 가로젓는다. 마치 뒷산에서 내려온 대장 원숭이가 마을 처녀를 채가기라도 한 듯한 말투다. 어떻게 꾀어냈는지 자세한 내용은 모르고 상상하기도 힘들다. 한번은 부인에게 "그나저나 어떻게 에이조와 결혼하게 됐어요?"라고 살짝 물어봤는데, "음, 그러니까, 술 먹고 취해서 저 사람 집에서 하룻밤 자고 일어나보니 어느새 결혼 얘기까지 진전돼버려서……" 하지 않겠는가. 이쯤 되면 신비의 마경 같은 이야기다. 그런가, 후추라는 곳이 그렇게 굉장한 곳이었나.

올 시즌도 그와 함께 몇 번 레이스에 참가하기로 했는데, 아니나 다를까 에이조는 가혹한 연습 탓으로 9월에 몸이 상해 당장은 연습다운 연습을 할 수 없는 상황이다. 정말이지 도대체 언제까지…… 하며 어처구니없어했는데 웬걸, 나도 앞서 썼듯이 다리를 다치고 말았다. 남을 비웃을 처지가 아니다. 1월 말 둘이 나란히 모 풀마라톤을 달리기로 했는데, 과연 에이조에게는 간만에 설욕의 기회가 올 것인가? 기대하시라…… 할 정도의 얘기는 아니겠죠, 아무리 생각해도.

♡ 소문의 진상 안자이 미즈마루는 "딸이 결혼 얘기를 꺼내는 날엔 바로 밥상 엎고 가출할 거야"라고 호언하는 모양이다. 귀엽네요.

벌거벗고 집안일하는 주부는 옳은가?

일본처럼 미국 신문에도 인생 상담 코너가 있어서 제법 열심히 읽었다. 덕분에 사 년 반 거주하며 일반적인 미국인이 가진 고민에 꽤 정통해진 기분이다. 동서양을 막론하고 세상에는 수많은 고민이 넘쳐나는데, 그 내용은 미국인과 일본인 사이에 상당한 차이가 있는 것 같다. '미국이나 일본이나 인간의 고민이란 거기서 거기구나' 싶을 때는 별로 없고, '그렇군, 나라가 다르면 고민거리도 이렇게 다르구나' 하고 깊은 생각에 빠질 때가 훨씬 많았다.

고민 내용만이 아니다. 답변의 패턴도 많이 다르다. 일본의 경우는 알 듯 말 듯한 정서적 답변, 혹은 윗사람의 훈계 같은 따분한 답변을 자주 보는데(일반적으로 요구되는 바인지도 모른다)

미국은 '하, 과연, 이런 방법이 있었네' 하고 무릎을 치고 싶어지는 효과적인 답이 많았다. '모호한 일본식 답변'에 미국 독자들은 전혀 납득하지 않을 것이다. 단호하게 논리적이고 명쾌한 결론이 있어야 한다. 또하나 큰 차이는 일본에서는 본업을 따로 둔 유명인이나 지식인이 답하는 경우가 많지만, 미국은 전문적인 '인생 상담 답변자'가 있다는 점이다. 요컨대 인생 상담의 완전한 프로이기에 연재 칼럼 못지않은 필력을 자랑해 읽는 재미가 있다. 생사가 걸린 심각한 내용부터 시시하고 엉뚱한 얘기까지 실로 갖가지 상담이 날아오는데, 조금이라도 빗나가거나 무성의한 대답을 하면 전국에서 비난어린 반론이 빗발치므로 절대 아무 말이나 할 수 없다. 그런 사례를 몇 번이나 목격했다.

이를테면 어느 날 신문에 한 주부의 사연이 실렸다. '저는 늘 벌거벗고 집안일을 하는데, 한번은 뒷문으로 침입한 남자에게 겁탈을 당해 정신적으로 큰 충격을 받았어요. 어쩌면 좋죠?' 하는 내용이었다.

기사를 따로 스크랩해둔 게 아니라 정확하지는 않지만 대충 그런 내용으로 기억한다. 처음 읽고서는 영문을 잘 알 수 없었다. 그러게 주부가 왜 전라로 집안일을 해야 하나? 답변도 '유감스러운 사건이기는 한데, 굳이 옷을 벗고 집안일을 할 건 뭔가. 어쩌다 누가 엿보기라도 하면 불상사가 일어날 위험이 크니 무익한 도발은 피하는 게 상책인 듯'이라고 실려 있었다. 나도 이것이 정론이지 싶었다.

그런데 그렇게 간단히 끝나지 않았다. 며칠 후, 미국 전역의 주부로부터 그 답변에 대한 항의가 쇄도한 것이다. 대부분 '나도 그 사람처럼 알몸으로 집안일을 한다. 가뿐하고 상쾌해서다. 그 당연한 권리를 폄하하거나 빼앗을 권리는 누구에게도 없다'라는 내용이었다. 그래도 말이다, 아무리 상쾌하고 아무리 가뿐한들, 알몸으로 신바람나게 집안일하는 주부가 이렇게 많을 일인가. 이 나라는 대체 어떻게 된 걸까.

그후에도 '전라 집안일 주부' 사연은 이상하게 내 머릿속을 떠나지 않았다. 전철에서 혼자 손잡이를 잡고 멍하니 서 있으면 벌거벗고 배추를 썰거나 다림질하는 주부의 모습이 문득 떠올랐다. 대체 어떤 과정을 거쳐서 벌거벗고 집안일을 해야겠다는 발상에 다다른 걸까? 이리저리 그런 생각을 하는 사이 나도 '흠, 옷을 다 벗어던지고 집안일하면 제법 쾌적할지도 모르겠는걸' 싶어졌다. 실제로 한번 해볼까 진지하게 고려중인데, 막상 실행하려 들면 주춤하고 만다. 다 벗고 은밀히 무를 갈고 있을 때 갑자기 아내가 들어오기라도 하면 대체 뭐라고 변명할까. 솔직하게 사정을 설명하면 과연 믿어줄까…… 꾸물꾸물 이런 생각을 시

작하면 역시 투지가 꺾이고 만다. 무슨 불상사까지 고민하진 않더라도.

몇 해 전 그리스의 작은 섬에 잠깐 살면서는 벌거벗은 남녀를 수시로 목격했다. 해안을 걷다보면 사람들이 알몸으로 누워 뒹굴거리고 있었다. 물론 아래도 위도 훤히 드러내고서. 처음에는 일일이 가슴이 철렁했지만 곧 익숙해졌다. 여자의 알몸을 보고 성욕이 자극되는가 하면 별로 그렇지도 않고, 외려 그뒤에 눈에 들어온 미니스커트 입은 여자가 더 섹시해 보이기도 했다. 이상한 노릇이다. 그러니까 벌거벗고 집안일을 하고 싶다면 마음껏

하면 될 일 아닌가, 라고 나는 개인적으로 생각하는데, 여러분 생각은 어떠신지? '나도 종종 벌거벗고 집안일을 한다'는 주부가 일본에도 있다면 '전라 집안일 주부 문제'를 국제적으로 끈질기고 진지하게 좇고 있는 무라카미에게 소식 한 줄 보내주십시오. 반라여도, 뭐 괜찮습니다.

취미로서의 번역

요즘 들어 취미가 뭐냐는 질문을 받으면 "글쎄요, 번역이려나……"라고 대답한다. 혹 맞선 자리에서 그런 말을 하면 상대방이 내심 찜찜해하며 될 일도 안 될지 모른다. "그분은 번역이 취미라고 하셔서, 이번엔 아무래도 좀." "흠, 그렇기도 하겠네요. 그런가요, 취미가 번역이라……" 이런 대화가 어디선가 오갈 듯한 느낌이다. 볼일도 없는데 일요일마다 하코네까지 스카이라인 GTR*를 끌고 가서, 고갯길에서 건실한 파밀리아**를 짓궂게 쫓아다니는 것보다 훨씬 착실한 취미가 아닌가 싶지만, 뭐 그

* 닛산의 스포츠카.

** 마쓰다의 소형자동차.

건 그렇다 치고.

그러나 엄밀히 따지면 번역을 내 '취미'라고 말할 수는 없을지도 모른다. 나는 지금까지 꽤 많은 번역서를 내왔고(대부분이 미국 현대소설이다), 번역은 이미 내 직업의 일부이기 때문이다. 순 풋내기 실력으로 시작한 터라 지금 다시 읽어보면 식은땀이 흐르는 대목이 많아서 당당히 외칠 수는 없지만, 대외적으로는 변변찮으나마 번역가로 통한다. 그런데도 내 안에는 여전히 '번역은 취미다'라고 단언할 수밖에 없는 면이 있다. 어찌됐건 틈이 나면 훌쩍 책상 앞에 앉아 '우발적'으로 번역을 해버리기 때문이다. 딱히 생계를 위해서도 아니고, 누가 청탁해서도 아니다. '꼭 내가 해야 한다'는 사명감에 불타서도 아니고, 공부를 위해서도 아니다—결과적으로 귀중한 공부가 되긴 하지만, 어디까지나 결과론이다. 확언하건대 나는 번역이라는 행위 자체가 좋아서 이렇게 물리지도 않고 장장 이어가고 있는 것이다. 이걸 취미가 아니면 뭐라고 해야 할까……

"이렇게 번역을 많이 하시니 초벌은 따로 맡기시겠죠?"라는 질문을 자주 받는데, 그런 적은 한 번도 없다. 내가 아는 번역가 중에도 초고 작업을 남에게 맡긴다는 사람은 없다. 물론 결과가 좋으면 만사 좋은 것이니, 다른 사람의 초벌 번역을 쓰는 것이

좋다 나쁘다 따질 문제는 아니다. 다만 개인적으로는 초고를 남에게 맡기면 번역이라는 작업의 제일 맛있는 부분을 놓치는 게 아닌가 생각한다. 번역에서 가장 설레는 때는 뭐니뭐니해도 가로쓰기로 쓰인 문장을 처음 세로쓰기로 일으켜세우는 순간이기 때문이다. 그와 함께 머릿속의 언어 시스템이 쭉쭉 스트레칭하는 감각이 더할나위없이 상쾌하다. 번역 문장의 싱싱한 리듬은 이 첫번째 스트레칭에서 태어난다. 이 쾌감은 아마 실제로 맛본 사람밖에 모를 것이다.

나는 글쓰는 법의 많은 부분을 결과적으로 이런 작업에서 배웠다. 뛰어난 외국 작가의 문장을 하나하나 가로에서 세로로 일으켜세움으로써 문장이 지닌 비밀(미스터리)을 뿌리째 파헤쳐본 것이다. 번역이란 몹시 시간이 걸리고 '굼뜬' 작업이지만 그만큼 세부까지 내 것으로 만들 수 있다는 것이 큰 이점이다. 내 생각에, 번역 작업을 진심으로 좋아하는 이들 중에 그렇게 나쁜 사람은 없지 싶다. 더러 좀 눈치 없는 구석이 있을지라도 결코 극악무도한 짓을 할 사람은 아니다. 그러니까 맞선 상대가 "번역이 취미입니다" 하더라도 부디 질색하지 말아주시기를. 그 기분도 모르지는 않지만.

내가 처음 번역을 시작했을 무렵에는 '소설가가 번역하는 거니까 보통 번역자와는 뭔가 달라야 한다'는 의식 내지 자부심 같은 것이 마음 한구석에 있었지만, 한동안 경험을 쌓고 여기저기 머리를 쿵쿵 부딪히고 나니 그 생각이 틀렸음을 깨달았다. 되도록 자신의 개성을 드러내지 않고 지극히 수수하고 중립적으로 텍스트에 몸을 맡기고, 그 결과 종착점에서 절로 '뭔가 다른' 부분이 나온다면 그건 그것대로 훌륭한 일이다. 그러나 처음부터 독특한 맛을 내려고 노린다면 번역자로서는 아무래도 이류라고 해야 하지 않을까. 훌륭한 오디오 장치가 최대한 자연음에 가까워지기를 추구하는 것과 마찬가지로, 번역의 진짜 묘미는 세세한 단어 하나하나까지 얼마나 원문에 충실하게 옮기는가, 그것

하나다. 스피커를 예로 들면 소리를 들었을 때 '오, 훌륭한 소리군' 생각하면 이급이고, '오, 훌륭한 음악이네'라는 생각이 앞서는 것이 진짜 일급이다. 번역을 하면 할수록 더더욱 뼈저리게 절감한다. 하지만 유감스럽게도, 말할 필요도 없이, 나는 아직 그 경지에 다다르지 못했다. '알고는 있는' 정도다. 취미라고 말하기는 쉬워도, 파고들면 상당히 심오한 것이 번역의 세계다.

참고로 올해는 빌 크로의 『안녕 버드랜드』, 피츠제럴드의 『바빌론에 다시 갔다』, 마이클 길모어의 『내 심장을 향해 쏴라』를 취미로 번역한 책이 나옵니다. 괜찮으면 읽어보세요. 그냥 하는 말이 아니라, 전부 무척 재미있으니까요.

소문의 진상 안자이 미즈마루 씨의 취미도, 물론 스노돔 수집 말입니다만, 무척 심오해 보입니다.

회사만큼 근사한 것은 없, 을까?

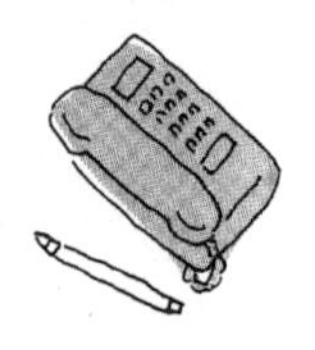

나는 학교를 졸업한 뒤로 이십 년 넘게 한 번도 회사나 조직에 속하지 않고 시종 '혼자 내키는 대로' 살아온 인간이라, 회사라는 게 어떤 곳인지 전혀 모른다 해도 좋을 정도다. 다들 날마다 회사에 모여 아홉시부터 다섯시까지 뭘 하는지 신기하기만 하다. 사회 전체적으로 보면 그런 걸 일일이 신기해하는 내가 오히려 신기할지도 모르겠지만.

반면 미즈마루 화백은 덴쓰, 헤이본샤에서 어쨌거나 제법 오래 회사생활을 했다. 그래서 한번은 "저기요, 미즈마루 씨, 회사란 대체 어떤 곳인가요?"라고 물어봤더니 "이런 말 하면 좀 그렇지만 무라카미 군, 세상에 회사만큼 즐거운 데는 없어. 딱히 일하지 않아도 월급이 꼬박꼬박 나오지, 느지막이 출근하면 곧바로 술판이지, 예쁜 언니들 천지라 사내 연애에 불륜도 마음껏 할 수 있지…… 후후후"라고 했다. 생각만 해도 절로 입이 벌어지는 눈치였다. 이쯤 되면 용궁성에 간 우라시마 다로*가 따로없다. 하지만 아무리 그래도 덴쓰나 헤이본샤 직원 모두가 그렇게 해피하고 러키한 인생을 보낼 것 같지는 않다. 역시 안자이 미즈마루라는 사람이기에 비로소 가능했던 일이 아닐까. "그런데, 사표 냈을 때 상사가 전혀 만류하지 않더라고. 바로 수리돼서 오 분 만에 퇴직해버렸거든. 조금은 말릴 줄 알았는데"라고 화백은 이해 못하겠다는 듯 팔짱을 지르고 말했는데, 내가 듣기에는 당연한 얘기다. 그렇게 제멋대로 일하는 직원을 누가 붙잡을까.

그럼에도 미즈마루 씨의 언동을 잘 보면, 확실히 이 사람은 나와 달리 회사원의 심정이나 발상을 기본적으로 이해하고 있다는 것이 종종 느껴진다. 이런 게 역시 연륜일까.

그에 비해 나는 한 번도 회사생활을 해보지 않은 탓에 '회사의 논리'를 잘 이해하지 못해서 혼란스러워하거나 생각에 빠지는 일이 적지 않다. 생각해보면 지금까지 내가 겪은 각종 트러블은 대부분 그런 인식의 차이에서 나왔지 싶다. 상대가 생각하는 논

* 거북을 구해준 후 용궁에서 극진한 대접을 받고 돌아오니 지상에서는 삼백 년이 흘러가 있었다는 설화의 주인공.

리가 잘 이해되지 않고, 상대도 내 논리가 잘 이해되지 않는 것이다.

예를 들어 편집자와 일한다 치면, 나는 작가 개인이고 상대는 출판사 직원이다. 동시에 인간 대 인간의 관계이기도 하다. 대부분의 경우 나는 기본적으로 상대를 **출판사 '직원'이 아니라 살아 있는 한 인간으로 파악하려 한다. 이왕 같이 일하는 김에 그 사람 개인의, 얼굴이 있는 의견을 듣고 싶다. 그것이 작가와 편집자의 건전한 관계라고 본다. 만일 회사의 견해란 것이 있다면 "회사 견해는 실은 이러합니다. 하지만 그와 별개로 내 의견은 이렇습니다" 하는 식으로 나란히 밝혀주기 바란다. 그러지 않으면 상대에게 개인적 신뢰감을 가질 수 없다.

그런데 내가 "××씨, 그건 당신 의견인가요, 회사 의견인가요? 어느 쪽이에요?"라고 물었을 때 분명히 대답하지 못하는 사람이 더러 있다. "아뇨, 그러니까 그건……" 하면서 말끝을 흐린다. 아니면 극히 모호한 대답만 돌려주거나. 아마 습관적인 사고회로의 문제이리라는 게 내 오랜 생각이었다. 평소 '이건 회사 의견. 이건 내 의견' 하고 의식적으로 구별 짓는 훈련을 해오지 않은 탓에 누가 '자, 여기서 구별 좀 해주세요' 하면 난감해지는 것이라고.

하지만 그런 타입의 사람을 몇 번 만나고 나서, '어쩌면 그게 아닐지도 모른다'고 생각하게 되었다. 그들은 분명한 의견이 없는 것이 아니라, 그저 자기 의견과 회사 의견의 차이를 남 앞에서—이 경우는 내 앞에서—명확히 드러냄으로써 결과적으로 발생할 개인적 책임 같은 것을 최대한 회피하려는 것뿐인지도 모른다. 이를테면 "자네, 무라카미한테 회사 의견과 자네 의견은 다르다고 한 모양인데, 어찌된 일이지?" 하고 상사에게 추궁당할 위험을 배제하려는 것뿐인지도 모른다. 그렇게 생각하면 지금까지 겪은 이런저런 말썽이 앞뒤가 들어맞는 느낌이다.

이유와 사정이 어찌됐건 자기 개인의 의견을 명확히 밝히지 못하는 사람들과 일하기란 그리 간단치 않고, 그런 상대와는 아무래도 일을 잘 하지 않게 된다. 소설 쓰는 일은—뭐 그렇게 대단한 작품은 아닐지라도—어찌 보면 엄청나게 개인적이고 정직한 작업이니까. 아니면 이것 역시 회사란 곳을 잘 모르는 내가 멋대로 내세우는 '개인의 논리'일 뿐일까? 어쩌면 내 생각이 틀린 걸까?

그건 그렇고, 나도 평생에 한 번쯤은 후학을 위해 미즈마루 씨처럼 컬러풀한 회사생활을 경험해보고 싶었는데. 흐음, 그런가, 헤이본샤라는 곳이 그렇게 즐거운 직장이었단 말이지……

공중부유 동호회 통신 2

얼마 전에 '공중부유하는 꿈을 자주 꾼다'고 쓴 뒤로 주변에서 몇 가지 반응이 있었다.

우선 『주간 아사히』의 이 칼럼 담당자 이가라시 씨도 옛날부터 꾸준히 공중부유 꿈을 꿔온 모양이다. 어이, 아사히신문사에 근무하는 인간이 속 편하게 공중부유 꿈이나 꿔서 되겠냐, 싶지만 뭐 어떠랴, 직업에 귀천은 없으니까. 어쨌든 나처럼 공중부유 꿈을 자주 꾸는 니가타현 출신의 이가라시 씨다.

그런데 이가라시 씨의 경우는 공중에 뜨는 높이가 항상 2미터 정도로, 방 천장 가까이 두둥실 떠 있다고 한다. 반면 내 경우는 지난번에 쓴 것처럼 대개 지상 50센티미터 정도밖에 올라가지 않는다. 이러면 필자인 내가 겨우 50센티미터인데 어째서 담당

편집자(이자 햇병아리)인 이가라시(이하 존칭 생략)가 2미터란 말인가 싶어 조금 침울해진다. 이건 불공평하다.

그건 그렇다 치고, 이가라시 얘기를 들어보면 공중부유 꿈은 신기할 만큼 패턴이 일정한 것 같다. 요컨대 내 경우는 50센티미터 위로는 절대로 올라가지 않고, 이가라시의 경우는 2미터 아래로는 절대로 내려오지 않는다. 아무리 봐도 기묘하다. 꿈이란 일반적으로는 그때그때 상당히 패턴이 달라지기 마련인데, 공중부유 꿈은 구석구석까지 늘 똑같다.

"완전 리얼해서, 잠이 깨도 떠 있을 때 발바닥의 감촉까지 생각난다니까요"라고 이가라시는 말한다. 그 느낌은 나도 아주 잘 아는 바다. 맨정신인—적어도 자고 있지는 않은—지금도 조금만 노력하면 저기쯤 가볍게 스윽 떠오를 수 있을 것만 같다. 물론 실제로는 불가능하지만. 가능해지는 날엔 그것도…… 상당히 난처한 노릇이지만.

얼마 전 꿈의 권위자인 가와이 하야오 선생을 뵌 김에 공중부유 꿈 이야기를 해봤다. "실은 꿈속에서 늘 50센티미터 정도밖에 뜨지 못하는데요"라고 털어놓자 선생은 매우 간단히 "음, 공중부유라는 건 요컨대 꾸며낸 이야기거든요. 그러니까 조금밖에 안 떠요. 그래도 괜찮아요. 높이까지 힘차게 올라가는 꿈은 아이들이 꿉니다. 어른은 거의 안 꾸죠" 하셨다. 그 말에 참으로 기뻤습니다. 그랬군, 제아무리 아사히신문사 직원이라지만 이가라시는 아직 어린애였어.

공중부유 꿈을 꾼다는 또다른 사람은 문예지 편집자 스즈키 아무개다. 스즈키(처음부터 경칭 생략)는 "사실 이 꿈은 굉장히 무서워요"라고 말한다. 왜 무서운가 하면, 이 사람의 경우 엄밀히 말해 '부유'가 아니라 '점프'에 가깝기 때문이다. 지상에서 껑충 뛰어오르면 위로 피융 올라간다. 떠오른 상태에서 두둥실 천천히 내려온다. 그리고 뛰어오를 때마다 고도가 점점 높아진다. 처음에는 20센티미터였던 것이 다음에는 40센티미터, 그다음에는 1미터, 2미터…… 이런 식으로. 등비급수적인 고도 증가를 어디선가 멈춰야 한다 싶지만 어느새 자기 힘으로는 불가능한 상황이 돼버린다. 하코네 산길의 내리막에서 브레이크가 과열된 자동차 같다고 할까. 고도는 갈수록 높아지고, 무섭기는 엄청 무섭고, "어이~ 어떻게 좀 해줘~!"라고 호소해도 아무도 도와주지 않는다. 본인은 무서워서 얼굴이 뻿뻿하게 얼어붙었는데 다들 '스즈키는 하늘을 날아다니는 게 좋은지 아주 싱글벙글이네' 라고만 생각하고 전혀 상대해주지 않는다(표정에 문제가 있는 거 아닐까). 늘 한 치도 틀리지 않고 이런 패턴이라고 한다. 같은 공중부유 꿈이라 해도 내용은 사람마다 사뭇 다른 것이다.

"하아, 보통 무서운 게 아니에요. 매번 식은땀을 흘리면서 깹

니다"라고 스즈키는 땀을 흘려가면서 말한다. 이건 확실히 무서울 것 같다. 무척 안됐다. 안됐기는 해도, 뭐 문예지 편집자니까 그 정도 고통은 견뎌보란 생각을 지울 수는 없다. 아무리 무서운 꿈이라도 잠이 깨면 끝난다. 어차피 남의 꿈이다. 게다가 뻣뻣한 얼굴로 로켓처럼 슝슝 하늘로 치솟는 스즈키를 상상하면 덮어놓고 웃음이 나온다. 미안한 줄 알면서도 나도 모르게 웃어버린다. 웃음을 사고 마는 네리마구 출신 스즈키다.

소문의 진상 에비스 모 호텔 조식에 나오는 '블루베리 팬케이크'와 '애플 팬케이크'는 상당히 맛있더군요. 어느 쪽을 먹을까 늘 고민합니다.

테네시 윌리엄스는 어떻게 버림받았나

나는 대학교에서 '영화연극과'를 다녔다. 영화 만들기, 좀더 정확히 말해 영화 시나리오 쓰기에 흥미가 있어서다. 당시 문학부에 영화 관련 전공이 있던 곳은 와세다, 메이지, 니혼대학 예술학부 정도가 전부라 '뭐 영화 관련이면 어디든 상관없지' 하면서 와세다에 들어갔다. 결과적으로 시나리오를 쓰기 위한 면학 시설로는 별 쓸모가 없었지만 덕분에 방향을 바꾸어 소설가가 되었으니 딱히 불평할 입장은 아니다.

입학하고 첫 학기에 테네시 윌리엄스 희곡을 영어로 독해하는 강의를 들었다. 그전에 테네시 윌리엄스의 희곡을 몇 편 읽고 제법 마음에 들었기 때문이다. 『욕망이라는 이름의 전차』라든가, 『하늘에서 내려온 오르페우스』라든가. 그런데 담당 교수가 좀 별난 사람이라 강의중에 거의 쉬지 않고 테네시 윌리엄스의 험담을 늘어놓는 것이다. "봐요, 이 대목에서 이 사람이 얼마나 깊이 없는지 드러나지" "어때요, 여러분, 등장인물 이름부터 정말 천박하지 않나요" 하는 식으로. 처음에는 '그런가' 하고 놀라면서 들었는데, 한 학기 수업을 듣는 사이 점점 테네시 윌리엄스라는 사람이 정말로 깊이 없고 천박한 작가처럼 생각되었다. 그도 그럴 만하다. 아무것도 모르는 스무 살 안팎의 학생이 번듯한 대학교수에게 "이 녀석은 바보다, 쓸모없는 놈이다, 멍청이다"라는 소리를 한 학기 내내 듣고 있자면 아무래도 어느 정도 세뇌되지 않겠는가. 적어도 나는 그랬다.

어째서 이 교수가 그토록 싫어하는 테네시 윌리엄스의 작품을 강의 텍스트로 골랐는지 알 도리는 없다. 이 기회에 공개적으로 실컷 깎아내릴 생각이었는지도 모른다. 아니면 본인은 내키지 않았는데 위에서 "자네, 이번 학기는 테네시 윌리엄스를 맡아주게나" 하고 억지로 떠안겼는지도 모른다. 어떤 경우건 나에게도, 아마 그 교수에게도 불행한 일이었다고 생각한다. 그 교수도 몇 달씩이나 좋아하지도 않는 작품을 읽고 논해야 했으니까.

물론 이 나이가 되어 돌이켜보면 '그런 건 그 교수의 개인적인 의견이고, 세상에는 다른 생각도 있다. 예술 작품에 대한 평가는 하나만 존재하지 않는다. 게다가 대학교수 중에도 조금(상당히,

굉장히) 별난 사람이 있는 법이다'라는 걸 안다. 그러나 젊을 때는 그렇게 냉정하게 생각하기 어렵다. 테네시 윌리엄스를 효과적으로 매도하는 논리에—지금 생각해도 실로 능숙한 비판이었다—감탄하기까지 했다. 덕분에 나는 좋아하는 작가를 한 사람 줄일 수 있었다. 고맙습니다.

뭔가를 비난하고 엄격하게 비평하는 행위 자체가 틀렸다는 말이 아니다. 모든 텍스트는 다양한 비평에 열려 있으며, 또한 그래야만 한다. 내가 여기서 하고 싶은 말은 무언가에 대해 부정적으로 계몽하는 행위는 경우에 따라 여러 가지를, 때로 자기 자신마저 돌이킬 수 없게 손상시킨다는 점이다. 그런 행위에는 보다 크고 따뜻하고 긍정적인 '보상' 같은 것이 마련되어 있어야 한다. 그렇지 않고 부정적인 언동만 계속하는 것은 즉효성 주사를 잇따라 맞는 것과 마찬가지로, 한번 걸음을 떼면 돌이킬 수 없다는 사실을 명심해야 할 것이다.

물론 나에게도 작가와 작품에 대한 호불호가 있다. 사람에 대한 호오도 있다. 그래도 그 옛날 들었던 테네시 윌리엄스 강의를 떠올릴 때마다 '역시 남의 험담만은 쓰면 안 되겠다'고 새삼 생각한다. 그보다 오히려 '이거 좋습니다, 이거 재미있어요'라고 말하고, 소수라도 좋으니 똑같이 좋아해주고 재미있어해주는 사람을 찾고 싶다. 경험을 통해 절감하는 바다. 와세다대학 문학부가 내게 준, 얼마 되지 않는 산 교훈 중 하나다.

그래도 즉효성을 요구하는 요즘 사회에서 그렇게 여유로운 자세로 살다보면 가끔 스스로가 바보 같아지곤 한다. 목청 높여 누군가를 통렬히 매도하는 편이 훨씬 똑똑해 보인다. 이를테면 작가보다 비평가 쪽이 똑똑해 보이는 것과 같은 이치다. 그러나 설령 어떤 창작자가 가끔 어리석어 보인다 해도(또 실제로 어리석다 해도), 제로에서 뭔가를 만들어내는 작업이 얼마나 품이 들고 고된지 나는 너무나 잘 알기에 그걸 두고 한마디로 '저 녀석은 쓰레기다, 이건 똥이다'라고 매도해버릴 수는 없다. 좋다 나쁘다의 문제가 아니라 창작자로서 지켜갈 삶의 자세의 문제이자, 나아가 존엄의 문제이기도 하다.

만일 남의 험담을 잘하는 사람이 자기 소설도 잘 쓰는 법이라면 나도 48시간쯤은 거뜬히 온갖 험담을 늘어놓을 수 있을 것이다. 내게도 그런 재능이 아주 없지는 않다. 하지만 그렇지는 않기에, 되도록 입다물고 손을 움직이려 한다.

전라 집안일 주부 동호회 통신 2

여러분, 자, 잘 지내십니까, 하고 무심결에 목소리가 들뜨는 무라카미입니다. 아무리 그래도 이거, 일본 전국 방방곡곡에 전라로 집안일을 한다는 주부가 이렇게 많을 줄은 몰랐네요. 몰랐던 제가 바보였습니다.

먼저 이야기를 정리하면, 얼마 전 이 칼럼에서 '미국에는 벌거벗고 집안일을 하는 주부가 꽤 있다고 한다. 굉장한데'라는 이야기를 썼더니 '무슨 바보 같은 소리. 나도 항상 벌거벗고 집안일을 하는데요'라는 사연이 편집부에 쇄도했다. 한 통을 제외하고 전부 보내는 사람 주소와 이름이 반듯하게 적혀 있었으니 결코 농담이나 장난은 아닌 것 같다. 같은 지면에 칼럼을 연재하는 신혼의 이시하라 마리코 씨에게서도 전라 집안일에 관해 귀중한 정보를 지면상으로 제공받았다. 다들 정말 감사합니다. 그 가운데는 '남성 작가란 정말이지 세상 물정을 아무것도 모르는군요. 귀엽네요' 하는 실소 섞인 편지까지 있었다. 미안합니다, 아무것도 몰라서. 한번 가, 가르쳐주세요, 하고 또 목소리가 들뜨고 마는, 변변찮고 어리숙한 무라카미다. 하지만 편지 정리를 맡는 편집부의 햇병아리 이가라시와 우리 어시스턴트(주부)도 '전라 집안일 주부가 이렇게 많았다니' 하고 심히 놀랐으니, 세상 물정 모르는 건 비단 나만이 아니다. 이런 생각에 깊이 빠져들기 시작하면 대체 뭐가 올바른 상식인지 점점 알 수 없어진다.

편지를 몇 통 소개합니다.

스기나미구에 사는 K씨는 신혼 두 달차 새댁인데, 집안일도 벌거벗고 하고, 일(문필업) 때문에 타자를 칠 때도 역시 전라로 계시는 모양입니다. 그런가…… 전라…… 타자라. 청소나 세탁은 벌거벗고 하는 편이 몸도 가볍고 쾌적하다. 요리할 때는 기름이 튀니까 앞치마를 두르긴 한다. 바닥이 마루라서 발이 더러워지니까 대개 양말은 챙겨 신는다고 합니다. 멍멍. 단, 하루종일 다 벗고 지낸다는 사실을 아직 남편에게는 고백하지 않았다고 하네요. 별난 사람으로 취급받기 싫거니와 '그러면 앞으로 옷을 안 사줄까봐서'라고 합니다. 으음.

미야기현에 사는 C씨는 결혼 이 년차 28세 주부인데, '자, 지금부터 옷을 벗어던지고 집안일을 해치우는 거야'라고 마음먹고 그러는 건 아니고, 샤워하고 옷을 입기 귀찮아서 그냥 알몸으로 이것저것 어물어물 해버리는 일이 많다고 합니다. 멍멍. 본인에게는 지극히 자연스러운 과정 같은 것이라 '무라카미 씨가 그렇게 진지하게 고민하는 게 이상하다'는 의견이다. 다만 옆집 아주머니와 잡담하다가 어쩌다 그 사실을 말했더니 기겁하더라고. 그리고 '남편이 집에 있을 때는 절대 못한다. 왜 그럴까……'라고 말끝을 흐렸다. 왜 그럴까요? 하긴 나도 아내가 있을 때는 못합니다.

가와사키시에 사는 63세 주부 T씨는 가게를 운영하는 관계로 하루종일은 불가능하지만 아침 시간만은 어쨌거나 전라로 집안일을 하시는 모양입니다. 그다지 춥지 않으면 화장실 청소부터 바닥 청소, 걸레질까지 해버린다. 남편도 그 사실을 알고 딸도 더러 현장을 목격하지만 딱히 아무 말 없다고 합니다. 흐음. 뚱뚱하고, 개복수술 흉터도 있고, 보기 흉한 줄은 알지만 이 상쾌함은 무엇과도 바꿀 수 없다. '한번 해보면 그만둘 수 없고', 덕분에 감기 한번 걸린 적이 없다. 잘됐네요. 앞으로도 애써주십시오. 단, 혹시 개복수술 페티시즘을 가진 사람이 있을지도 모르니까 모쪼록 조심하시고요. 그렇군요, 두 번이나 수술을 하셨다고요, 으음.

스트레스 해소를 위해 전라로 집안일을 한다는 분도 더러 있습니다. 이분은 익명인데, 평소 직장생활이 몹시 숨막히는 편이라 한 달에 한 번쯤 남편이 출장을 가거나 했을 때 문을 다 걸어 잠그고 전라로 집안일 등을 하다보면 무척 기분전환이 된다고 합니다. 혹시 이웃집 2층에서 누가 엿보지 않을까 생각하면 짜릿한 쾌감도 느낀다네요. 그래도 말이죠, 이건 좀 위험하지 않을까요. 뭐 개인의 자유니까 위험하다 해도 상관없지만 말이죠, 멍멍.

닛폰 방송의 〈다마오키 히로시의 웃는 얼굴로 안녕하세요〉라는 프로그램에서도 몇 년 전 전라 집안일 문제를 다룬 적이 있고, 세상에 다수의 전라 집안일 주부가 은밀히 존재한다는 사실이 드러났다는 정보를 신주쿠구의 아라이 씨가 알려주셨습니다. 감사합니다. 마치 숨은 기독교도 같네요. 나도 모르는 사이 무서운 세계에 발을 들여놓고 말았는지도 모르겠다.

참고로 전국의 전라 집안일 주부에게 공통의 적은 딩동 소리와 함께 갑자기 찾아오는 택배였다. 그렇겠죠, 후다닥 옷을 입기는 좀 힘드니까요.

무라카미신문사와 '시메하리쓰루' 투어

이 「주간 무라카미 아사히도」라는 칼럼은 연재 시작 때부터 니가타현 무라카미시와 자매도시 결연을 맺어……라는 건 새빨간 거짓말이지만, 무라카미시 옆에는 실제로 '아사히무라'라는 작지 않은 동네가 있고, 삼만 명 넘는 무라카미시 시민 가운데 이 연재 칼럼에 자기 일처럼 친근감을 품어주는 분도 있는 모양이다. 다행이죠, '요미우리무라'나 '분슌무라'가 아니라서. 이 지면 담당인 햇병아리 편집자 이가라시도 내심 가슴을 쓸어내렸습니다.

미즈마루 씨와 나는 얼마 전 이 무라카미시에 1박 여행을 다녀왔는데, 목적은 두 가지였다. 하나는 '무라카미신문사'를 방문하는 것이고, 또하나는 '시메하리쓰루'라는 술 제조사를 견학하는 것이었다. 사실 나와 미즈마루 씨는 팔 년 전쯤 여름, 일 관계로 출장을 다녀오는 길에 무라카미시에 잠깐 들른 적이 있는데, 그때 동네를 산책하다 '무라카미신문사'라는 간판을 발견하고 사옥 앞에서 기념사진을 찍었다. '무라카미신문'이라는 이름이 몹시 친근하게 느껴졌다. 그뒤로 언젠가 이 무라카미신문사를 가보고 싶다고 생각해왔다.

미즈마루 씨로 말하자면 무라카미시에서 만드는 '시메하리쓰루'라는 술의 열광적인 팬으로, 급기야 최근에는 '시메하리쓰루'가 없으면 건전한 생활이 불가능한 딱한 몸이 되고 말았다—라고 하면 좀 과장이지만, 도쿄에서는 거의 팔지 않는 이 술을 어떻게든 손에 넣기 위해 동분서주하는 중이다(좀더 유익한 일에 시간을 쓸 수 없을까란 생각도 들지만).

이러저러한 연유로 둘이 "언제 또 무라카미시에 가면 좋겠네요" 하는 얘기를 하고 있었더니, 옆에 있던 햇병아리 편집자 이가라시가 "그럼 취재 명목으로 다 같이 다녀오죠. 가까이에 온천도 있고요"라는 말을 꺼냈다. 웬일로 센스가 있다 했는데 알고 보니 햇병아리 편집자 이가라시는 무라카미시 바로 옆에 있는 시바타시 출신이었다. 전철이 시바타를 지나갈 때는 사뭇 감회 깊어 보였다. 차창에 얼굴을 갖다대고 오사카 사투리로(대체 왜?) "저게 누나 집이라니까요"라고 외쳤다.

'무라카미신문사'는 창업 십사 년째, 구사카 사장을 비롯해 기

자 세 명, 여자 사무직 두 명으로 이뤄진 아담한 규모로 사무실도 조붓한 것이 서부영화에 흔히 나오는 '동네 신문사'를 상상하면 얼추 비슷한 이미지다. 기자는 대개 취재를 나가 있으므로 우리가 찾아간 날은 사장과 사무직 한 명만 있었다.

이야기를 들어보니 구사카 씨는 젊은 시절 경리 일을 했는데, 일찍부터 언젠가 신문사를 경영하고 싶다는 꿈을 품고 있다가 마흔여덟에 결심한 바가 있어 사비를 털고 친구들을 찾아다니며 주식을 모집해 염원을 이뤘다고 한다. 대단하다. 마치 트로이 유적을 발굴한 슐리만의 이야기 같다. 인구가 적은 동네라 첫 몇 년간은 적자였지만 최근 들어 점차 '지역신문'으로 궤도에 오르기 시작했다고 한다. 문제는 워낙 좁은 동네라 너무 상세한 기사를 쓸 수 없다는 점이란다. 이를테면 '누구누구가 음주운전으로 교통사고를 냈다'라든가 '누구누구가 편의점에서 좀도둑질을 하다 잡혔다' 같은 기사를 쓰면, 그 누구누구 씨의 친척 일동이 '이놈들, 이런 얘기를 시시콜콜 써버리다니' 하고 역정을 내며 신문을 끊거나 광고를 중단할지 모른다는 것이다. 하기는 그렇다. "그래서 마음놓고 기사를 쓰지 못해요"라고 사장은 팔짱을 지르고 유감스러운 얼굴로 말했다. 앞으로도 재미있는 기사를 열심히 써주시길.

'시메하리쓰루'를 제조하는 미야오 주조의 10대(굉장하네요) 사장 미야오 씨는 시종 미소를 잃지 않는 온화한 인상의 신사로, 물론 편의점에서 좀도둑질할 사람은 아니다(라고 생각한다). 이른 아침 햅쌀 찌기부터 시작해 주조 공정을 쭉 견학한 다음 마지막으로 시음해보았다. 술통에서 갓 꺼낸 신선한 것부터 오 년 묵은 숙성주(비매품)까지 잇따라 맛보았는데, 정말 맛있었습니다. 나는 일본주 맛은 잘 모르지만 와인과 마찬가지로 제조과정에서의 가감이 완성된 술맛을 미묘하게 좌우한다는 것을 알게 되었다. '시메하리쓰루'는 전체적으로 개운한 느낌에 과하지 않게 쏘는 맛이 있어 음식맛을 돋보이게 한다. 글에 비유하면 '조리 있는 문체를 지녔다'고 할까. 꿀꺽꿀꺽 단숨에 들이켤 것이 아니라 맛있는 음식을 곁들여 한 모금씩 깊이 음미하며 마시기에 좋다. 이렇게 말하면 좀 그렇지만, 애들이 마실 술은 아니다.

"이걸 마시면 다른 술은 못 마신다"라는 게 화백의 주장인데, 유감스럽게도 '시메하리쓰루'의 생산량은 니가타현 소비량을 간신히 충족할 정도라 타지역으로는 별로 출하되지 않는다. 특히 최고급 다이긴조는 예약으로 꽉 차서 시중에 거의 나가지 않는다고. 술꾼 미즈마루 씨는 '시메하리쓰루 다이긴조'를 신주 모시듯 품고 싱글거리면서 도쿄로 돌아왔다. 잘됐네요.

장수 고양이의 비밀

고양이를 좋아해서 어릴 때부터 지금까지 꽤 많은 고양이를 키웠는데, 이십 년 넘게 산 고양이는 한 마리뿐이다. 이 고양이는 올해 2월로 드디어 스물한 살이 되어 기록을 경신중이지만 지금은 우리집에서 기르지 않는다. 약 구 년 전 일본을 떠나며 당분간 고양이를 못 기를 사정이라 당시 고단샤 출판부장이던 도쿠시마 씨 댁에 맡겼다. 실은 "전작 장편을 하나 써드릴 테니까 부디 이 아이 좀 부탁합니다" 하고 떠안기다시피 했더랬다.

그래도 그때 '고양이와 교환'해서 쓴 장편이 결과적으로 내 책 중에 제일 많이 팔린 『노르웨이의 숲』이었으니, 녀석을 '복덩이 고양이'라 불러도 되지 않을까. 도쿠시마 씨는 지금은 상무이사라는 고위직에 올랐다. 그리고 자택이 있는 마쓰도에서 오토와의 회사까지 중역용 제트 헬리콥터로 주3일만 출근합니다—라는 건 새빨간 거짓말이고, 지금도 매일 만원 전철을 갈아타면서 출퇴근하는 모양입니다. 애쓰십시오.

이 고양이의 이름은 '뮤즈'다. 당시, 그러니까 이십일 년 전 아내가 푹 빠져 있던(으레 있는 일이다) 와타나베 마사코의 『유리의 성』이라는 순정만화 속 등장인물 이름을 따왔다. "나는 그렇게 야단스러운 이름은 싫다고" 하면서 심히 저항했지만 중과부적(이라 해도 일대일이지만, 훌쩍훌쩍)에 밀려 끝내 '뮤즈'로 정착하고 말았다. 하기는 『유리의 성』의 뮤즈 씨처럼 새침하니 예쁘고 늘씬한 생후 육 개월 암컷 샴고양이이긴 했지만, 그래도 말이죠⋯⋯ 그나저나 『유리의 성』은 재미있었습니다. 『아라베스크』도 좋았지만.

그건 그렇고.

나는 가끔 이 '뮤즈'를 보러 도쿠시마 씨 댁에 간다. 스물한 살이라 인간으로 따지면 벌써 백 살을 넘긴 셈이니 아무래도 체력이 쇠했다. 체중도 훌쩍 줄었다. 대략 한창때의 절반밖에 안 되지 싶다. 다리와 허리도 옛날 같지 않다. 지금은 마당에도 거의 나가지 않는 모양이다. 그래도 털은 놀랄 만큼 윤기가 나고 눈과 치아도 생각보다 말짱하며 식욕도 건재하다. 가져간 양갱을 내밀었더니 달려들어 할짝할짝 먹어치웠다. 단것을 먹게 된 것은

도쿠시마 씨 댁에 온 뒤부터다. 옛날에는 그런 것은 입에 대지 않았다. 구운김은 무척 좋아했지만.

내가 이 고양이를 기르게 된 것은 고쿠분지에 살면서 작은 가게를 운영할 때였다. 아직 이십대 중반이었고, 일하는 틈틈이 지금과는 비교도 안 될 만큼 많은 책을 읽었다. 혼자 책을 읽고 있으면 고양이가 자꾸 와서 방해했던 기억이 난다. 뮤즈는 좀 별난 고양이라 나와 밖에서 산책하기를 좋아했다. 내가 산책을 나가면 마치 강아지처럼 졸랑졸랑 뒤를 따라왔다.

한번 구니타치의 히토쓰바시대학 운동장에 데려가 400미터 트랙을 같이 달린 적이 있다. 200미터쯤까지는 따라왔지만 그 이상은 힘들었는지 멈춰 서더니 보복으로 똥을 눴다. 자존심이 몹시 강한데다 성격이 드세어 발끈하면 여봐란듯이 똥을 누는 버릇이 있었다(고약한 버릇이다). 그러니까 이십일 년 전, 히토쓰바시대학 운동장 한복판에 동그맣게 떨어져 있던 고양이 똥은 우리 고양이 것입니다. 미안합니다.

그후 가게를 센다가야로 옮기고 소설을 쓰기 시작했다. 일이 끝나면 한밤중에 고양이를 무릎에 앉히고 맥주를 홀짝거리면서 첫 소설을 쓰던 나날이 지금도 생생히 기억난다. 고양이는 내가 소설을 쓰는 것도 마음에 들지 않았는지 걸핏하면 책상 위의 원고지를 짓밟았다. 만일 그때 내가 소설을 쓰지 않았다면, 그리고 소설가가 되지 않았다면 팔 년 가까이 외국에 나가 사는 일도 없었을 것이다. 아마 일본에서 계속 가게를 하며 뮤즈와 느긋하게 살았으리라. 이제 와서는 잘 상상이 안 되지만, 그랬더라면 또 그런대로 지금처럼 마이 페이스로 무난히 살지 않았을까 싶다. 여러 가지 주위 상황은 어찌됐건 나 자신은 지금과 큰 차이 없지 않을까. 나이든 뮤즈를 안고서 그런 생각을 했다.

마치 사연이 있어 헤어졌던 옛 연인과 우연히 재회한 것처럼 기분이 이상해지는 평화로운 2월 오후였다. 물론 고양이는 그런 사정을 알 리 없다. 주인 얼굴 따위는 곧바로 잊어버리는 게 고양이고, 뭐 그게 고양이의 장점이다.

소문의 진상 les 5-4-3-2-1이라는 일본 밴드의 CD 〈Pre-Pop 선언〉이 좋네요. 꽤 와닿는다.

잉카의 바닥 모를 우물

'고양이 이름 짓기는 어렵다'라는 T. S. 엘리엇의 유명한 말이 있는데, 이름 짓기 어려운 건 비단 고양이만이 아니다. 이를테면 러브호텔 이름을 짓는 일도 진지하게 고민하기 시작하면 꽤 어려워 보인다. 그런 유의 시설이란 성립과정으로 보아 이름의 목적성, 필연성, 개연성이 대단히 희박한 탓이다.

요컨대 러브호텔이란 어디 있건, 어떤 외관이건 안에 들어가서 할 일은 사실 십중팔구 똑같다. 나는 그 업계를 잘 모르니 단언할 수는 없지만, 맛있는 장어덮밥을 먹거나, 하이쿠* 모임을 열거나, 단편소설을 탈고할 목적으로 러브호텔에 가는 사람은 세

---

* 일본 고유의 단시.

상에 그리 많지 않을 것이다. 그렇기에 간혹 러브호텔 이름에는 '뭐 대충 아무거나 붙여두면 되잖아. 아무튼 이름이 있으면 된다고' 하는 상당히 될 대로 되라는 식의 자세가 엿보인다(될 대로 되라 자세에는 왠지 간사이 사투리가 어울린다). 이렇듯 러브호텔 이름에서 보이는 일종의 '될 대로 되라 감성'이 나는 옛날부터 무척 신경쓰였다.

옛날, 쇼난에 '티라미수'라는 엉뚱한 이름의 러브호텔이 있었다. 역시 쇼난 지역의 히라쓰카 오이소 해안에는 '투 웨이'라는 이름의 호텔이 있다. 나는 이 이름이 전부터 은근히 신경쓰였다. 그 앞을 지날 때마다 어째서 two-way일까 의아했다. 참고로 나는 two-way라는 말을 들으면 스피커밖에 떠오르지 않는다. 고등학교 시절 갖고 싶었지만 돈이 모자라서 사지 못했던, 그리운 굿맨301의 모습이 문득 떠올라 눈시울이 뜨거워진다……까지는 아니어도, 아무튼 영일사전에서 two-way를 찾아보면 '두 방향 어느 쪽으로나 사용할 수 있는' '상호작용적인' '뒤집어서도 사용할 수 있는'이라는 설명이 나온다. 흐음, 그렇구나, 러브호텔인만큼 '상호작용적'으로 '뒤집어서도 사용할 수 있다'고 생각하면 묘하게 이해가 되지만, 호텔 주인이 무슨 목적으로 이런 이름을 붙였는지는 물론 알 길이 없다.

러브호텔 하이쿠 모임
이런 분위기지 않을까(미즈마루)

덧붙여 며칠 전 영어 책을 읽다가 'They ended up having a three-way'라는 문장을 맞닥뜨렸다. '그들은 결국 셋이서 섹스하게 되었다'라는 의미다(이 경우는 여자 한 명에 남자 두 명이었다). 그러니까 세상에는 two-way라는 표현도 있을 수 있을지 모른다. 아니면 '투 웨이'라는 이름은 '셋이 하는 건 안 돼요. 둘이 오시죠. 그럼 들여보내드릴 테니'라는 호텔 주인의 단호한 의사 표시인지도 모른다. 만일 그렇다면 그것 역시 하나의 식견이라는 느낌도 좀…… 들긴 하지만.

도메이 고속도로 요코하마 출구 근처에 '크리에이티브 룸

SEEDS'라는 호텔이 있다. 나는 도메이 고속도로를 자주 이용하기에 이것도 오래전부터 고타쓰 밑에 넣어둔 낫토처럼 끈적이며 신경쓰였다. 글자 그대로 해석하면 여기 방에 들어가서, 씨앗을 뿌리고, 제로에서 뭔가를 만들라는 건가 싶은데, 일반적으로는 오히려 그런 사태의 도래를 썩 환영하지 않는 남녀가 이런 장소에 가지 않던가? 적어도 나는 그렇게 알고 있는데.

일일이 신경쓸 필요도 없는 일이지만, 아무래도 평소 말을 다루는 장사를 하다보면 사소한 것에도 '문득 생각이 가닿는' 법이다. 절대 남의 장사에 트집 잡는 건 아니니까 당사자께서는 부디 심각하게 받아들이고 화내지 말아주세요. 한가한 소설가의, 별 의미 없는 혼잣말입니다. 구시렁구시렁.

그래도 길가의 모텔이나 러브호텔 이름을 하나하나 체크하고 비평하거나 감탄하면서 한가로이 국내를 여행하는 것도 제법 훈훈하고 괜찮지 않을까. 나이를 더 먹으면 아내와 둘이 알파로메오 스파이더를 몰고 느긋하게 그런 여행을 해보고 싶다. 이를테면 '오, 이시카와현에는 '우정어린 설득'이라는 이름의 러브호텔이 있었군' 하면서. '그렇게 쓸데없는 여행에 따라다닐 시간은 없으니까 가려면 혼자 가'라며, 아내는 쿨하게 뿌리치고 있다만……

또하나, 이건 호텔은 아닌데 몇 년 전 교토의 한 동네를 어슬렁거리다가 '휴먼스 웰'이라는 고급 아파트 간판을 발견했다. 영어로는 'Human's Well', 확실히 천학비재한 나로서는 도무지 뜻을 알 수 없었다. 그때 내 머릿속에 시각적으로 불쑥 떠오른 것은 그 옛날 인신공양으로 다달이 처녀를 던졌다는 잉카의 바닥 모를 우물이었다. 이건 솔직히 좀 무서웠다. 역시 교토는 건물 이름 하나도 어딘가 역사적으로 심오한걸. 구시렁구시렁.

소문의 진상 지난번 지바현을 드라이브하다가 '굿 럭'이라는 이름의 모텔을 봤는데, 뭐라고 답해야 할지……

조건반사는 무섭다

좀 오래된 이야기인데, 도쿄에 보기 드문 폭설이 내려 거리가 새하얗게 뒤덮였다. 평소 조깅하던 코스에도 눈이 쌓이는 바람에 헬스장에서 수영이나 할 생각으로 오전에 차를 끌고 집을 나섰다. 그런데 무슨 영문인지 이날 나는 무려 세 번이나 오른쪽 차선으로 잘못 들어서고 말았다. 다행히 도로가 비어 있었고 매번 정신이 번쩍 들어 곧바로 왼쪽으로 들어가서 큰 탈은 없었지만 제법 식은땀을 흘렸다.

나는 오랫동안 일본 국외에서 살았는데, 그동안 쭉 (영국과 자메이카 단기 체류를 제외하면) 차량이 우측통행이었다. 그래서 머릿속이 우측통행에 완전히 길들어버렸다. 작년 여름 일본에 돌아와서는 나도 긴장해서 핸들을 잡을 때마다 '알겠지, 왼쪽이야, 왼쪽' 하고 되뇌고 교차점을 돌 때마다 꼼꼼히 점검한 덕에 방향을 헷갈리는 일이 거의 없었다. 그렇게 한 달쯤 지나자 몸이 좌측통행에 익숙해져 더는 일일이 '왼쪽이야, 왼쪽' 하고 되뇌일 필요가 없어졌다. 가만있어도 자연히 좌측으로 들어가게 되었다. 인간의 동화 적응 능력이란 제법이구나 싶어 스스로 감탄했을 정도다.

그런데 그로부터 약 반년 후의 어느 날, 이미 오래전에 사장됐을 우측통행 습관이 아무 전조도 없이 갑자기 내 의식을 지배해 버린 것이다. 마치 초승달 뜬 밤, 죽은 자가 무덤에서 기어나오는 것처럼. 어째서 이런 일이 일어났는지 도통 알 수 없었다. 그런데 수영하면서 '이것도 아니고, 저것도 아니고' 생각하는 사이(나는 수영하면서 곧잘 이런저런 생각을 한다) 문득 한 가지 사실을 깨달았다. 그래, 눈 때문이야, 하고 무릎을 쳤다—라는 건 물론 수사학적 표현이고, 물속에선 무릎을 못 칩니다만.

요컨대 나는 툭하면 눈이 쌓이는 보스턴에서 몇 번의 겨울을 보냈던 까닭에 큰길 양쪽에 쌓인 눈을 보자 보스턴 거리를 운전하던 감각이 생생히 되살아났고, 무심결에 우측 차선으로 차를 몰고 들어선 것이다. 말하자면 시각적 기억이 가져온 조건반사에 따른 무의식적인 행동이었다. 그랬구나. 꼭 히치콕의 〈스펠바운드〉 같은 이야기다.

그래도 생각건대, 만일 내가 이날 반대 차선에 들어갔다가 운 나쁘게 사고를 내서 그대로 죽기라도 했으면 아무도 진짜 원인을 알지 못했을 것이다.

"일본에 돌아온 지도 꽤 됐고 좌측통행에 완전히 익숙해져 있었는데 말이죠, 왜 갑자기 틀렸을까요?" 하고 의아해하리라. 도쿄 거리에 오랜만에 쌓인 흰 눈 때문이라고는 아무도 알지 못할 것이다. 나 자신조차 그 사실을 깨닫는 데 상당한 시간이 걸렸으니까.

세상에는 예측 못할 갖가지 수수께끼와 위험이 가득하다는 것을 새삼 느낀다. 아무 일 없이 평온하고 무탈하게 살아가기란 그리 간단하지 않다.

미국에 살 때 한동안 미쓰비시 파제로(그쪽에선 몬테로라고 한다)를 몰았다. 이왕 괜찮은 사륜구동을 타게 된 김에 눈만 쌓이면 수시로 넓은 공터로 차를 끌고 나가 혼자 눈길 주행을 연습했다. 옛날 나가노에 크로스컨트리 스키를 타러 갔을 때 눈길 운전을 하다가 어지간히 간담이 서늘해진 경험이 있기에, 이번 기회에 어떻게든 서투른 과목을 극복해볼 생각이었다.

얼어붙은 도로에서 급브레이크를 밟기도 하고, 급핸들을 꺾기도 하고, 아무튼 갖가지 난폭 운전을 시험해봤다. 덕분에 180도 스핀, 연속 슬립 등 대부분의 위기를 겪어봤다. 그래도 항상 주말이었고 사람도 차도 없는 널찍한 교외의 비즈니스 단지 도로였기에 실질적인 위험은 없었다. 기껏해야 아스팔트 도로에서 풀밭으로 튀어나가거나, 차체가 나무 울타리에 가볍게 부딪히는 정도였다. 이런 무모한 짓은 일본에 있을 때는 도저히 할 수 없다.

그리하여 얻은 결론이 '눈길 운전을 잘하려면 눈길을 많이 달려서 위험한 상황에 고루 닥쳐보는 수밖에 없다'는 것이었다. 여러 조작법 중 어디까지가 안전하고 어디부터가 위험한지, 그 포인트를 몸으로 기억하는 수밖에 없다. 덕분에 지금은 눈길 운전도 그리 무섭지 않다. 어디서부터 위험한지 아니까 오히려 그리 무섭지 않은 것 같다. 무슨 일이 터졌을 때 ABS가 어떻게 작동하고, 차체가 돌아갈 것 같으면 핸들을 어떻게 꺾어야 하는지, 대강 감으로 파악이 된다. 나는 절대 운전을 잘하는 사람은 아니지만 이런 쪽으로는 꽤 열심히 연구하는 편이다. 한가하다는 것도 상당히 큰 이유지만.

초·중하급 달리기 동호회 통신 2

전국의 초급 및 중하급 달리기 선수 여러분, 매일 활기차게 달리고 계십니까? 저는 얼마 전 지바현에 가서 다테야마와카시오마라톤에 참가하고 왔습니다. 풀마라톤을 시작해 올해로 십삼 년째, 이것이 통산 열세번째인데 '좀 아슬아슬하지 않을까' 걱정했지만 어찌어찌 무사히 완주해 가슴을 쓸어내리고 있습니다.

이 레이스에는 '초·중하급 달리기 동호회' 회장(회원번호 001)인 불초 소인 무라카미와 부회장 에이조(회원번호 002) 두 사람이 참가했습니다. 작년 12월 초 제가 무릎이 상해 달리기 연습을 별로 하지 못한 터라 에이조는 '연패에서 탈출할 절호의 기회'라며 남몰래 투지를 불태웠던 모양인데, 외려 본인이 25킬로미터 지점에서 다리에 쥐가 나는 불상사를 맞아 제가 연승 기록을 경신했습니다. 도중부터 문제의 오른쪽 무릎이 아프기 시작해 내리막길을 제대로 달리지 못해서 '이거 끝까지 못 버티는 거 아닐까' 내심 조마조마했지만, 어찌어찌 '허용 범위'인 세 시간 삼십 분 분대에 골인했다. 다행이다.

이 다테야마 레이스는 한겨울치고 기후가 온화하고 도로변 풍경이 아름다워 좋아하는 마라톤 레이스 중 하나다. 한동안 평탄한 해안을 따라 달리다가 업다운이 많은 산으로 들어갔다 마지막에 다시 해안 도로로 돌아온다. 도로변의 메밀꽃이 무척 아름답다. 대개 전날 밤 지쿠라의 '지쿠라관館'에 묵으며(이곳 주인장 스즈키 씨는 미즈마루 씨의 지인이다) 느긋하게 온천에 몸을 담근 뒤, 다음날 아침 즐겁게 레이스를 달린다. 가와구치코나 오우메처럼 대규모 레이스가 아니라 스타트 직후의 몸싸움도 별로 없고, 자기 페이스에 맞춰 여유롭게 달릴 수 있다. 레이스 후에는 또 온천에 몸을 담갔다가 집으로 돌아간다.

에이조는 음식물 공급이 풍부하다는 점에서 이 레이스를 마음에 들어한다. 이 사람은 단것 없이는 장거리를 제대로 뛰지 못하는 특이체질이라 하여간 처음부터 끝까지 입을 가만두지 않는다. 이번 레이스에서는 급수 포인트에 있던 크림빵 일곱 개, 바나나 세 개를 먹어치웠다. 굉장하죠. 게다가 사탕을 양손 가득 쥐고 달리면서 계속 녹여 먹는다. 달리면서 잘도 먹는다 싶어서

심히 감탄스러울 따름인데, 에이조 눈에는 오히려 내가 이상한지 "하루키 씨, 아무것도 안 먹고 용케 그렇게 달리시네요. 그거 정상 아니거든요" 하며 늘 감탄한다.

에이조는 달리다가 도로변에서 맛있게 과자를 먹는 아이를 보면 울컥해서 '확 빼앗아버리고 싶다'고 한다. 무섭다. 그만큼 절실하게 몸에서 에너지 보급원을 요구한다는 소리다. 그래도 골에 들어와서 "이제 안 돼요, 아냐, 더는 못 먹어요" 하며 끙끙대는 건 역시 좀 정상이 아니라고 나는 생각한다. 42킬로미터나 달렸으면 보통은 '힘들어'라든가 '다리 아파' 같은 말을 하지 않나.

고백하자면 나는 경사길이 많은 레이스를 좋아한다. 오래전 나라의 '아스카 마라톤'에 나갔는데 업다운이 많은 코스라 완전히 탈진했다. 그때 느낀 바가 있어 극복해볼 요량으로 그뒤로 연습 때 일부러 경사길을, 그것도 되도록 힘든 오르막길을 골라 달렸다. 예를 들어 가루이자와에 가면 하나레야마 정상까지 달려서 오르는 식이다. 그러다보니 신기하게도 경사길이 좋아져서, 레이스에서도 오르막길이 나타나면 '좋았어, 오르막이다' 하고 절로 웃음이 나오게 되었다. 보통은 피로를 느끼기 시작할 무렵 오르막이 나타나면 맥이 빠지는데 내 경우는 완전히 반대다. 이 차이에서 나오는 정신적인 요인은 결코 작지 않을 것이다.

나의 경사길 달리기 기본 방침은 '내리막에서 다섯 명 앞지르고 오르막에서 열 명 앞지른다'로, 내리막에서는 의식적으로 페이스를 떨어뜨리고 오르막에서는 기어를 내리고 액셀을 꾹 밟는다. 이런 방식이 적성에 맞는지, 페이스만 지키면 끝까지 다리에 큰 부담이 오지 않는다. 하코네 에키덴*도 각 팀에 산길 오르기 전문과 내려가기 전문이 있고 성격이나 체질에 따라 역할을 정하는 모양인데, 나는 말하자면 오르기 전문에 가까운 멘탈리티

* 여러 주자가 릴레이 형식으로 달리는 장거리 육상경기.

인가보다.

달리기뿐 아니라 일할 때도 너무 술술 풀리면 오히려 기분이 뒤숭숭해진다. 굼실굼실 간지러운 기분이다. 누가 칭찬해주기라도 하면 온몸이 긴장해서(물론 칭찬은 기쁘지만) 시시한 말이 입에서 튀어나가고 결국 자기혐오에 빠진다. 그런데 맞바람이 불기 시작하면 갑자기 생생해지는 것이다. '좋았어, 이제 오르막길이다' 싶으면 얼굴이 흐물흐물 풀어져서(라는 표현은 조금 과장이지만), 기어를 서서히 낮춘다. 내가 생각해도 괴상한 성격이다. 장거리달리기, 더욱이 오르막길이 좋다니. 그래도 성격이란 아마 죽을 때까지 변하지 않지 싶네요.

뭐, 맥주를 좋아하긴 하지만

지금까지 서너 번, 텔레비전 맥주 광고를 찍지 않겠느냐는 제의를 받은 적 있다. 그런데 왜 번번이 맥주 광고일까? 래빗 지우개, 콤데가르송, 도에이 지하철, 이시마루 전기, 아사히신문, 다카라 싱크대, 도요타 포크리프트, 니혼대학 이공학부, 매킨토시 컴퓨터 등등 세상에는 하늘의 별처럼 많은 제품과 회사가 있다. 그런데 어찌된 영문인지 나에게는 맥주 광고 출연 제의밖에 들어오지 않는다. 아마 나라는 인간 존재의 근원과 직결되는 필연적 원인이 전설 속 거대한 장어처럼 털썩 누워 있는 게 아닐까 어리석은 추측을 해보는데, 대체 그게 뭔지, 썩 좋지 않은 내 머리로는 짐작도 되지 않는다. 아는 분 있으면 좀 가르쳐주십시오.

결론부터 말해 나는 어떤 제의도 받아들이지 않았다. 첫째로,

텔레비전에 비친 내 얼굴을 본 사람들이 '아, 맞다, 맥주 마셔야지' 하면서 무릎을 치고 냉장고로 향하는 상황을 도저히 상상할 수 없어서다. 나는 매일 아침 일어나면 세면대에서 얼굴을 씻고, 이를 닦고, 수염을 깎는다. 그러면서도 거울에 비친 내 얼굴은 되도록 보지 않으려 한다. 봐봤자 아침부터 지겨울 뿐이니까. 덕분에 지금은 거울을 전혀 보지 않고 면도를 할 수 있게 되었다. 그러니까 내가 텔레비전에 나와서, 이를테면 모두가 보는 앞에서 맥주를 꿀꺽꿀꺽 들이켠다고 누군가에게 도움이 되리라는 생각이 도저히 들지 않는다. 겸손 같은 것이 아니라.

또하나는, 왜 소설가가 텔레비전 광고에 나와야 하느냐는 근본적 의문이 내 안에서 불식되지 않아서다. 그러나 이 명제를 더 파고들면 인간관계가 더 좁아질 것 같으니 이쯤에서 그만둔다. 잊어주십시오.

희한한 이야기가 하나 있다. 로마에 거주할 때 아내와 베네치아 여행을 갔다. 차를 몰고 무작정 발길 닿는 대로 가는 여행이라 숙소도 정하지 않았다. 베네치아의 한 오래된 호텔에 방을 잡고 어느 날 아침 식당으로 향하는데 뒤에서 "무라카미 씨인가요?" 하는 소리가 들렸다. 돌아보니 정장 차림의 일본인 남자였다. "네, 그런데요"라고 대답하자 상대는 명함을 내밀었다. 광고

대행사 사람이었다. 긴 이야기를 압축하면, 그는 내게 한 맥주회사의 텔레비전 광고를 제의하기 위해 도쿄에서 베네치아까지 왔다는 것이다. 오로지 나를 만나겠다는 이유 하나로. 도대체 무슨 사연인지 알 수가 없었다.

"그런데 어떻게 알고 오셨어요? 제가 어디 있는지 아무에게도 알려주지 않았는데요." 나는 얼떨떨해서 물었다.

다시 긴 이야기를 압축하면, 그는 우선 로마에서 내가 사는 아파트를 찾아갔다. 나는 부재중이었다. 그래서 갖은 수단을 동원해 내 행방을 수소문했다. 우연히 내가 베네치아 쪽으로 여행을 간다는 말을 들은 사람이 있었던 모양이다. 그는 전화번호부를 끌어안고 베네치아의 이른바 고급 호텔에 차례차례 전화를 돌렸다. 그리고 몇 차례 시도 끝에 내 숙소를 알아냈다(그야말로 기적이다. 나는 평소에는 좀더 저렴한 숙소에 묵는데, 이때는 빈방이 없어서 할 수 없이 비싼 호텔에 묵었다). 그리하여 조식 자리에서 보기 좋게 나를 붙잡은 것이다.

평소 같으면 '사적인 여행중이고, 미리 약속하지 않은 이야기는 하고 싶지 않다'고 딱 잘라 거절할 테지만, 이렇게까지 나오면 나도 그저 감탄하는 수밖에 없었다. 무슨 소설 같다. 심지어 무대는 베네치아가 아닌가. 그래서 진지하게 이야기를 들어봤고, 지금도 그 사람에게 나쁜 감정은 전혀 없다. 넘치는 정열과

대담한 행동력—짐작건대 회사에서도 인정받는 수완가일 터다. 고대 이집트에 태어났더라면 역사에 남을 훌륭한 피라미드를 만들었을 인물이다. 어쩌다 현대에 태어나서, 어쩌다 광고대행사에 취직해, 어쩌다 맥주 광고를 만들고 있을 뿐이다. 빈정대려는 게 아니라.

그렇지만 광고 제의는 역시 미안하게도 거절했다. 만일 그때 같이 있던 사람이 아내가 아니었더라면……이라는 생각을 하면 지금도 식은땀이 흐른다. 그렇잖아요? 광고대행사 여러분, 마음은 알겠지만 사전 약속 없이 찾아오는 것만은 제발 참아주세요.

지금 와서 털어놓는데, 딱 한 번 텔레비전 광고에 출연한 적이 있다. 광고대행사에 근무하는 지인이 가전제품 광고로 국립경기장 트랙에서 마라톤 장면을 찍는다며 혹시 나올 생각 있는지 물어왔다. 재미있을 것 같아서 하겠다고 했다. 나는 외국인 러너 틈에 섞여 골 직전의 데드히트를 되풀이했다. 촬영에 한나절이 걸렸다. 워낙 작게 찍혀서 아무도 눈치채지 못했지만…… 출연료는 편의점 도시락 하나였습니다.

소문의 진상　신칸센이 나고야역에 닿으면 무심코 〈Willow Weep for Me〉를 흥얼거리는 건 혹시 무라카미뿐이려나?

공중부유 동호회 통신 3

또 공중부유 이야기입니다. 전국에서 '나는 이런 공중부유 꿈을 꾼다'는 편지가 쇄도했습니다. 일본 전국의 많은 이가 각기 다양한 방법으로 공중을 날거나 떠다니고 있군요.

이건 편지가 아니라 직접 들은 이야기인데, 우선 와다 마코토 씨(『주간 아사히』와 각별한 사이인 『주간 분슌』의 표지를 그리는 그분입니다)의 이야기.

"대개 요요기공원의 나무보다 조금 높이, 둥실 떠 있어요. 일단 주위 사람들에게 보여줘야겠다 생각하죠. 나 좀 봐, 이렇게 공중에 떠 있을 수 있다고, 하면서요. 요컨대 관심을 받고 싶은 거예요(웃음). 그래서 '헙' 하고 다리에 힘을 넣으면 그대로 스르륵, 서서히 떠오릅니다. 과연 성공할지 매번 걱정하지만 그럭저력 잘됩니다."

와다 씨는 젊은 시절, 공중에 뜨는 꿈에는 성적인 의미가 있다는 프로이트의 글을 읽은 뒤로 남들에게 이 얘기를 잘 하지 않았다고 합니다. 이번에 긴 침묵을 깨고 커밍아웃하셨습니다. 요요기공원 나무 높이에 두둥실 기분좋게 떠 있는 사람을 발견하면 그게 와다 씨입니다. 프로이트인 척하고(어떤 척이람?) 손을 흔들어주시길.

주오코론샤에서 나를 담당하는 편집자 요코다 씨(이십대 여성)는 작은 새가 되어 훨훨 날아다니는 꿈을 꾼다고 합니다. 무척 즐겁다고요. 2층 창문으로 집안을 엿보기도 하고. 그러다 때로 지면에 떨어져서 으악 하고 잠이 깬다고 합니다.

보내주신 편지를 읽다보면 공중부유 꿈에는 크게 세 가지 패턴이 있는 것 같습니다. (1)공중을 활강하거나 날아다닌다, (2)피융 하고 허공으로 높이 점프한다, (3)그냥 가만히 떠 있는다, 이 세 가지입니다. 나와 와다 씨와 햇병아리 편집자 이가라시의 경우는 (3)의 범주에 들어가는데, 전체로 보면 오히려 소수고, (1)의 예(요코다 씨의 꿈도 여기 들어가겠죠)가 압도적으로 많은 것 같습니다. 의외네요. 그중에 많았던 것이 '누군가에게 쫓기며 도망치는 사이 어느새 하늘을 날게 된다, 아 다행이다, 살았네, 그나저나 기분좋은걸, 한다'는 유형인데, 그 가운데는 '쫓

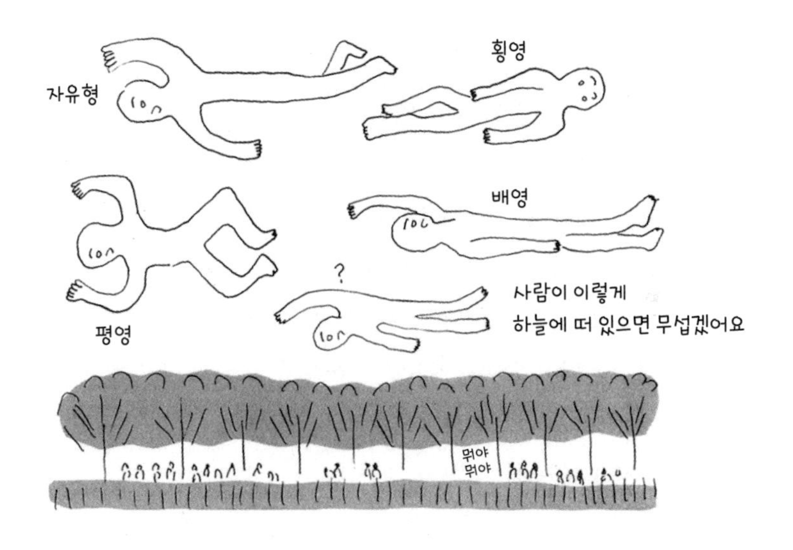

아오는 상대가 늘 오기 씨라는 이름의 할머니'라는 꽤 리얼한 꿈을 꾸는 사람도 있었습니다(스이타시에 사는 쓰기다 씨, 여성). 이건 좀 무섭겠다.

나는 법도 여러 가지인데, 제일 많은 것이 '헤엄치듯이 날아간다'는 내용입니다. 평영이나 자유형 영법으로 팔다리를 움직여 전진하는데 실제로 수영할 줄 알고 모르고는 관계없는 모양입니다. 바람을 타고 연이나 글라이더처럼 휭휭 날아간다는 사람도 있습니다. 평소 오프로드 바이크를 타고 산길을 달리는데, 딱 그런 감각으로 자유롭게 하늘을 날았다는 사람도 있었습니다(가나

자와에 사는 오시로 씨). 다리 난간에서 피융 뛰어올랐더니 그대로 날더라는 사람도 두 분 있었습니다.

공통되게 하는 말은 '이런 꿈이 무척 즐겁고 기분좋다'라는 겁니다. 거의 모든 사람이 더 자주 공중에 뜨거나 하늘을 나는 꿈을 꾸고 싶어한다. 그렇다고 언제든 척척 꿀 수 있는 건 아니다. 교토시의 미야노하라 씨는 이불을 세 채 쌓고 그 위에 고양이를 올리고 자면 백발백중 하늘을 나는 꿈을 꿀 수 있다는데(세상에는 정말이지 이런 사람 저런 사람이 다 있네요), 그런 경우는 어디까지나 예외다.

꽤 오랫동안 하늘을 나는 꿈을 꾸지 않아서 아쉽다는 사람도 제법 많은 모양이다. 나가노현 시오지리시의 가라자와 씨(여성, 74세)는 젊어서는 공중부유 꿈을 곧잘 꿔서 좋았는데, 쉰을 넘기면서부터 전혀 꾸지 않는다. 최근에는 다 같이 등산 갔다가 혼자만 다리가 움직이지 않는, 안타깝고 슬픈 꿈만 꾼다. 사람은 '꿈도 나이에 맞게 꾸는구나 싶어 망연한 심정'이라고 합니다. 아뇨, 아니에요, 그럴 리가요. 인간의 상상력은 나이에 상관없이 무한합니다. 포기하면 안 돼요. 앞으로도 힘내서 즐거운 공중부유 꿈을 꾸시길. 현재 나고야 구치소에 계신다는 아다치 씨는 갇힌 몸이 되고부터 하늘을 나는 꿈을 자주 꾸신답니다. 이분도 힘내십시오.

교토시의 가나코 씨(여성, 미혼, 27세) 얘기로는, 오사카 엑스포랜드의 스탠딩 코스터를 타면 하늘을 나는 꿈을 꿀 때의 기분을 똑같이 느낄 수 있다는군요. 엑스포랜드에 갈 때마다 세 번 연달아 타신다고. 그렇군요…… 나도 한번 타보고 싶은걸. '만일 전생이 있다면 나는 틀림없이 새였을 것'이라고 하셨는데, 이런 의견도 굉장히 많았다.

지금까지 하늘을 나는 꿈 이야기를 해도 남들은 전혀 이해해 주지 않았다, 별난 사람 취급 했다, 그래서 자기 말고도 똑같은 꿈을 꾸는 사람이 있다는 걸 알고 기뻤다, 하는 사연도 적지 않았습니다.

상처받지 않게 됨에 대해

한참 옛날 일인데, 나이를 먹으며 성욕이 차츰 줄어드는 것은 나쁜 일이 아니라는 기사를 미국 잡지에서 읽었다. '나이를 먹음으로써 성욕이라는 부조리한 감옥에서 드디어 해방되었음을 깨달은 건 내게 큰 기쁨이었다'라고 한 남성은 고백했다. 그때 아직 삼십대 초반이었던 나는 '호오, 그런가' 하고 감탄하고 넘겼다.

지금은 나도 사십대 후반에 접어들었고(세월은 나가시소멘*처럼 빨리 지나간다) 좀더 고령자 입장에서는 그 발언을 '그런 면도 있는지 모르지만 결코 그것만은 아니다. 그렇게 단순한 문제가 아니다'라고 생각한다. 더 자세한 얘기는 여러모로 번거로우

* 삶은 국수와 냉수를 대나무 관에 흘려보내 젓가락으로 재빨리 집어먹는 요리.

니, 음, 굳이 여기서 말하지 않겠다.

다소 차이가 있을지언정 나이를 먹으며 점점 떨어지는 부분이 성적인 잠재력만은 아니다. 정신적으로 '상처받는 능력'도 떨어진다. 확실히 그렇다. 나만 해도 젊어서는 꽤 빈번히 마음의 상처를 받았다. 사소한 일로 좌절해 눈앞이 캄캄해지거나, 누군가의 말 한마디가 가슴을 찔러 발밑이 우르르 무너지는 심정이 된 적도 있었다. 돌이켜보면 나름대로 고달픈 나날이었다. 이 글을 읽는 젊은이 중 누군가는 지금 그런 괴로움을 겪고 있을지도 모른다. 이런 상태로 앞으로 인생을 헤쳐나갈 수 있을까 고민하는 사람이 있을지도 모른다. 그러나 괜찮다, 크게 고민할 필요는 없다. 일반적으로 사람은 나이가 들면 그렇게 처참할 정도로는 상처받지 않게 된다.

어째서 나이들수록 상처받는 능력이 떨어지는지, 이유는 잘 모르겠다. 또 그것이 나 자신에게 좋은 일인지 안 좋은 일인지도 모르겠다. 하지만 어느 쪽이 편한가로 따지면 단연 상처를 적게 받는 쪽이 편하다. 지금은 누가 아무리 심한 말을 해도, 친구라 믿었던 사람한테 배신당해도, 믿고 빌려준 돈을 떼여도, 어느 아침 펼친 신문에 '무라카미는 벼룩 똥만큼의 재능도 없다'고 쓰여 있어도(아주 있을 수 없는 일도 아니다) 그다지 상처받지 않는다. 물론 마조히스트가 아니니 기분이 좋지는 않다. 그러나 그것

때문에 낙담하거나 며칠씩 끙끙거리지는 않는다. '별수없잖아, 다 그런 거지' 하고 그냥 잊어버린다. 젊어서는 그러기가 불가능했다. 잊고 싶어도 쉽게 잊지 못했다.

결국은 '별수없잖아, 다 그런 거지'라고 생각할 수 있느냐 없느냐의 차이일 것이다. 즉 비슷한 일을 몇 번이나 겪어본 결과, 무슨 일이 생겼을 때 '뭐야, 지난번이랑 똑같잖아'라는 생각이 들고, 매번 심각하게 고민하는 것이 바보처럼 느껴졌는지도 모른다. 좋게 말하면 터프해졌고, 나쁘게 말하면 내 안의 나이브한 감수성이 마모됐다는 뜻이다. 다시 말해 뻔뻔해진 셈이다. 변명은 아니지만 사소한 개인적 경험에 비춰 말하자면, 어떤 나이브한 감수성을 품은 채 내가 속한 업계에서 살아남으려는 건 소방수가 레이온 셔츠를 입고 화재 현장에 뛰어드는 것과 마찬가지다.

그래도 내가 나이들며 그다지 상처를 받지 않게 된 것은 뻔뻔해져서만은 아니라고 본다. 어느 날을 경계로 '이 나이 먹어서 젊은이처럼 정신적으로 상처받는 건 썩 보기 좋지 않다'는 인식이 생겼고, 그뒤로 최대한 상처받지 않는 훈련을 의식적으로 해온 것이다. 그런 인식에 이른 경위까지 말하자면 얘기가 너무 길어지니 덮어두지만(덮어두는 게 많아서 미안합니다), 그때 나는 새삼 생각했다. 정신적으로 상처받기 쉽다는 건 젊은이에게 흔히 보이는 경향인 동시에, 그들에게 주어진 고유한 권리가 아닐

뭐야, 지난번이랑 똑같은 소리잖아

까 하고.

물론 나이들어서도 상처받을 일은 얼마든지 있다. 그래도 그 상처를 노골적으로 드러내거나 두고두고 곱씹는 건 나이깨나 먹은 사람이 할 일이 아니다. 나는 그렇게 생각했다. 그래서 설령 상처를 받거나 화가 나도 꿀꺽 삼켜버리고 오이처럼 서늘한 얼굴을 하려 애썼다. 처음에는 쉽지 않았지만 훈련을 거듭하는 사이 점점 정말로 상처를 받지 않게 되었다. 물론 닭이 먼저냐 달걀이 먼저냐의 문제처럼, 상처를 받지 않게 되었기에 그런 훈련이 가능했던 건지도 모른다. 어느 쪽이 먼저고 어느 쪽이 나중인지는 알 수 없다.

'그럼, 상처받지 않으려면 현실적으로 뭘 어떻게 하면 되나요?'라고 묻는다면, '불쾌한 일이 있어도 못 본 체할 것, 못 들은 체할 것'이라고 대답하는 수밖에 없군요.

여기서 당장 실천 가능한 무라카미 하루키식 '피터의 법칙'. '우선 아내부터 시작하라. 나머지 세상 사람은 간단하다.' 아내가 없는 경우까지는…… 나도 모른다.

소문의 진상 무라카미와 미즈마루는 둘 다 로재나 아켓의 팬입니다. 무라카미는 〈최후의 출격〉 속의 그 배우를 이상하게 좋아해서, 세 번이나 봤다죠.

하나를 보면 열을 안다

전에도 썼지만 한때 고쿠분지에서 재즈 카페를 경영했다. 말이 재즈 카페지 그렇게 전문적인 성격은 아니고, 가볍게 술도 마실 수 있는 곳이었다. 내 입으로 말하기 좀 그렇지만 당시로서는 꽤 괜찮은 가게였다. 그러다 사정이 생겨 도쿄 센다가야로 옮기게 되었다.

그때 당좌 계좌가 필요해져서 가까운 은행에서 개설하려 했는데, 그 지역에서 거래 실적이 없는 탓에 어느 은행도 좀처럼 상대해주지 않았다. 미국 같으면 수표용 당좌 예금 개설이 신발끈 바꾸기보다 간단한데, 무슨 영문인지 일본에서는 절차가 어마어마하게 번거롭다.

큰일인데, 수표를 못 쓰면 여러모로 불편하고 말이지, 그렇게 생각하면서 어느 날 하라주쿠역 앞을 걷는데(그 시절 하라주쿠는 지금처럼 일 년 내내 붐비지 않았다) 모 은행 하라주쿠역 앞 지점이 막 생긴 참이라 행원들이 보도에 나와 기념품을 나눠주고 있었다. 한 아저씨가 붙임성 좋게 다가와서 "이번에 우리 은행이 여기 생겼습니다. 잘 부탁드려요" 했다. 나는 아직 젊었고 스타디움점퍼에 청바지라는 허접한 차림이라(생각해보면 지금도 비슷한 차림이지만) '나 같은 사람한테까지 말을 걸다니 꽤 한가한가보다'고 생각했지만, 혹시나 싶어 "실은 얼마 전에 이쪽으로 가게를 옮겼는데 당좌 계좌를 만들지 못해 곤란한 상황입니다"라고 털어놓았다. 아저씨는 "알겠습니다. 제가 어떻게 해보죠" 하고 말했다. 정말일까, 이 아저씨한테 그런 힘이 있을까 미심쩍어하면서 따라들어갔는데, 그가 한 여자 행원에게 "이 손님께 바로 당좌를 만들어드리세요"라고 하자 정말로 뚝딱 계좌가 만들어졌다. 나중에 명함을 받고 보니 그 아저씨는 실은 지점장이었다. 지점장이 몸소 거리에 나와 호객 행위(는 아니지만, 뭐 그 비슷한 거)를 하다니 대단하지 않은가. 나는 감탄하고 말았다.

도시은행 서열로 따졌을 때 톱클래스는 아니었지만, 그뒤로 이 은행이 좋아져서 줄곧 주거래은행으로 삼았다. 지금은 합병으로 이름이 바뀌었고 위치 관계로 옛날처럼 자주 이용하지는 않지만 호감은 변함없다. 그도 그럴 것이, 십팔 년 전 하라주쿠 지점장이 길에서 내게 다가와 인간적으로 친절하고 성실하게 대해줬기 때문이다. 물론 당시 내 개인 예금액이라고 해봐야 기업이 움직이는 돈에 비하면 매우 미미하고, 지점장의 실적에 기여하는 바도 거의 없는 것이나 마찬가지였을 터다. 그래도 그렇게 작은 일 하나하나를 견실하게 해나가면 언젠가 좋은 일이 있을 것이다. 나는 그렇게 생각한다. 내가 아는 한 이 은행은 현재까지 그리 큰 불상사를 일으킨 적이 없다.

그런가 하면 반대의 예도 있다. 칠팔 년 전 런던에서 한 달쯤 살게 되어 시내 부동산 정보를 구하러 한 항공회사 사무실을 찾아갔다. 그곳에 일본어 무료 정보지가 비치돼 있다는 얘기를 들었기 때문이다. 사무실에 들어서자 정장 차림에 지위 높아 보이는 남자가 뚜벅뚜벅 다가와 "무슨 용건이신가요?" 하고 물었다. "아, 실은 임대 아파트를 찾는 중인데, 여기 있는 정보지를 좀 보고 싶어서요." 쭈뼛쭈뼛 그렇게 대답하자 그 사람은 더러운 것이라도 보는 눈으로 나를 머리끝에서 발끝까지 훑었다. 그리고 냉소를 띠고(냉소가 어떤 것인지 그때 알았다) "호오, 정보지 말이죠, 용건은 그뿐인가요, 흐음, 그렇군요……" 하고는 그대로 뚜벅뚜벅 걸어가버렸다. 나 같은 사람한테서 한시바삐, 조금이라

도 멀리 떨어지고 싶은 것처럼.

하긴 그때 나는 돈 없는 배낭 여행자 같은 차림이었고, 항공권을 사러 온 것도 아니었다. 그 사무실에는 사실 걸리적거리기만 할 존재다. 돈도 되지 않는다. 아무리 그래도 사람한테 굳이 그렇게 불쾌함을 안겨줄 필요는 없지 않을까. 흔쾌히 웃으면서 "그러세요? 네, 가져다보십시오. 좋은 물건을 찾으시면 좋겠네요"라고 말한들 어떤 손해를 본단 말인가?

덕분에 그날부터 사흘쯤, 이른봄 런던의 흐린 하늘 아래 더없이 우중충한 기분이 가시지 않았다. 그후로 그 항공사 비행기는 불가피한 경우가 아니면 타지 않는다. 어디 타나봐라 하고 결심한 건 아니지만 다른 선택지가 있을 때는 절대 타지 않는다. 그때마다 예의 런던 사무실에서 목격한, 업소용 냉동고 수준의 싸늘한 냉소가 떠오르기 때문이다. 이 항공사가 지금까지 일으킨 사고를 꼽자면…… 길어지니까 아쉽지만 생략한다.

나는 회사든 경제든 전문적인 부분까지는 모른다. 그래도 사람 보는 눈은 없지 않고, 한번 보면 대충은 짐작이 간다. '하나를 보면 열을 알' 만한 일이 세상에는 꽤 있으니까.

소문의 진상 지하철 긴자선이 역에 접근했을 때 차내 일시 소등이 없어진 지 오래다. 무라카미는 그게 좋아서 긴자선을 애호했던 터라 몹시 아쉬워한다는 후문이다.

문학전집이란 대체 뭘까

재작년 여름 요시유키 준노스케 씨가 돌아가셔서 고별식에 참석했다. 몹시 무더운 오후였다. 나는 주위 사람 관혼상제에 자주 얼굴을 내미는 편이 아니고 요시유키 씨와도 생전에 몇 번 뵌 것 말고는 개인적 친분이라 할 만한 게 없었으므로 '무라카미 씨가 왜 굳이?'라고 묻는 편집자가 몇 있었다. '신인상과 다니자키상 때 심사위원이셨고, 여러모로 신세를 져서'라고 대답해두었다—실제로도 그랬지만, 그 밖에도 요키유키 씨와 관련해 마음에 걸린 일이 하나 있어서, 아무래도 마지막 인사를 드리고 싶었다.

꽤 옛날 일인데, 외국에 살다가 오랜만에 잠시 귀국했을 때 한 출판사에서 전화가 왔다. '이번에 우리 회사에서 쇼와 문학전집을 내는데, 무라카미 씨의 『1973년의 핀볼』을 넣고 싶다'는 이야기였다. 나는 '영광이지만 전집에 넣기에 걸맞은 작품은 아닌 것 같다. 다른 것으로 바꿔주지 않겠느냐'고 했다. 그러자 상대는 '이미 일이 진행중이고, 분량으로 봐도 그 작품이 적당해서'라는 뜻을 상당히 에둘러 전해왔다.

'분량으로 봐도 적당해서'라니, 난처한 소리다. 나는 문장을 저울에 달아 파는 사람이 아니다. 게다가 대화하다보니 이 사람은 내 작품을 전혀 읽지 않았거나, 읽었다 해도 좋게 평가하지 않으리란 느낌이 꽤 짙게 전해졌다. 물론 그런 거야 전혀 상관없지만, 심정적으로 걸림돌이 된 것은 '전집에 넣어주겠다는데 뭘 이러쿵저러쿵 따지실까' 하는 자세가 엿보인다는 점이었다. 적어도 나는 그렇게 느꼈다. 악의는 없었을지도 모른다. 어쩌면 원래 말투가 그런 사람이었는지도 모른다.

아무튼 솔직히 내가 아직 문학전집에 들어갈 만큼 대단한 작가는 아니다 싶기도 했었으므로, "상관없습니다, 번거로우면 그냥 전집에서 빼주세요"라고 요청했다. 그러자 상대는 말문이 막혔다. "그렇지만 팸플릿 인쇄도 이미 끝났는데요." 그가 말했다. "팸플릿이라니요?" 내가 물었다. "그러니까, 전집 팸플릿 제목에 '다니자키 준이치로에서 무라카미 하루키까지'라고 인쇄해버렸다고요. 이제 와서 바꿀 수는 없습니다." 그가 말했다.

나는 이해가 잘되지 않아 물었다. "좀 생뚱한 질문입니다만, 제가 이 얘기를 전에 들었던가요?" 상대는 "아뇨" 하고 말했다. 그렇다면 이 출판사는 작품 게재에 대한 승낙 없이 내 이름을 팸플릿에 인쇄하고 사후 승인을 요구하는 셈이다. 나는 절대 편협하거나 속 좁은 인간이 아니(라고 생각하)지만 어쨌거나 글재주 하나로 먹고사는 인간이니 장거리 철도 화물처럼 취급받고 싶지는 않다. "팸플릿이 어찌됐건 저는 모릅니다. 만약 수록작을 바꾸지 못한다면 이 얘기는 거절하고 싶습니다" 하고는 전화를 끊었다.

그뒤로도 몇 번 연락이 왔지만 이야기에 진전은 없었다. 그러는 사이 함께 일하는 다른 출판사 편집자로부터 "이번 한 번만 양보해주시면 안 될까요" 하는 전화가 왔다. 예의 전집 기획 담당자가 이전에 그 회사에서 자기 상사였던 것이다. 몹시 곤란했지만 이유를 잘 설명하고 거절했다.

다음에는 요시유키 씨가 중간에 사람을 세워 '한 번 양보해주면 안 되겠는가'란 메시지를 보내왔다. 전에도 말했지만 요시유키 씨는 문학상 심사위원으로서 나를 밀어준 사람이고, 그 점은 감사하게 생각한다. 그러나 누구의 뜻인지는 몰라도 실무자가 문제의 근거를 충분히 검토해 결론을 내는 게 아니라 뒤에서 손을 써서 해결하려는 방식은 받아들일 수 없었다. 그래서 '이 얘기는 더이상 관여하지 말아야겠다'고 마음먹고 그뒤로는 일절 모르는 체했다. 덕분에 나는 안 그래도 좁은 인간관계에서 몇 개를 더 그르치게 되었다.

그래도 작가로서는 개인적으로 요시유키 씨를 좋아했으므로, 돌아가셨을 때 찾아가 '죄송했습니다' 하고 손을 모으고 머리를 숙였다. 내 마음을 알아주셨는지 자신은 없다. 생전에 뵙고 사과했으면 좋았겠지만 그럴 기회가 없었다. 요시유키 씨도 결코 기꺼워서 참견하지는 않았을 텐데.

한참 나중에, 예의 전집 기획 담당자가(짐작건대 내가 통화했던 상대) 전집 간행 도중 강물에 몸을 던져 자살했다는 말을 들었다. 그때의 마음고생 때문이라고 했다. 물론 사람이 죽음을 선택하는 진짜 이유는 누구도 모르지만, 그 마음고생의 몇 퍼센트쯤은 나로 인한 것일지도 모른다. 그렇다면 실로 미안한 심정이다. 그러나 비슷한 상황이 지금 다시 한번 벌어진다면 나는 역시 똑같이 행동할 것이다.

이야기를 쓰는 일, 제로에서 뭔가를 만들어내는 일은 어차피 비정한 세계다. 모두에게 웃어주기는 불가능하고, 본의 아니게 피가 흐르기도 한다. 그 책임은 내 어깨에 짊어지고 살아가는 수밖에.

소문의 진상 2인승 컨버터블을 타고 에릭 버든&애니멀스의 〈스카이 파일럿〉을 들으며 달리면 세상 기분좋습니다. 봄이네요.

장수 고양이의 비밀: 출산 편

지난번에 곧 스물한 살이 되는 장수 고양이 뮤즈 이야기를 썼는데, 이 고양이한테는 기묘한 일화가 매우 많은지라(실은 책 한 권 분량은 된다), 몇 가지 추가해보겠습니다. '고양이를 보면 무서워서 몸이 움츠러든다'는 미즈마루 씨가 또 고양이 그림을 그려야 하는 건 대단히 미안하게 생각하지만.

뮤즈는 암컷이라 몇 번 새끼를 낳았다. 순종 샴고양이지만 나는 특별히 혈통을 따지는 편이 아니라 처음부터 자유롭게 밖에 내보냈다. 그래서 새끼들은 모두 아버지도 모르는 잡종인데, 다들 예쁘고 영리하고 활발하고 귀여워서 늘 순식간에 입양되어 떠났다. 그러다 뮤즈가 일고여덟 살이 되었을 때 아는 수의사가 "나이가 꽤 들었으니 고양이 몸을 생각해서라도 슬슬 중성화수

술을 하는 편이 좋아요"라고 하기에, 그렇게 했다. 그래도 그때까지 전부 다섯 번쯤은 임신, 분만했지 싶다.

고양이란 보통 사람 눈을 피해 어두운 데서 은밀히 새끼를 낳는 법이다. 내가 길렀던 고양이도 다들 그랬다. 태어난 새끼도 사람이 만지게 두지 않는다. 그런데 뮤즈만은 반드시 밝은 데서, 그것도 내 옆에서 새끼를 낳았다. 서서히 진통이 찾아와 산기를 느끼면 야옹야옹 울면서 다가와 내 무릎에 기댄다. 그리고 애절한 눈빛으로 내 얼굴을 쳐다본다. 나는 별수없이 "그래, 그래" 하면서 뮤즈의 앞발을 잡아준다. 그러면 고양이도 부드러운 발바닥으로 내 손을 꾸욱 누른다. 그러는 사이 드디어 '쐴룩쐴룩'이 시작되어, 다리 사이에서 새까맣게 젖은 태아가 꼬물꼬물 고개를 내민다.

새끼 낳을 때 뮤즈는 상반신을 일으키고 뒷다리를 벌려 앉는다. 나는 뒤에서 앞발을 잡고 받쳐준다. 고양이는 때때로 고개를 돌려 '아무데도 가면 안 돼, 알았지' 하는 듯 의미심장한 눈빛으로 나를 바라본다. 새끼가 밖으로 나오면 내가 태반을 잘라서 버린다. 그사이 뮤즈는 새끼의 몸을 할짝할짝 정성껏 핥는다.

그렇게 끝나면 좋으련만, 하여간 이 고양이는 매번 어김없이 네다섯 마리 새끼를 낳았다. 그리고 한 마리 낳고 나면 삼십 분쯤 휴식을 취한다. 그러니까 진통을 시작해 마지막 새끼가 태어

나는 동물병원에 가본 적이 없다(미즈마루)

날 때까지 대개 두 시간 반은 걸리는 셈이다. 그사이 나는 줄곧 뮤즈의 앞발을 잡은 채 지켜보는 것이다. 제법 기묘한 광경이거니와 체력적으로도 피곤하다.

게다가 어째서인지 이 고양이는 거의 예외 없이 자정이 지나 새끼를 낳았다. 당시 나는 가게를 운영하고 있었는데, 안 그래도 하루일을 마치고 녹초가 된 참에 새벽 두시쯤부터 날 밝을 때까지 고양이 출산을 돕는 건 보통 일이 아니었다. 도중에 아내와 잠깐 교대하고 싶어도(졸리고, 배도 고프고, 화장실도 가고 싶고) 뮤즈는 이상하게 새끼 낳을 때는 꼭 나만 찾았다. 그리고 절대 내 손을 놓지 않았다. 아내는 가끔 "걔들, 혹시 당신 아이 아니야?"라고 추궁했지만 내게는 그런 기억이 전혀 없다. 새끼들의 아버지는 동네 어느 집의 고양이다. 그렇게 말하면 난처하다. 야옹야옹.

하지만 출산하는 고양이와 한밤중에 몇 시간씩 마주하고 있던 그때, 나와 그애 사이에는 완벽한 커뮤니케이션 같은 것이 존재했다고 생각한다. 지금 여기서 어떤 중요한 일이 벌어지는 중이고, 그것을 우리가 공유한다는 명확한 인식이 있었다. 언어가 필요하지 않은, 고양이니 인간이니 하는 구분을 넘어선 마음의 교류였다. 그때 우리는 서로를 이해하고 받아들였다. 지금 생각하면 사뭇 기묘한 체험이었다.

그도 그럴 것이—세상의 멋진 고양이가 대개 그렇듯이—뮤즈도 마지막까지 평소에는 우리에게 곁을 주지 않았기 때문이다. 물론 한 가족으로 사이좋게 같이 살았지만 눈에 보이지 않는 얇은 막 같은 것이 한 겹 끼어 있었다. 기분 내키면 응석을 부리긴 해도 '나는 고양이, 당신들은 인간'이라는 선이 그어져 있었다. 특히 이 고양이는 머리가 좋은 만큼 무슨 생각을 하는지 알 수 없는 면이 컸다.

그래도 새끼를 낳을 때만은 자신의 전부를, 말린 전갱이 구이처럼, 유보 없이 내게 맡겼던 것 같다. 그때 나는 마치 캄캄한 어둠 속에 조명탄이 올라가듯이 그 고양이가 느끼는 것, 생각하는 것을 구석구석까지 생생히 볼 수 있었다. 고양이에게는 고양이의 삶이 있고, 응분의 생각이 있고, 기쁨이 있고, 괴로움이 있었다. 그러나 출산이 끝나면 뮤즈는 다시 원래의 수수께끼 가득한 쿨한 고양이로 돌아갔다.

고양이란 좀 이상한 동물이죠.

소문의 진상 『타운페이지』*에 '러브호텔'이라는 항목이 있는데, 알고 계셨어요? 무라카미는 몰랐다. 지금까지 펼쳐볼 필요가 없었으니까.

* 지역별 전화번호부.

장수 고양이의 비밀: 잠꼬대 편

고양이 하면 질색하는 전국의 여러분, 미안하지만 또 고양이 이야기입니다. 게다가 좀 으스스한 내용이니까 '별로 읽고 싶지 않은데' 싶은 분은 부디 다음 장으로 건너뛰어주세요. 다음 장에 과연 뭐가 있을지는 모르겠지만.

아무튼 스물한 살을 넘기고도 장수 기록을 경신중인 뮤즈(암컷, 샴고양이) 말인데, 이 아이는 실로 수수께끼에 싸인 고양이다. 지금까지 내가 기른 고양이 중 에피소드가 제일 많다. 예를 들면 이 고양이는 자면서 곧잘 잠꼬대를 했다. 아시는지 모르겠지만, 어떤 고양이는 꿈을 꾸고 잠꼬대도 한다. 악몽에 시달리기도 한다. 그러니 그 자체는 희한한 일이 아니다. 그런데 이 고양이는 때때로 사람 말(처럼 들리는 소리)로 잠꼬대를 했다. 이 이야기는 십오 년 전쯤 에세이로 썼으니 그때 읽으신 분이 있을지도 모르겠다. 그래도 하도 기묘한 이야기라 나 자신도 아직 이해가 안 되는 관계로, 한번 더 씁니다.

어느 날 나는 고양이와 함께 자고 있었다. 낮잠이었던 것 같은데 잘 기억나지 않는다. 아무튼 아내는 나가고 집에 나 혼자라 고양이와 베개를 나란히 하고 자고 있었다. 수사적인 표현이 아니라 정말로 베개를 나란히 놓고서. 뮤즈는 사람처럼 베개를 베고 자는 버릇이 있었다. 이쪽을 보고 누워 코를 골거나 내 귀에 콧김을 뿜어서 이따금 잠을 설칠 정도였다.

내가 눈을 감고 멍하니 잠을 청하고 있는데 "그러게 그런 말을 해봤자……" 하는 작은 목소리가 귓전에 들렸다. 나는 번쩍 눈을 떴다. 그리고 주변을 둘러보았다. 아무도 없다. 옆에서 고양이가 단잠에 빠져 있을 뿐이다. 때때로 몸을 쭈욱 뻗고 냠냠냠 잠꼬대 같은 소리를 낸다. 하지만 나는 그때 바로 옆에서, "그러게 그런 말을 해봤자……"라는 여자 목소리를 또렷이 들었다.

고양이가 자면서 뭐라 옹알댄 것이 우연히 그렇게 들렸는지도 모른다. 그래도 그렇다기에는 문맥이 너무 분명하고 억양도 제대로였다. 아직 잠들지 않았으니 꿈도 아니다. 영문을 알 수 없어 뮤즈의 어깨를 흔들어 깨웠다. 고양이는 '꿍얼꿍얼. 뭐야, 귀찮게' 하면서, 토라진 아내 같은 태도로 일어났다.

"저기, 혹시 너 방금 뭐라고 했니?" 하고 나는 진심으로 고양이에게 물어봤다.

고양이는 눈을 뜨고 내 얼굴을 힐끔 보더니, 묻는 말에는 아무 대꾸 없이 크게 하품을 하고 기지개를 켠 다음, '이 인간이 대체 뭐라는 거야?' 하듯이 이불에서 나와 고개를 저으면서 어딘가로 가버렸다. 그때 나는 '이 고양이는 분명히 뭔가 감추고 있다'는 강한 느낌을 받았다. 고양이가 자신의 중요한 비밀을 무심코 사람한테 들켰고, 그것을 대충 얼버무리려는 것처럼 보였다. 녀석은 사실 말을 할 줄 알지만 알려지면 귀찮으니까 교묘히 능력을 감추고 사는 게 아닐까 진지하게 생각했을 정도다. 어쩌면 정말로 그런지도 모르지만.

어쨌거나 그뒤로 뮤즈 앞에서는 말을 조심하게 되었다. 고양이란 정말이지 뒤에서 무슨 생각을 하는지 모를 동물이다.

이 고양이는 또 최면술을 걸어 새를 사냥하는 재주가 있었다. 우리가 보지 않을(거라고 자기가 생각할) 때, 혼자서 몰래. 그런데 아내가 우연히 현장을 목격했다. 뮤즈가 지붕 위에서, 전선에 앉은 참새 두 마리를 기묘한 소리로 불러들이는 것을 발견하고(뭐라 표현할 길 없는 소리였다고 한다), '대체 뭐하는 거람' 싶어서 커튼 뒤에서 몰래 지켜보았다. 그런데 뮤즈의 부름을 받은

참새들이 뭔가에 홀린 것처럼 그대로 고양이를 향해 폴랑폴랑, 옆걸음으로 빨려들어오더라는 것이다(그림 참조). 곱씹어볼수록 엄청난 기술이다. 그때도 나는 어쩌다 이렇게 신기한 고양이를 기르게 됐을까 새삼 생각했다. 만일 고양이에게 샤먼적인 요소가 있다면, 뮤즈는 그런 유의 능력을 얼마간 지니지 않았나 싶다.

그렇다고 이 고양이가 섬뜩하다는 생각은 한 번도 해본 적 없다. 뮤즈는 같이 살기에 매우 이상적인 고양이였다. 예쁘고, 영리하고, 튼튼하고, 숱한 수수께끼를 품고 있었다. 우리와 고양이 사이에는 늘 가벼운 긴장감이 흘렀고, 그건 그것대로 또 상당히 안정적이었다. 그런 기분을 느끼게 해주는 고양이는 흔치 않다. 짐작건대 뮤즈는 몇백 마리에 한 마리 있을 귀중한 고양이였고, 그런 고양이를 만난 것은 내 인생 최고의 행운 중 하나였다고 생각한다.

음악의 효용

나는 외동이기도 해서 어려서부터 혼자 있는 것을 괴롭게 느낀 적이 거의 없다. 물론 친구와 밖에서 놀기도 했지만, 시간이 나면 혼자서 책을 읽거나 음악을 듣거나 고양이와 놀거나 했다.

책을 많이 읽은 덕에 지금 이렇게 전업 작가로 그럭저럭 먹고 사는 것일 테지만, 음악도 일과 거의 관계없이 순수한 취미로 여전히 열심히 듣고 있다. 안자이 미즈마루 씨에게 술이 그렇듯 내게 음악 없는 인생은 좀처럼 생각하기 힘들다.

한 이십 년 전 일인데, 시부야 NHK홀에 스비아토슬라프 리히터의 피아노 연주회를 들으러 갔다. 아직 소설가가 되기 전의 일이다. 그날은 나도 아내도 너무 피곤해서 도저히 음악 감상할 분위기가 아니었다. 심적으로도 지쳐 있었다. 자세한 이유는 잊어버렸지만 뭔가 안 좋은 일이 있었지 싶다. 그래도 비싼 티켓을 그냥 버릴 수 없었기에 무거운 발걸음을 옮겨 공연장에 갔다. 마지막으로 브람스의 피아노협주곡 2번이 연주되었다.

조용한 호른 소리 인트러덕션에 이어 피아노가 들어온다. 그걸 듣는 사이 이상하게 피로가 몸밖으로 스르르 빠져나가는 느낌이 들었다. '나는 지금 치유되고 있다'는 뚜렷한 감각이 느껴졌다. 세포 구석구석 눌어붙었던 피로가 한 겹씩 떨어져나가 사라졌다. 나는 거의 꿈꾸는 기분으로 음악을 들었다. 브람스의 협주곡 2번은 옛날부터 좋아해서 여러 사람의 연주로 들어보았지만, 그렇게 감동하기는 처음이었다.

곡이 끝난 뒤에는 거의 말도 나오지 않았다. 이 얼마나 멋진 체험이람, 나는 생각했다.

신기하게도—딱히 신기하지 않을지도 모르지만—아내도 그날 밤 나와 똑같은 경험을 했다. 원래는 브람스의 피아노협주곡과 바이올린협주곡도 잘 구별하지 못하는데 그녀의 피로 역시 나의 그것처럼 네 악장 사이 말끔히 치유됐다. 공연장을 나왔을 때 봄밤은 따뜻하고 친밀했으며, 우리 눈앞에 세계와 인생이 다시 아름답게 열려 있었다.

그후에도 몇 번 둘이 같이 리히터의 공연에 갔다. 네다섯 번은 갔지 싶다. 하나같이 훌륭한 연주였다. 그러나 '치유됐다'고 느

낀 것은 이상하게도 처음 한 번뿐이었다. 과연 어떤 차이가 있었는지는 나도 모르겠다.

이것도 소설가가 되기 전 일인데, 그날 밤도 일 때문에 지칠 대로 지쳐 말할 수 없이 졸렸다—원, 인생에는 정말이지 피곤한 일이 많죠. 그런데 외국에서 온 유명 재즈 뮤지션의 잼세션풍 콘서트가 도내 모처에서 열린다고 해서 지인에게 얻어둔 티켓이 있었다. 그래서 역시 보러 갔다. 홀에 도착해 자리에 앉자마자 쌔근쌔근 잠들어버렸다. 곧 잼세션이 시작됐지만 어찌나 잠이 쏟아지는지 아랑곳없었다.

그런데 한 알토색소폰 솔로가 시작되자마자 눈이 번쩍 뜨였다. '이게 대체 뭐지?' 싶었다. 무대를 보니 소니 스팃이 솔로 연주를 하고 있었다. 나를 두드려 깨운 것은 스팃의 솔로였던 것이다. 훌륭한 솔로였다. 나는 잠이고 뭐고 확 달아나 탐욕스럽게 연주를 들었다. 그의 솔로가 끝나고 베니 골슨의 솔로가 시작됐다. 그러자 다시 졸음이 쏟아져 쌔근쌔근 잠들었다.

그날 밤은 여럿의 솔로 연주가 있었지만 스팃의 솔로밖에 기억나지 않는다. 당연하다, 스팃의 솔로 말고는 푹 잤으니까. 스팃이 연주할 때마다 눈이 번쩍 뜨였다가 연주가 끝나면 다시 감겼다. 공연이 끝났을 때는 피로가 싹 풀리고 몸이 가뿐했다. 더는 졸리지 않았다. 나는 다시 태어난 사람처럼 생기발랄했다.

"잘 자던데." 옆에 있던 지인이 어처구니없어했다.

"꿀잠이었지." 내가 말했다.

음악은 때로 보이지 않는 화살처럼 똑바로 날아와 우리 마음에 꽂힌다. 그리고 몸의 조성을 완전히 바꿔버린다. 그런 때면 마치 열일곱 살로 돌아가 다시 한번 격렬한 사랑에 빠진 기분이다. 그렇게 근사한 체험은 자주 할 수 있는 게 아니다. 실제로는 몇 년에 한 번밖에 일어나지 않는다. 그래도 그런 기적 같은 해

후를 찾아, 우리는 공연장과 재즈 클럽을 드나든다. 실망하고 돌아오는 날이 더 많다 하더라도.

서랍 속의 번뇌라는 개

때때로 '나이깨나 먹어서 매주 에세이에 시답잖은 이야기만 늘어놓고 부끄럽지 않냐. 좀더 세상에 보탬이 되는 이야기를 쓸 수는 없느냐'는 꾸지람을 듣는다. 전적으로 맞는 말이고 대꾸할 말도 없다. 그래도 이것도 쓰고 싶고 저것도 쓰고 싶어 부지런히 쓰다보면 다 시답잖은 이야기가 돼버린단 말이죠. 왜 그런지는 몰라도. 그런 연유로, 이번주도 단연 세상에 보탬이 안 되는 이야기입니다. 감안하고 읽어주세요.

좀 지난 이야기인데, 원고를 쓰려고 출판사에 부탁해 도내 모 호텔(특별히 이름을 숨긴다)에 방을 잡았다. 원래 호텔에 틀어박혀 집필하는 것을 썩 좋아하진 않지만 그때는 이사 준비가 한창이라(자주 있는 일이다) 집에서 차분히 일을 할 수 없었다.

호텔방 책상이 일하기에 좀 작아서, 프런트에 전화해 조금 더 큰 책상을 구해줄 수 없을지 부탁했다. 잠시 후 종업원 두 사람이 커다란 사무용 책상을 가져왔다. '좋아, 이제 됐다' 하고 일하다가, 일단락되어 한숨 돌리면서 무심코 서랍을 열어보니 잡지가 가득 들어 있었다. 뭔가 싶어 꺼내보니 상당히 수위 높은 성인 잡지였다. '여고생이 여차여차 저차저차' '아앗, 안 돼, 이러지마…… 아아…… 굉장해' 하는 부류. 그런 것이 전부 스무 권은 들어 있다.

이 분야의 책을 특별히 애호하지 않으므로 굳이 내 돈 주고 사지는 않지만, 어차피 보잘것없는 번뇌의 개이므로 눈앞에 있으면 안 볼 수 없다. '어허, 굉장한데. 이런 사진을 잘도 찍었군. 멍멍. 우구루루루루루' 하면서 독파한 결과, 그날은 거의 일을 하지 못했다.

호텔이 내 노동 의욕을 없애려는 악의를 품고 책상 서랍에 누드 잡지를 채워뒀을 리는 없으나 덕분에 컨디션이 틀어져버린 건 사실이다. 아니면 티타임의 다과를 권하듯 '일하다 피곤하면 이걸로 한숨 돌리세요'라는 호의였는지도 모르지만, 혹 그렇다면 완전히 역효과인 셈이다. 그런 물건이 책상 서랍에 들어 있으면 착실하게 일할 기분이 사라져버리잖아요. 꼭 나만 그런 게 아니라 모리 오가이도, 무샤노코지 사네아쓰도, 다야마 가타이도, 우에다 빈도 대동소이 아니었을까. 근대 일본문학사를 비방하려는 의도는 전혀 없지만.

해 질 무렵 고단샤의 기노시타 요코 씨(가명)가 찾아와서 "어떠세요, 무라카미 씨. 좀 진척이 있나요?" 하고 물었다. "실은 이러저러한 일이 있어서 진도를 전혀 못 나갔어요"라고 솔직히 털어놓자 "농담하세요? 뭐하시는 거예요, 진짜. 일하시라고 비싼 방값 내드리는 거라고요. 당장 버리고 오세요" 하고 호통을 쳤다. 이 사람은 때때로 나를 버릇 없는 원숭이처럼 취급한다. 뭐 상관없지만.

그렇다 해도 내 물건도 아닌데 멋대로 갖다버릴 수 없는 노릇이고, 하릴없이 주섬주섬 챙겨 품에 안고 프런트로 내려가(엘리베이터를 타기 창피했다) "실은 빌려주신 책상 서랍에 이런 게 들어 있어서 도무지 일을 할 수 없는데, 미안하지만 좀 처리해주세요" 했다. 갑자기 그런 물건을 떠안은 프런트 직원도 꽤 놀랐을 테지만 아무렇지 않은 얼굴로 "알겠습니다. 맡아두겠습니다" 하고 잡지 무더기를 받아주었다.

내 방으로 옮겨온 책상 서랍에 어떤 경위로 수위 높은 성인 잡지가 가득차 있었는지, 지금도 수수께끼는 풀리지 않았다. 호텔이란 왠지 수수께끼가 많을 듯한 장소다. 새치름한 겉모습 너머

대체 무슨 일이 벌어지고 있는지, 평범한 시민은 좀처럼 알 수 없는 부분이 있다.

이런 얘기를 했더니 "아, 실은 나도 지난번에 『SM 스나이퍼』가 책상 서랍에 들어 있어서 말이야" 하고 미즈마루 씨가 말했다. 사무실에 가져갈 생각으로 아파트 복도에 사무용 책상을 한동안 꺼내두었는데, 문득 열어보니 예의 잡지가 들어 있더란다. 누가 지나가다가 툭 넣어두고 간 듯했다. "난처하다니까. 그런 게 있으면 일이 안 된다고. 있으면 아무래도 봐버리잖아"라고 한다.

아, 다행이다. 나만 그런 게 아니었어, 역시 미즈마루 씨도 똑같은 번뇌의 개였군……이라고 생각해도 전혀 위안이 되지 않는 부분이 이 사람의 인덕이라 하겠다.

문과계와 이과계

세상 사람들은 대개 문과계 인간과 이과계 인간으로 나눌 수 있는데, 나는 원래부터 수학과 물리와 화학이 압도적으로 약한 전형적인 문과계 인간이라 인생의 진로를 선택하는 데 전혀 망설임이 없었다. 설령 제아무리 되고 싶다 해도 외과의사나 물리학자는 될 성싶지 않았다. 나아가 법률가나 경제학자도 될 성싶지 않았다. 그래서 '이러면 뭐 문학부밖에 없잖아' 하고 두말없이 문학부로 대학을 갔다. 요컨대 선택지가 거의 없었다.

부모님이 다 국문학(일본문학)을 전공해서 애초에 가정환경이 '문과계'였던 것도 있다. 집에 문학책이 많았고, 책 읽는 것이 올바른 습관으로 장려되었다. 시계를 분해하거나 전기 배선을 짜는 건 어디 먼 세상에서 일어나는 남의 일로 느껴졌다. 덕분에 나도 자연스럽게 문과계통으로 가버린 셈이다. 유전자에 의해 선천적으로 결정된 것인지, 아니면 가정환경에 따른 후천적인 것인지는 알 수 없다. 대략 유전자 30퍼센트에 환경 70퍼센트 정도가 아닐까 싶지만.

그런데 결혼해보니 아내는 한 차원 더 높은 극단적인 문과계였기에, 내가 우리집에서 일어나는 '이과계 문제'를 군말 없이 떠안아야 했다. 기계나 기구의 상태가 시원찮으면 내가 해결해야 했다. 해결하지 못하면 "그러고도 남자야?"라는 힐난이 날아왔다.

얼마 전 미국 소설을 읽다보니 '어쩌다 남성용 생식기를 한쌍 지니고 태어났다는 이유만으로 왜 자동차 자동변속기를 수리할 수 있다고 간주되어야 하나?'라고 푸념하는 남편이 나왔는데, 완전히 동감이다. 세상 어디를 가나 똑같은 법이라고 통감한다.

그래도 지금까지 나는 그런 부조리함을 제법 잘 헤쳐나왔다.

자동차 엔진오일은 주기적으로 점검하고 갈아줘야 한다는 걸 배웠다. 고문처럼 두툼한 해설서를 열심히 읽고, 아침에 일어날 즈음 빵이 잘 구워져 있도록 제빵기를 설정하는 법도 익혔다. 지금은 광케이블을 사용해 CD에서 미니디스크로 음악을 복사하는 동시에 레이저디스크로 〈카비리아의 밤〉을 볼 수도 있다. 디지

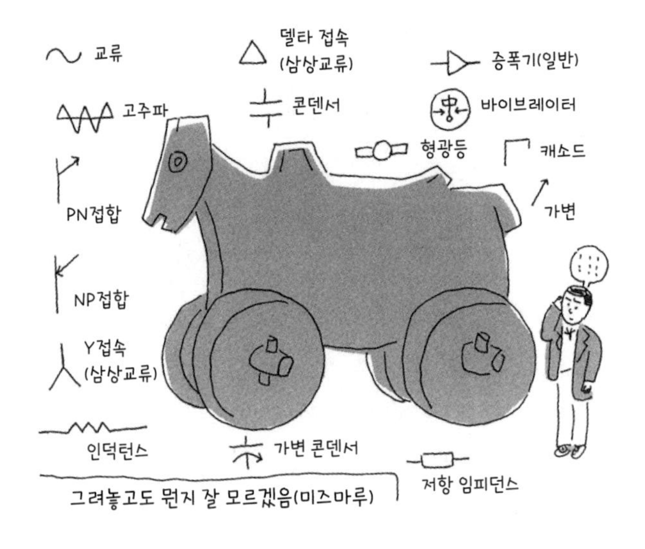

털시계의 알람이나 타이머 기능으로 400미터 트랙 기록을 잴 수 도 있다. 버튼식 전화기를 사용해 미국 은행의 예금 잔고를 확인할 수도 있다. 옛날의 나를 생각하면 현격한 진보다. 자랑은 아니지만 정말 훌륭하다고 생각한다. 스스로를 치하해주고 싶다.

하지만 세계라는 장치는 한없이 잔혹하다. 쉴새없이 새로운 장애물을 내 앞에 들이민다. 맞아요, 저는 지금 저 망할 컴퓨터 얘기를 하는 겁니다.

우리집에는 현재 총 네 대의 매킨토시 컴퓨터가 있다. 내가 데스크톱과 랩톱을 쓰고, 아내가 한 대, 어시스턴트가 한 대 쓴다.

각각 조금씩 다른 소프트웨어가 깔려 있다. 그리고 말할 필요도 없이, 네 대 중 반드시 한 대는 상태가 시원찮다. 이를테면 지금은 프린터가 의식을 잃고 누름돌처럼 죽어 있다. 이유는 알 길이 없다.

내가 책상 앞에 앉아 정신을 바짝 집중해서 '그래서 나미코는 삽살개의 배꼽을 날름 핥아주었다. 그러자 삽살개가 벌떡 일어나 헤링본 모자를 벗어던지고……' 하는 소설을 쓰고 있는데 똑똑 문 두드리는 소리가 들리고 "저기, 좀 봐줘야겠는데. 뭐가 잘 안 되네" 하는 호출이 온다. 그때마다 하늘을 우러르고 싶은 심정이다.

세상 끝 어딘가에 있을 문과계 나라의 문과계 동네나 마을로 떠나, 그곳에서 남성용 생식기 한쌍을 지닌 채 고요히 살고 싶다. 그게 내 소소한 꿈이다.

작가 주

말은 이렇게 했지만, 그후 '무라카미 아사히도'의 홈페이지가 개설되어 점점 전자두뇌에 가까워지고 있습니다. 원리는 잘 몰라도 어찌어찌 쓸 수는 있다는 게 인터넷의 좋은 점이자 찝찝한 점이죠.

다만 내 생각에, 앞으로 세상은 (1)남이 프로그래밍한 소프트

웨어를 자유로이 구사해 일하거나 노는 사람과, (2)그 프로그램을 부지런히 만들어야 하는 사람, 이 두 부류로 나뉘어가지 않을지? 상당히 어두운 근미래상이지만.

소문의 진상　옛날에 한 태국 사람이 "당신 태국 사람이죠? 숨겨도 알아요"라고 했는데, 사실이 아닙니다, 정말로.

좀더 인간미 있는 사전이 있어도 좋을 터다

우디 앨런의 영화 〈애니 홀〉에서 주인공 앨비 싱어가 이런 말을 한다.

"난 말이지, 사실 굉장히 페시미스틱한 인생관을 갖고 있어. 요컨대 인생은 호러블horrible한 것과 미저러블miserable한 것 두 종류로 정확히 분류되는데, 호러블이란 뭐라고 할까, 치명적인 케이스지. 이를테면 '맹*'이라든가 '절름**'라든가…… 그리고 음. 미저러블은 그외의 모든 것이야. 그러니까 말이야, 우리는 인생을 살면서 미저러블하다는 데 오히려 감사해야 하는 거야."(미안합니다. *는 방송 금지 용어를 뜻합니다.)

이렇게 새삼 번역하고 보니 다소 온당치 못한 내용이거니와 위험한 용어도 몇 개 들어 있어서 난처한데, 이렇게 인용해도 괜찮을까 걱정된다. 그러나 이 발언에는 우디 앨런이라는 영화 작가의 특질이 완벽할 만큼 선명하게 드러나 있다. 굳이 말할 필요도 없겠지만, 우디 앨런은 이 대목에서 신체장애가 있는 사람을 차별하는 것도 그 사람들을 무시하는 것도 아니다. 오히려 근본적인 레벨에서 공감을 품지 않았나 나는 생각한다.

그래도 그것을 한번 위악적으로 뒤집지 않으면 그의 정확한 심정이 정확한 형태로 드러나지 않는다. 꽤 까다로운 사람이다. 미국 사람은—내지 뉴요커는—대개 그런 성격을 직감적으로 알 수 있으니 '뭐 우디 앨런이니까' 하고 넘어가지 일일이 잔소리하지 않는다. 일본에서 이런 대사가 영화에 나오면 내용보다 일차적인 표현에 얽매여 좀 문제가 될 것이다.

그건 그렇고, 이 대사를 처음 접했을 때 나는 '그렇구나, horrible과 miserable 사이에는 이런 뉘앙스 차이가 있구나' 하고 감탄했다. 이렇게 생생하고 심정적인 정의는 사전의 설명이나 예문으로는 좀처럼 전달되지 않는다. 영화 자막 번역자가 고생깨나 했을 터다.

이 영화에는 그 밖에도 이상한 대사가 많다. 또 내가 좋아하는 것은 "나는 그때 어찌나 당황했는지 바지를 머리로 벗어버렸어"라는 것.

이 세상의 영일사전은 하늘의 별처럼 많지만, 특별히 이 사전의 예문이 재미있다, 생생하고 알기 쉽다, 싶은 사전은 아쉽게도 보이지 않는다. 오히려 대부분의 예문이 천편일률이라고 단언할 수 있다. 재료가 똑같다고 할까.

그런 기성 사전에 대한 나날의 욕구불만을 어느 정도 해소해주는 것이 영미문학자이자 베테랑 번역가 도비타 시게오 씨의 노작 『탐험하는 영일사전』(소시샤)이다. 고백하자면 나는 이 책을 화장실에 두고 매일 야금야금 읽으며 오랜 시간 꼼꼼히 독파했다. 도비타 씨에게는 죄송하지만, 그런 식으로 읽으면 매우 유효하게 머리에 들어오는 책이다. 번역에 뜻이 있는 사람, 혹은 영어 독해에 흥미가 있는 사람은 부디 화장실(아메리칸 스타일로 '배스룸'이라고 하는 게 느낌이 좋습니다만)에 한 권 상비해두기를 권하고 싶다. 등하교나 출퇴근 때 조금씩 읽어도 나쁘지 않을 터다. 물론 서재에서 읽어선 안 될 이유는 전혀 없지만.

이 책에는 그야말로 도비타 씨답게 동시대 영미문학에서 인용한 생생한 예문이 많이 나온다. '응, 그렇지, 이래야지' 하고 나 같은 사람은 무릎을 치면서 생각한다. 이 책의 재미는 일반적인 사전처럼 '단어를 설명하기 위해 적당한 예문을 어디서 찾아 가져오는' 것이 아니라, 거꾸로 실제의 문장을 출발점으로 삼아 그 안의 어휘를 실전적으로 설명해나간다는 신선한 발상에 있다.

그런 사전이 있으면 좋겠다고 나는 평소부터 생각했다.

애초 이것은 '번역하면서 느꼈는데, 사전의 설명은 이래서 부적절하더라. 이런 점이 실려 있지 않더라'는 현실의 케이스를 차곡차곡 쌓아서 밑바닥에서부터 만들어간 책인데(실은 나도 한때 개인적으로 그런 파일을 만들다가 귀찮아져서 그만뒀다. 이것이 한 분야의 권위자가 되는 사람과 그러지 못하는 사람의 차이다), 읽다보면 기성 영일사전에 지금까지 어렴풋이 느껴왔던 가지가지 불만이 뚜렷이 드러나서 절로 고개가 끄덕여질 때가 많았다.

이 책은 현재는 기본적으로 도비타 씨의 사제 파일 영역이지만, 앞으로 하나하나 보강되어 더 큰 규모로 일반 사전의 기능을 완수하게 되면 한결 재미있을 것이다. 세상은 넓으니까, 뛰어난 소설 독자가 만든 인간미 있는 영일사전이 하나쯤 서점 매대에 놓여도 좋지 않을까요.

♡ 소문의 진상 위를 보고 걸으면서 스키야키를 먹으면 시라타키*를 흘릴 것 같네요. 완전히 의미 없는 상상이지만.

---

* 실처럼 가느다란 곤약.

한낮의 암흑 속 회전초밥

기회가 잘 없어서 일 년에 몇 번밖에 가지 않지만, 회전초밥을 개인적으로 싫어하진 않는다. 아니, 꽤 좋아한다. 우선 아무하고도 말하지 않고 식사할 수 있다는 점이 좋다. 나는 원래도 말수가 많지 않은데 식사 때는 특히 그 경향이 강해진다. 음식 나오기를 일일이 기다리지 않아도 되는 점도 좋다. 잠자코 카운터에 앉으면 눈앞에 이미 초밥을 얹은 접시가 돌아가고 있다. 그것을 마음 내키는 대로 집어먹으면 된다. 까다로운 규칙도 없고, 벌칙도 없다.

꽤 오래전, 오차노미즈의 야마노우에 호텔에서 일하다가 바빠서 점심시간을 놓쳤다. 배고픔을 느꼈을 때는 벌써 오후 두시 반이었다. 뭘 좀 먹을 생각으로 밖에 나가봤지만 대부분의 식당이

닫혀 있었다. 나는 근처를 어슬렁거리다 눈에 들어온 회전초밥집에 들어갔다.

“어서 오세요” 하는 인사가 들려서 아무 생각 없이 자리에 앉았는데, 주위 정경이 평소와 달랐다. 뭔가가 결정적으로 이상했다. 그것이 ‘돌아가는 벨트에 초밥 접시가 하나도 올라가 있지 않기 때문’임을 알아차리기까지 몇 초 걸렸다. 빈 벨트가 터덜터덜 눈앞을 흘러갈 뿐이다. 가게 안에 다른 손님은 없다. 젊은 요리사 한 사람이 카운터 안쪽에 무료한 낯으로 서 있었다.

“저기, 장사 안 하시나요?” 나는 물어보았다. 나는 결코 스스로가 사회 일반화되기를 바라면서 살지는 않지만, 같은 상황에 처하면 대부분의 보통 시민은 똑같은 질문부터 하지 않을까.

“아뇨, 합니다.” 요리사가 말했다. “드시고 싶은 걸 말씀하세요. 그럼 만들어서 돌려드릴게요.” 이 시간에는 손님이 적어서 미리 만들어 돌리면 신선도가 떨어지니 주문을 받아 만드는 모양이다. 흐음, 그렇구나.

“마래미랑 오징어.” 내가 큰 소리로 말하자 요리사는 “예엡” 하고는 멀리서 마래미 초밥과 오징어 초밥을 쓱쓱 만들어 접시에 얹어서 벨트에 올렸다. 두 장의 플라스틱 접시가 공항 짐 찾는 곳의 슈트케이스처럼 크게 한 바퀴 돌아 이쪽으로 종종대며 다가온다. 손닿는 데 도착할 때까지 약 이십 초 걸렸다. ‘온다’ 하

고 대기하다가 접시가 가까이 왔을 때 재빨리 집어서 앞에 내려 놓고 간장을 찍어 묵묵히 먹었다.

다 먹고 녹차를 한 모금 마시고, 이번에는 "참치랑 전갱이"를 주문했다. 조금 이따 참치 초밥과 전갱이 초밥이 같은 식으로 배달되었다.

솔직히 말해 전혀 맛있지 않았다. 초밥 자체가 맛이 없다는 말이 아니라 그런 식으로 회전초밥을 먹는 것이 하나도 맛있게 느껴지지 않는다는 말이다. 긴장해서 맛을 음미할 상황이 아니다.

무엇보다 무인(이 아니라 무초밥) 벨트가 눈앞을 쉼 없이 흘러

가는 광경은 상당히 압박감이 든다. '자, 다음은 뭐야, 뭐로 할 거냐고' 하며 다그치는 느낌이다. 자고로 회전초밥이란 여러 가지 초밥이 '여어, 안녕. 적당히 알아서 드시구려. 우리도 적당히 알아서 돌아가고 있으니까' 하듯이 일찍부터 병렬적이고 수평적이고 별다른 명분 없이 컬러풀하게 존재하기에 나름대로 존재가 성립하는 것이지, 그냥 벨트만으로는 시각적으로 꽤 괴롭다. 어디서 와서 어디로 가는가, 뭐 그런 생각에 뜬금없이 잠기게 된다.

게다가 접시가 눈앞에 도착하기를 기다렸다가 신속히 집어내는 작업도 직접 해보면 은근히 긴장된다. 물론 대단한 속도가 아니니 못 잡고 놓칠 일은 없을 테지만, 세상에는 무슨 일이 벌어질지 모르는 법이다. 혹 실패하면 다시 만날 때까지 일 분쯤 걸리겠지 생각하면 식은땀이 절로 흐른다……는 좀 과장이지만, 역시 두근두근한다.

초밥집 요리사도 '쯧, 정말이지 굼뜬 손님일세. 접시 하나 제대로 못 집느냔 말이야' 하고 한심하게 볼 것 같다. 점심 한 끼 먹자고 회전초밥집에 들어갔는데 그런 수모를 당하기는 싫다.

그런 연유로 마래미와 오징어와 참치와 전갱이만 먹고 바로 가게를 나왔다. 몹시 소화가 안 되는 느낌이었다. 나는 장이 튼튼한 편인데도 그날은 저녁때까지 속이 더부룩했다. 호텔방으로 돌아와 책상 앞에 앉아서도 '지금도 거기서는 텅 빈 검은 벨트가

'자, 뭐로 할래, 다음은 뭐로 할 거야' 하고 중얼거리면서 터덜터덜 돌아가겠지'라는 상상에 긴장돼서 일이 제대로 되지 않았다.

세상엔 실로 갖가지 함정이, 생각지도 못한 장소에서 은밀히 우리를 기다리고 있는 것 같다. 아무 일 없이 매일 평온하게 살아가기란 그리 간단치 않다.

♡ 소문의 진상 '준신여자학원 학생은 반드시 육교를 건너세요(고3 제외)'라는 간판이 히로오역 앞에 나와 있던데, 거참 난해하다.

아래를 보고 걷자

보스턴에 살 때, 보스턴 글로브 신문 일요판에 일본 특집이 실렸다. 맨 윗단에 출근 풍경 사진이 큼직하게 실려 있었다. 아침의 도쿄역에서 수백 명의 샐러리맨과 OL*이 묵묵히 계단을 내려간다. 다들 검은색 계열 코트를 입고, 낙담한 것처럼 아래를 보고 있다.

사진을 보고 제일 먼저 느낀 것이 '이 사람들은 어쩜 이렇게 불행하고 우울해 보일까' 하는 것이었다. 하나같이 '아, 지겨워. 출근하기 싫다'고 생각하면서 걷는 것 같았다. 아마 사진을 본 미국 독자도 나처럼 느끼지 않았을까.

---

* Office lady, 회사에 근무하는 여성을 가리키는 일본식 영어.

그런데 곰곰이 생각해보면 계단을 내려갈 때는 누구든 발밑을 보기 마련이다. 그렇죠? 그리고 발밑을 보면 아닌 게 아니라 낙담한 것 같다. 게다가 한겨울이니 다들 목을 한껏 움츠리고 있다. 더욱이 일본인은 머리가 벗어진 사람을 제외하면 대개 검은 머리니까(마루노우치에서 일하는 샐러리맨 가운데 염색 머리는 현재로서 드물다) 이런 광경은 아무래도 전체적으로 거무스름하고 어두컴컴해진다. 결코 모든 이가 우울한 기분으로 고개를 숙인 채 출근하지는 않을 것이다.

그렇다면 이것을 보도사진으로 쓰는 건 좀 공평치 못하다는 생각이 들었다. 사진 자체는 딱히 연출한 것도 아니고 아무 문제 없지만, 결과적으로는 모종의 결론을 유도하는 셈이 된다.

실제로는 일본의 도의적 시민사회 모습을 강조한, 굳이 나누자면 호의적인 기사였음에도(보스턴 글로브는 일본에 특파원을 두었기 때문인지 극동 정보가 정확하고 상당히 우호적이다) 전체적으로는 '일본이란 나라는 다들 어두운 얼굴로 일하는 개미굴 같은 사회구나'라는 부정적인 인상을 독자에게 안겨주었다.

매스미디어란 무섭다고 그때 실감했다. 어떤 사진을 고르느냐 하나로 기사의 방향을 확 바꿔버릴 수도 있으니까.

아래를 보고 걸으면 확실히 어딘가 어두운 인상을 준다.

나는 옛날에는 등이 약간 구부정한 편이어서 똑바로 펴고 다니라는 주의를 자주 받았는데, 매일 달리거나 수영을 하면서 예전보다 등이 꼿꼿해졌다. 등을 쭉 펴고 걸으면서 알게 된 사실이, 그러면 기분이 상쾌하다는 것이다. 멀리까지 잘 보이고 숨도 깊이 쉬어진다. 가끔 발끝이 뭔가에 걸리기는 하지만……

그런데 나는 아래를 보고 걸은 덕에 궁지를 벗어난 경험이 있다. 기묘하다면 꽤 기묘한 이야기다.

결혼하고 가게를 시작한 직후 빚 때문에 애를 먹었다. 한번은 다음날 오후 세시까지 은행에 얼마간의 돈을 변제해야 하는데 뭘 어떻게 해도 3만 엔이 모자랐다. 당시 내게 3만 엔은 매우 큰 금액이었다. 부족한 돈을 빌릴 곳도 없었다. 빌릴 만한 데는 이미 박박 긁어서 빌렸기 때문이다.

그래서 '큰일이네, 어떡한담' 하고 고민하면서 아내와 둘이 고개를 떨어뜨리고 밤길을 걷고 있었다. 무슨 좋은 지혜라도 떠오를까 싶어 정처 없이 어슬렁거렸지만, 아무리 생각해도 가망이 없었다. 빈 자루를 뒤집어 터는 형국이었다. 결국 '할 수 없다. 그만 자자. 내일이면 무슨 방법이 생각날지도 모르지' 하고 스스로 타이르고 집에 돌아가기로 했다. 바람도 불지 않는 괴괴하고 고요한 밤이었다.

그런데 집으로 가는 길에 종잇조각 몇 장이 펄럭펄럭 떨어져

이 개가 은혜를 갚은 건 아닙니다(미즈마루)

있는 것이 눈에 들어왔다. 가까이 가보니 만 엔짜리 지폐였다. 그것도 딱 석 장이다. 방금 하늘에서 팔랑팔랑 내려온 듯한 모습이었다. 주위를 둘러봤지만 아무도 없다. 인적 없는 한밤중이다. 우리는 눈을 믿을 수 없었다. 금액까지 꼭 맞는다. 이렇게 꾸며낸 듯 절묘한 이야기가 있을 수 있을까? 그래도 엄연한 사실이니 어쩔 수 없다. 융이라면 이것을 '싱크로니시티'라 불렀겠지만, 당시는 그렇게 좋은 말이 있다는 것조차 몰랐다.

그 3만 엔을 주웠을 때 부부는 손을 맞잡고 울었다……라는 건 과장이지만, 솔직히 엄청나게 기뻤다. 돈은 파출소에 가져다

주지 않고 빌린 돈을 갚는 데 썼다. 아슬아슬하게 위기를 넘긴 셈이다.

돈을 잃어버린 사람한테는 나쁜 짓을 했다고 생각한다. 변명이 아니라, 그때는 하는 수 없었다. 이 자리를 빌려 깊이 사과합니다. 미안합니다. 그뒤로 주운 물건은 반드시 경찰에 갖다주고 있습니다.

일본은 이것저것 비싸네요

얼마 전 '그래, 오늘은 한가하니까 큰맘먹고 아타미에 점심을 먹으러 가자'는 생각이 들어서 도쿄에서 아타미까지 차를 몰고 갔다. 유료도로 통행료만 편도 3,500엔이 들었다. 쉴새없이 요금소에 차를 멈추고 돈을 낸 느낌이다. 참고로 작년 여름 보스턴에서 캘리포니아 롱비치까지 이 주일을 들여 자동차로 대륙 횡단을 했는데, 그때 도로 통행료가 어느 정도였나 싶어 여행 노트를 끄집어내 뒤져보니 다 해서 40달러 65센트였다. 일본 돈으로 환산하면 1,500엔 정도.

물론 나라마다 형편이 다르다. 땅값 차이도 크고, 일본처럼 좁은 나라가 자동차로 넘치지 않으려면 유료도로 통행료가 다소 비싸게 설정되는 것을 어느 정도 감수해야 한다. 하지만 도쿄–

아타미 통행료가 보스턴-캘리포니아 통행료의 두 배 이상인 건 아무리 그래도 너무하지 않은가.

그 밖에 가격 면에서 국지적으로 석연치 않은 예가 캔에 든 셰이빙 크림이다. 지난번 일본 약국에서 150그램들이 셰이빙 크림을 샀더니 480엔이었다. 미국 슈퍼마켓에서는 312그램들이가 1달러 49센트밖에 하지 않았다. 계산기를 열심히 두드려보니 그램당 가격차가 대략 여섯 배다. 이것도 너무하다면 너무하다.

그래서 미국에 갈 때마다 월마트에 들러 '왜 이런 짓을 해야 한담' 하고 속으로 투덜거리면서 셰이빙 크림 캔을 잔뜩 사들이게 된다. 셰이빙 크림의 금액만 보면 대단치 않지만, 이런 가격 설정은 역시 공정하지 못하다 싶으니까.

그 밖에 일본은 음악 CD도 아직 비싸다. 나는 재즈 피아니스트 오니시 준코를 좋아해서 종종 음반을 산다. 세계적으로도 1급 뮤지션이고, 탄탄한 드라이브감과 훌륭한 선곡 센스에 늘 감탄한다(어딘가 얼 하인스의 터치와 닮지 않았나요?). 미국 레코드 가게에서도 곧잘 눈에 띈다. 그런데 똑같이 일본에서 만든 CD를 일본에서 사려면 2,800엔, 미국 양판점에서 사면 10달러쯤이다. 물론 매번 미국까지 가서 살 수는 없으니까 그냥 일본에서 사긴 하지만, 이것도 역시 좀 이상하다. 최근에는 재판제*를 재검토해

비싸죠, 비쌉니다(미즈마루)

발매 후 일정 기간이 지나면 할인이 가능해진 모양인데, 그래도 현실의 가격차는 여전하다.

비싸다 싸다 이야기도 이 재판제가 얽히면 좀 복잡해진다. 실은 작년 여름 일본에 돌아온 뒤로 출판계 사람 여럿으로부터 "무라카미 씨, 재판제 문제에 관해서 당신은 쓸데없는 발언을 하지 않는 게 좋아요"라는 점잖은 충고를 받았다. 요컨대 현재로서 상당히 위험한 화제다. 이 업계는 출판사나 판매처나 '재판제는 선善

---

* 재판매 가격 유지 제도.

이고 정의다'라는 통일된 의견으로 일치단결중이다. 입을 잘못 놀리면 매장될 듯한 분위기마저 느껴진다.

하지만 소리 죽여 솔직하게 말하자면, 나는 이게 그렇게 필사적으로 히스테리컬해질 문제일까 의아스럽다. 예를 들어 재판제가 없는 미국 서점에서 할인가로 팔리는 책은 대부분 판매량이 많은 베스트셀러거나 오래되어 이미 절판된 양장본 정도고, 그 밖의 멀쩡한(이른바 양심적인) 책은 대개 안정적인 가격=정가로 팔린다. 적어도 도심 서점에서는 매대의 구색이 나쁘지 않다.

서비스도 나쁘지 않다. 찾는 책을 컴퓨터로 슥슥 검색해서 재고가 없으면 출판사에 주문해준다. 자세한 숫자까지는 모르지만, 일반인으로서 의견을 말하자면 이런 식으로 컴퓨터를 이용한 정보와 유통의 유연한 네트워크가 구축되면 가격을 어느 정도 내릴 수 있고, '양심적 출판물'이 살아남을 여지가 충분할 터다. 작가로서가 아니라 책을 좋아하는 한 시민으로서 나는 그렇게 생각한다.

재판제가 폐지되면 곧바로 양심적인 출판이 붕괴된다는 생각은 한때 나오던 '쌀은 한 톨도 수입 못한다'는 감정적 극단론과 상통하는 부분이 있지 싶다. 딱히 재판제가 좋다 나쁘다를 말하는 게 아니다. 모두가 터놓고 신중하게 논의해 타당한 결론을 내면 될 일이다. 내가 하고 싶은 말은 '문화를 지켜라' 같은 목청 높은 메시지가 한쪽의 이익 당사자인 미디어의 입맛대로 간단히 퍼지는 작금의 상황이 썩 공정하지 않다는 것 하나다. 그러니까 못살게 굴지 말아주세요.

성숙한 사회에서 일어나는 모든 문제에는 '올 오어 낫싱'이 아닌, 현명한 타협점이 있을 터다. 그것이 문화다. 획일적인 제도에서는 획일적인 문화밖에 나올 게 없지 않을까.

초·중하급 달리기 동호회 통신 3

역시 한가한 거지

사람을 만나면 곧잘 인사 대신 "요즘 어때요, 바쁘세요?"라는 질문을 받는데, 뭐라 대답하면 좋을지 난처하다.

사실 나는 상당히 오래전부터 마감일이 정해진 일을 원칙적으로 받지 않고 있다. 그래서 '아아, 바쁘다, 이것도 하고 저것도 해야 하잖아' 하는 느낌을 일상에서 전혀 받지 않는다. 물론 이 「무라카미 아사히도」를 비롯한 몇 건의 연재(숫자로 보면 매우 적다)에 마감일이 있긴 하지만, 유사시에 대비해 늘 한 달 치 분량을 확보해두기에, 마감일이 목전에 닥쳐서야 '뭐라도 써야 하는데' 하며 허둥대는 일은 없다.

그렇다고 매일 한가한가 하면 그것도 아니라, '이건 내년 봄까지는 해치우고 싶은걸' 하는 식의 안건은 몇 가지 안고 있다. 즉 정확히 표현하면 '길게 보면 절대 한가하지 않지만, 바로 눈앞의 상황은 바쁘지 않다'는 말이 될 터다. 하지만 그런 속사정을 남에게 일일이 설명하기도 귀찮아서 상황에 따라 "아뇨, 제법 한가해요"라든가 "요즘은 좀 바쁘네요" 하는 식으로 둘러대며 살고 있다.

그런데 이러니저러니 해도 역시 한가한 거지—라고 실감한 것이, 얼마 전 홋카이도에서 열린 '사로마 호수 100킬로미터 울트라 마라톤'에 참가하면서다. 인간이 어지간히 한가하지 않으면 이런 일을 못할 테니까.

100킬로미터란 직접 두 다리로 달려보면 만만한 거리가 아니다. 직선으로 재면 도쿄 도심에서 미토 혹은 누마즈 언저리까지다. 보통 조깅 페이스인 1킬로미터 육 분으로 달리면 정확히 열 시간, 중간중간 식사나 휴식을 넣지 않으면 몸이 못 버티니까 결국 반일 가까이 걸린다. 내 경우는 총 열한 시간 사십이 분이 걸렸다. 새벽 두시에 일어나 이런저런 준비를 하고, 아침 다섯시에 스타트해서, 골에 들어온 것이 저녁 다섯시쯤이다. 물론 달리기는 좋아하지만 역시 중간 지점을 넘어갈 즈음에는 '대체 뭐하는 거람'이란 생각에 스스로가 바보 같아졌다. 무심결에 하늘을 우러르고 싶어졌다. 말할 필요도 없이, 본인도 그렇게 생각할 정도

이니 남의 눈에는 더더욱 바보처럼 보일 게 틀림없다. 길가의 소도 키득키득 웃었을지 모른다.

당일만이 아니다. 나는 이 100킬로미터 레이스를 달리기 위해 석 달간 철저히 준비했다. 매일 물리지도 않고 달리고, 수영장에 다니고, 일주일에 하루는 날을 잡아 30킬로미터 가까이 달렸다. 거기 쏟은 시간만도 상당하다. 지난번 '요즘 우리집에는 왜 부부의 대화란 것이 없나?'라는 아내의 규탄에 '그러게, 왜일까?' 하고 생각해본 결과 의심의 여지 없이 이 레이스 대비 트레이닝이 문제였다. 바빠서 다른 일을 할 여유가 없는 것이다.

물론 내 상상일 뿐인데, 이 레이스에 출장한 다른 분들의 가정생활도 대개 우리집처럼 썰렁하지 않았을까. 그러게, 성실하게 준비연습을 하다보면 부부의 대화 같은 걸 챙길 계제가 아니거든요. 정말이지 그런 여유가 없다고요. 그렇죠?

가정생활을 희생하고, 주위에 의리 없는 짓을 되풀이하고, 부조리한 고통을 견디며, 왜 굳이 100킬로미터 레이스를 해야 하느냐고 누가 물으면(여러 사람이 물었다) 솔직히 대답이 궁하다. 아니, 한마디로는 도저히 설명할 수 없다. 그래도 굳이 단순하게 언어화하면 역시 '호기심'이라는 말밖에 없을 듯하다. 100킬로미터를 달린다는 게 대체 어떤 일일까, 나도 할 수 있을까—아마 그것을 알고 싶었을 것이다. 그래서 비행기를 타고 아바시리까

지 가서, 2만 엔 정도의 참가비를 내고, 100킬로미터를 달리고, 녹초가 되어 돌아온 것이다.

이 원고를 쓰는 지금은 레이스 이틀 뒤의 화요일로, 다리는 그다지 아프지 않지만(달리면서 틈틈이 스트레칭을 한 덕분이다) 팔꿈치에서 팔목까지 빨갛게 부어올랐다. 나는 달리면서 팔을 크게 흔드는 편이라 팔목 쪽에 건초염 증상이 나타난다. 풀마라톤이면 별일 없지만 이 정도 거리에서는 팔목의 근력 부족이 드러난다. 물집은 다행히 생기지 않았지만 오른발 새끼발톱이 떨어져나가기 직전이다. 이런 건 도저히 정상인이 할 짓이 아니다.

하지만 도코로초의 골을 통과할 때는, 내 입으로 말하기 좀 그렇지만, 감동했다. 100킬로미터라는 거리를 규정 시간 안에 완주했다는, '해냈다!' 하는 달성의 기쁨이 전부가 아니다. 훨씬 많은 이유가 있다. 한나절을 줄기차게 달리자면 실로 여러 가지 일이 생긴다. '그 여러 가지 일을 착실히 헤치고 여기까지 왔다'고 생각하니 가슴이 살짝 뜨거워졌다.

길가에서 지켜보던 여러분의 따뜻한 응원도 그중 하나였습니다. 고맙습니다.

탈모 문제

십 년도 지난 일인데, 공장 견학 책을 쓰기 위해 미즈마루 씨와 유명 가발회사를 방문한 적이 있다. 우선 별실에서 홍보 담당자(중년 남성)를 만나, '가발이란 무엇인가, 대머리가 된다는 건 어떤 것인가'라는 문제에 대해 요모조모 초보적, 학술적 강의를 들었다.

대략 설명이 끝나자 담당자는 나를 향해 이렇게 말했다. "저기 말이죠, 무라카미 씨가 지금 노란색 스웨터를 입으셨는데, 솔직히 대머리들은 어지간해선 그런 색을 입지 못합니다. 그런 생각해본 적 있으십니까?"

없다고 나는 대답했다. 정말이지 생각도 해본 적 없다.

"그런 색을 입으면 말이죠, '흐흥, 대머리 주제에 뭐 저리 화려한 색을 입었담' 하고 뒤에서 수군거리거든요. 아니, 실제로는 수군거리지 않아도 왠지 그럴 것 같아서 지레 못 입는 법입니다. 자신이 그런 처지라고 한번 생각해보십시오." 그는 말했다.

듣고 보니 마치 남의 집에 신발도 벗지 않고 성큼성큼 들어와 버린 것 같아 몹시 부끄러워졌다. 그런데 나중에 곰곰이 생각해 보니, 내가 아는 대머리들—이 아니라 정확히는 '숱이 없는' 사람들입니다—은 콤데가르송을 입고, 포르쉐를 몰고, 젊은 애인을 사귀고 하면서 제법 화려하게 인생을 즐기는 것 같다(그러고 보니 내 인생보다 몇 배는 화려한걸). 머리숱과 관계없이 각자 개인차가 아닐까, 라고 지금 와서는 생각한다. 그렇게 안이하게 일반화해서는 안 된다.

나는 현재로서는 딱히 머리가 벗어지지 않았지만, 일시적으로 숱이 줄어든 적이 지금까지 두 번 있었다. 첫번째는 삼십대 초반, 두번째는 사십대 초반의 일이다. 이 두 번만은 어쩔 수 없이 '끄응, 이거 좀 난처한걸' 하고 고민에 빠졌다. 목욕하면서 머리를 감다보면 눈에 띄게 머리가 숭숭 빠진다. 머리 감고 거울을 보면 유독 두피가 훤해 보인다. 이쯤 되면 주위에서도 "저기, 요즘 머리숱 좀 줄어들지 않았어?" 하는 말을 꺼내게 된다. 나도 '혹시 이대로 벗어져버리진 않을까' 점점 불안해졌다.

이렇게 일시적으로 머리숱이 감소하는 원인은 비교적 확실하다. 정신적 스트레스—이것밖에 없다. 첫번째는 전업 작가가 되고 얼마 지나지 않은 때였는데, 소설가가 된 것은 기뻤지만 전직과 함께 여러 트러블이 뒤따랐다. 인간관계도 영 순탄치 않았다. 그래서 정신적으로 피로가 쌓여 머리가 빠지기 시작한 모양이다. 얼마 후 상황이 안정되자 머리숱도 원래대로 돌아왔다.

두번째는 분명 『노르웨이의 숲』이 베스트셀러가 되어 갑자기 바빠진 무렵이었다. 물론 내 책이 많은 사람에게 읽힌다는 것 자체는 무척 기뻤고, 불평할 생각은 전혀 없었다. 그러나 유감스럽게도 그에 뒤따른—혹은 직접 따라오지는 않았어도 유발되었다고 할 수 있는—불쾌한 일, 괴로운 일이 몇 가지 있었다. 내게는 벅찰 정도였고 그 후유증이 몸과 머리에서 빠져나가는 데 꽤 오랜 시간이 걸렸다. 일 년쯤 거의 글을 쓰지 못했다. 그때도 안타까울 만큼 우수수 머리가 빠졌다.

아니면 서른 살, 마흔 살이라는 고비는 무슨 일이 있든 없든 정신적으로 벅찬 법인지도 모른다. 나이든다는 것, 늙는다는 건 만만한 일이 아니니까. 하지만 그때마다 클리프행어처럼 벼랑 끝에 매달렸다가 극적으로 귀환해, 내 머리카락은 그럭저럭 머리에 남았다. 세번째가 언제 올지, 혹은 아예 안 올지는 알 도리가 없다.

인생이란 예상치 못한 덫이 가득한 장치다—두 번의 일시적 탈모를 겪으며 절감한 사실이다. 그런 현상이 기본적으로 지향하는 바는 총체적 균형이 아닌가 싶다. 요컨대 '인생에 좋은 일이 하나 생기면 다음엔 반드시 좋지 않은 일 하나가 기다린다'는 말이다.

이를테면 일 관련으로 무슨 좋은 일이 생기면 대신 인간관계 하나가 박살나는 식이다. 사랑이 하나 태어나면 미움도 하나 태어난다. vice versa(반대도 마찬가지). 인생의 과정에서 때로 찾아왔던 머리숱의 증감은 그러한 장치의 통절함을 내게 가르쳐주기 위한 일종의 메타포가 아니었을까.

그런고로, 거울 앞에서 머리를 빗을 때마다 어깻심을 조금 빼고 마음 편히 살아야겠다는 생각을 한다. 뭐, 너무 빼면 멍청해 보이겠지만.

진화하는 사전

또 사전 이야기입니다.

지난번에 한 미국인이 "일본에는 왜 웃바람drafty이라는 이름의 맥주가 있죠?"라고 진지하게 질문하는 바람에 궁금해져서 집에 돌아가 사전을 찾아보았다. 나는 평소

(1) 겐큐샤 『리더스 영일』

(2) 쇼가쿠칸 『랜덤하우스 영일』 2판

(3) 『Longman Dictionary of Contemporary English』

이렇게 세 권을 애용하는데, '미국 구어: 생맥주'라는 의미를 실은 것은 (2) 『랜덤하우스 영일』뿐이었다. 미국인 대학교수도 모르는 단어 뜻을 실었으니, 랜덤하우스도 훌륭하군요.

참고로 근래 출간된 책 중 가장 유익한 명저—가격은 한 권에 55달러지만 반년 만에 알뜰히 본전을 찾았다—인 『Random House Historical Dictionary of American Slang』의 drafty 항목에는 '생맥주' 외에 '흑인에게 비우호적인'이라는 뜻도 실려 있다. 이 어휘는 주로 흑인이 사용했던 모양이다.

나는 요 십 년 동안 겐큐샤 『리더스 영일』을 정말 알차게 썼다. 전부 네 권이나 샀다. 네 권입니다. 지금껏 살면서 꽤 여러 사전을 써봤지만, 여행에 가져갈 수 있는 휴대용 사전으로 이만큼 꾸준히 쓴 것은 없었다. 이런저런 사정으로 외국을 돌아다녀야 했던 내게는 그야말로 보배 같은 존재였다. 다만 십일 년이나 지났으니 왕좌를 위협하는 라이벌이 슬슬 등장할 법하다. 그래도 중량급의 정보량과 친근감을 따졌을 때 『리더스 영일』은 단연 최상위이므로, 여전히 제일 즐겨 쓰고 있다.

작년에 나온 『랜덤하우스 영일』 2판은 여러모로 다소 불편했던 전2권 세트의 1판과 확연히 다른, 완성도 높고 훌륭한 사전이다. 여기저기 들고 다니기에는 무겁지만 한 권으로 통합된 덕에 일상적으로 사용하기 편하거니와 워낙 내용이 풍부해서 수시로 감탄한다.

이를테면 #와 *표의 명칭—이 문제는 본지 칼럼 「걸어다니는 상품학」에서 쓰나시마 리토모 씨가 다루기도 했는데, 실은 나도 고개를 갸웃한 적이 있다.

미국과 일본을 오가며 살던 시절, 곧잘 버튼식 전화기로 미국 은행에 접속했다. 도쿄에 앉아 '삐뽀빠' 키를 누르면 미국의 수표 결제 상황을 체크하거나 당좌에서 보통 계좌로 돈을 옮길 수 있으니, 요령만 익혀두면 매우 편리하다. 그러나 처음에는 꽤 큰 일이었다. '금액을 입력한 뒤 파운드 키를 누르시오'라는 자동 안내가 나왔는데, 그것이 #키라는 걸 몰랐던 것이다. 몇 번이나 틀린 키를 눌러 식은땀을 흘렸다.

궁금해서 사전을 찾아보니(곧바로 사전을 찾는 것이 몇 안 되는 나의 장점 중 하나다) #를 pound sign이라 부른다는 설명이 실려 있는 것은 (2)『랜덤하우스 영일』뿐이었다. 『리더스』에는 pound 항목에 £표만 나와 있었다. 이 차이는 두께=정보량의 문제만이 아니다. pound sign은 『랜덤하우스』 1판에는 보이지 않으므로, 개정하면서 콤팩트해짐과 동시에 세세한 부분까지 재검토해 진화했다는 사실을 알 수 있다. 참고로 *(애스터리스크)는 일명 star key로도 불리는데, 알고 계셨습니까? 이건 두 사전 모두 잘 실려 있었다.

나는 번역을 하는 까닭에 날마다 영일사전을 혹사시키는데, 본격적으로 각오하고 만든 사전과 별로 그렇지도 않은 사전은 몇 장만 넘겨봐도 확연히 다르다. 사전만큼 만드는 사람의 의식,

의욕(요컨대 들인 돈과 시간)이 역력히 드러나는 상품은 많지 않을 것이다. 그런 의미에서 『리더스』가 등장했을 때는 감동했고, 작년 여름 일본에 돌아와 서점에서 이 새로운 『랜덤하우스』를 발견했을 때도 기뻤다. 기쁜 나머지 똑같은 걸 두 권 사버렸다. 그래도 서점에서 묵직한 새 사전을 사들고 돌아올 때의 기분은 상당히 뿌듯하죠.

커트 보니것도 『몽키 하우스에 오신 것을 환영합니다』에서 사전에 대해 매우 유쾌한 글을 썼다. 이 글은 원래 신문 서평이었는데 읽을거리로도 더할 나위 없이 재미있어서 결국 단편집 수록작

중 하나가 되었다. 서평을 얼마나 재미있게 쓸 수 있는지 보여주는 적절한 예시라 생각한다. 관심 있는 분은 한번 읽어보세요.

(책 끝에 뒷이야기를 실었습니다.)

♡ 소문의 진상　무라카미가 가진 『리더스』에는 condom과 penis envy라는 소제목이 있는데, 꽤 신경쓰입니다.

말보로 맨의 고독

오모테산도와 아오야마 대로 교차점—주위를 둘러보면 휴대전화로 통화하면서 신호를 기다리는 사람이 늘 다섯 명쯤은 있는, 도쿄판 '버뮤다 해역' 같은 곳이다—에 거대한 말보로 담배 광고판이 있다. 일터가 바로 근처라 산책할 때마다 이 간판을 올려다보게 된다.

지금은 안에 조명이 들어가 밤에도 밝은 스마트한 간판이 돼버렸지만, 전에는 그냥 판자 간판이라 해가 지면 아래의 조명등이 따로 켜져야 했다. 신식으로 바뀐 것은 아마 일이 년 전으로 기억한다. 솔직히 그때 나는 엄청나게 실망했다. 소박하고 간소하게 판자로만 만들어진 예전 말보로 맨 간판을 무척 좋아했기 때문이다.

아시다시피 말보로 맨은 말보로 광고에 쓰이는 모자 쓴 카우보이 캐릭터다. 안장을 들쳐 메고, 입에 담배를 물고 있다. 당연히 그 담배는 윈스턴도 카멜도 아닌 말보로다. 말할 필요도 없이.

간판은 앞에서 보면(즉 오모테산도 쪽에서 보면) 틀림없이 말보로 맨이다. 그런데 뒤에서 보면 그냥 기묘한 판자 울타리처럼 보인다. 뒤에는 버팀목을 달아야 하니 앞처럼 사진을 붙일 수 없어서다. 실은 이것이 이 간판의 매력이었다.

네즈 미술관에서 아오야마 묘지로 빠지는 이른바 아오야마 다리 부근에서는 말보로 맨 간판 뒷모습이 제법 잘 보였다. 아는 사람이야 '아, 저거 말보로 맨이지' 하지만, 모르는 사람은 정체가 뭔지 전혀 모른다. 앞쪽으로 돌아가서야 '뭐야, 저거였어?' 한다. 나는 개인적으로 그 뒷면을 몹시 좋아했다. 보고 있으면 왠지 기분이 훈훈해졌다.

그게 좋다는 사람이 나 하나는 아니었는지, 와다 마코토 씨도 『주간 분슌』 표지에 한 번 말보로 맨 뒷모습을 그린 적이 있는 것으로 기억한다. 이렇게 마이너한 관심사에 취향이 통하는 사람들을 발견하면 꽤 유쾌해진다. 인생의 소확행(소소하지만 확실한 행복) 가운데 하나다.

이 말보로 간판은 미국이 원조인 듯, 펜실베이니아의 고속도

로에도 거의 똑같은 것이 하나 있다. 낡아빠진 빌딩 위에 큼직하게 존재감을 과시하면서. 이건 오모테산도의 예전 간판보다도 훨씬 멋진데, 간판 자체가 카우보이 실루엣이기 때문이다(오모테산도 간판도 한참 옛날로 거슬러올라가면 그런 모양이었던 것으로 기억한다).

뉴욕에서 필라델피아 쪽으로 내려올 때는 누가 봐도 말보로 광고판이다. 낯익은 말보로 맨이 고독하게 안장을 메고 서 있다. 즉 이쪽이 앞쪽이다. 반면 필라델피아에서 올라올 때는 곡선자처럼 괴상한 형태의 판자 울타리가 보일 뿐이다. 그래도 나는 똑똑히 안다. 그것이 말보로 맨의 '알터 에고(제2의 자아)'라는 것을. 그 모습을 보면 늘 가슴이 설렜다.

뉴저지에 살 때, 일본에서 온 사람을 차에 태우고 그 도로를 타고 올라간 적이 몇 번 있었다. 그때마다 나는 간판 뒤쪽을 가리키면서 "저게 무슨 광고인 것 같아?"라는 퀴즈를 냈다. 그러나 답을 아는 사람은 없었다. 다들 "흠, 모르겠는데. 상상도 안 돼"라고 했다. 지나쳐서 뒤돌아보고서야 "뭐야, 저거였구나" 하기 마련이다. 뒷모습만 보고도 "말보로 맨이잖아요" 하며 정답을 맞힌 사람은 한 명뿐이었다. 광고업계 사람이었다. 전문가는 역시 다르다.

그래도 '오려내지' 않은 오모테산도의 말보로 맨 역시 내게는 충분히 매력적이었다. 그는 언제나 고독했다. 늘 혼자서 쓸쓸한 얼굴로 담배를 물고 있다. 어딘가 먼 곳을 응시하고 있다. 그 고독함은, 그렇다—그가 기묘한 뒷면을 품었기에 한층 도드라진다.

오모테산도에 새로 세워진 말보로 맨에게서는 이제 고독한 그림자를 찾아볼 수 없다. 옛 말보로 맨이 오모테산도와 아오야마 대로에 드리웠던 불가사의한 아우라도 사라져버렸다. 그래서 조금 아쉽다. 아오야마 다리 부근을 걸을 때마다 '그건 이제 사라져버렸구나'란 생각에 쓸쓸해진다. 형체 있는 것은 언젠가 사라진다. 형체 없는 것도 언젠가는 사라진다. 남는 것은 기억뿐이다.

(책 끝에 뒷이야기를 실었습니다.)

필명을 쓸 걸 그랬나 싶지만

'무라카미 하루키'는 필명이 아니라 본명이다. 내가 작가로 데뷔한 무렵을 돌이켜보면(지금도 거의 마찬가지지만), '무라카미 하면 류, 하루키 하면 가도카와'라는 게 일반적인 인식이었다. 이를테면 3번 타자 오 사다하루, 4번 타자 나가시마 시게오, 같은 것이다. 그래서 '아무리 필명이라지만 좀 과하지 않느냐'는 말을 여기저기서 꽤 들었는데, 사실 이거 본명입니다. 일일이 필명을 생각하기 귀찮아서 그대로 썼을 뿐이다.

그런데 본격적으로 소설가로 먹고살게 되고부터 '난처한데, 이럴 줄 알았으면 필명을 쓸 걸 그랬어' 하고 깊이 후회하는 일이 적지 않았다. 혹 여러분 중에 앞으로 소설가가 되고 싶은 분이 있다면 이번 글이 조금이나마 참고가 되었으면 합니다.

필명을 쓰지 않아서 제일 곤란한 점은 뭐니 뭐니 해도 각종 공공장소에서 큰 소리로 이름이 불릴 때 사생활을 지킬 수 없다는 것이다.

예를 들어 은행 창구가 그렇다. 일본의 은행은 차례가 오면 "무라카미 씨이~ '무라카미 하루키' 씨이이이~!" 하고 커다란 목소리로 외치곤 한다. 소설을 쓰고 이름이 조금 알려지기 시작한 후로는 이게 정말 창피했다. 자의식과잉이라고 할지도 모르지만, 정말로 내 쪽을 빤히 보는 사람도 적지 않았다.

최근에는 (그런 일도 있고 해서) 직접 은행에 가지 않고 아내나 어시스턴트가 대신 가준다. 그런데 본인이 아닐지언정 '창구에서 이름이 불리면 역시 창피하다'는 후문이다. 이건 어떻게 좀 해주면 좋겠다. 번호표를 발급해 번호로 부른다거나. 이미 그렇게 하는 은행도 있을지 모르지만.

지난번에 가까운 '교통안전협회'에 운전면허증을 갱신하러 갔다. 창구의 여자 직원 두 명이 내 면허증과 얼굴을 번갈아 쳐다보며 "음, 무라카미 하루키 씨, 주소는 가나가와현……" 하더니 둘이 얼굴을 마주보았다. 그리고 "동명이인이시네" 했다. 나도 '맞아요, 맞아' 하는 얼굴로 싱긋 웃고 고개를 끄덕였다. 이런 일이 있으면 몹시 기쁘다. 행복한 기분으로 하루를 지낼 수 있다.

물론 늘 그렇게 행운이 따르지는 않는다.

몇 년 전 여름, 얼굴에 오톨도톨 좁쌀 같은 것이 생겼다. 시판 크림을 발라도 효과가 거의 없어서 요코하마의 피부과 병원에 갔다. 그곳을 소개해준 동네 아주머니는 "좋은 병원이긴 한데요, 분위기가 좀……" 하고 말끝을 흐렸다.

왜 그랬는지 직접 가보니 잘 알 수 있었다. 그곳은 피부과와 성병과를 겸한 병원으로, 양쪽 환자가 소금과 깨처럼 뒤섞여 대기실을 가득 채우고 있었다. 누가 어디 소속인지 겉만 보고는 좀처럼 알 수 없다. 대기실 바로 안쪽이 진찰실이라 의사 목소리가 고스란히 들린다. 의사는 목소리가 몹시 우렁찬데다 문이 활짝 열려 있는 탓이다. 내밀한 검사는 칸막이 커튼 안쪽에서 하지만 소리는 흘러나온다.

"아주머니, 이거 트리코모나스예요. 바깥양반이 어디서 얻어 오셨네. 집에 가서 바깥양반 한 대 때려주세요"라든가, "**씨, 싹 나았어요. 이렇게 깨끗하게 낫는 경우는 드문데. 어쨌든 이번 기회에 정신 차리고 앞으로는 벌거벗은 여자 2미터 이내로 접근할 때는 잽싸게 콘돔을 끼도록 해요" 하는 말을 들어가며 다들 대기실에서 묵묵히 차례를 기다린다. 한 시간은 기다렸지 싶다.

이윽고 "무라카미 씨이~ 무라카미 하루키 씨이이이이~!" 하고 간호사가 불렀다. 이런, 빨리 가야 해, 하고 당황해서 자리에서 일어났지만, 사람이 너무 많은 통에 좀처럼 빠져나가지 못했다.

게다가 허둥대다 발이 걸리고 말았다. "무라카미 하루키 씨이이이이이~ 안 계신가요? 무라카미 씨이이~ 무라카미 하루키 씨이이이이이이~!" 이 간호사 역시 목소리가 우렁차다. 거의 쇳소리다. 이 병원은 목소리 크기로 간호사를 채용하나 싶을 정도다. 지나갈 때 다들 내 얼굴을 흘끔거리지 않나, 정말 창피했다.

참고로 얼굴의 좁쌀은 면도칼 때문에 생긴 단순한 염증이라 의사도 매우 재미없어하는 기색이었다. 진료실을 나오려는데 "엄청 센 무좀 피부를 아까 도려냈는데, 좀 보고 가실래요?" 하면서 현미경을 밀어주었다. 확실히 엄청나기는 했는데, 그래도

음, 상당히 이상한 병원이었다.

혹시 앞으로 성병과에 갈 일이 있을지도 모른다 싶은 작가 지망생 여러분은(많을 테지) 역시 필명을 지어두는 편이 현명하지 싶습니다. 노파심에서 하는 말이지만.

(책 끝에 뒷이야기를 실었습니다.)

하루 만에 확 바뀌는 일도 있다

뭔가를 보는 눈이 어떤 계기로 하루 만에 확 바뀌는 때가 가끔 있다. 그렇게 자주는 아니지만(자주 그러면 무척 피곤할 테죠), 잊어버렸을 때쯤 문득 찾아온다. 긍정적으로 바뀌는 때가 있는가 하면 부정적으로 바뀌는 때도 있다. 말할 필요도 없이, 긍정적인 변화가 훨씬 바람직하지만……

옛날 다이나 워싱턴이 〈What a Difference a Day Makes(단 하루가 얼마나 큰 변화를 가져오는가)〉라는 노래를 불렀는데, 물론 이건 사랑 얘기다. 사랑으로 주위 광경이 크게 바뀌어버리는 경험은 많은 이가 겪어봤을 것이다. 사랑하는 이성과 마음을 주고받음으로써 빛의 반짝임과 바람의 감촉이 어제까지와 전혀 다르게 느껴지기……도 합니다.

사랑과는 관계없지만, 이탈리아에 살 때 우연히 집 근처에서 화가 데키리코 회고전이 열려서 시간을 때울 겸 훌쩍 들러보았다. 특별한 기대를 품고 갔던 것은 아니다. 데키리코 하면 긴 그림자가 드리운 길모퉁이에서 소녀가 굴렁쇠를 굴리는 그림과, 원추형이나 구형의 희한한 인물이 나오는 표현주의적 그림을 몇 점 아는 정도고 솔직히 큰 관심도 없었다. 게다가 데키리코는 만년에 매너리즘에 빠져 '자기 스타일을 복제해 작품을 양산했다'는 비판과 야유를 받는 사람이기도 하다.

전시장은 관람객이 거의 없어 휑뎅그렁했다(마치 데키리코가 그린 거리처럼). 대신 그림들이 놀랄 만큼 빽빽이 전시되어 있었다.

결론부터 말해 데키리코의 그림은 예상과 달리 재미있었다. 습작 시기, 독자적인 스타일을 발견하기 시작한 성장기, 이윽고 자신의 세계를 확립한 성숙기, 고원 위의 너른 벌판으로 나온 것처럼 안정된 원숙기, 그리고 예의 '자기 복제'라고 비판받는 말기. 그렇게 시기별로 그림이 배치되어 데키리코의 일생을 고스란히 더듬어가게 되어 있었다. 그림들을 하나하나 보는 사이 나도 모르게 어떤 감동을 느꼈다. 그가 얼마나 맹렬한 노력을 거듭해 자기 스타일을 확립하고, 성공하고, 그뒤로도 새로움을 기구하는 한편 나름의 시행착오 끝에 죽어갔는지—그 발자취의 성

실하고 절실한 기록이었다.

하긴 만년에는 상당한 매너리즘에 빠졌는지도 모른다. 텔로니어스 멍크의 피아노와 마찬가지인데, 그토록 특출나고 독자적인 스타일을 완성해버리고 나면 다시 무너뜨리고 변화해나가기가 어려워진다. 그러나 그가 태평하게 안주하지만은 않았다는 사실은 가만히 그림을 들여다보면 알 수 있다.

실물 작품이 지니는 무게란 화집 등으로 보는 느낌과 사뭇 다르다고 새삼 생각했다. 그것에는 사람이 일생을 산다는 것이 얼마나 격렬한지가 드러나 있다. 세간의 일반적인 평가대로 '데키리코야 뭐……'라고 가볍게 생각했던 스스로가 부끄러웠다. 내가 지금까지 본 것은 그가 남긴 방대한 작품 가운데 극히 일부, 그나마도 복제품에 지나지 않았다. 그림도 그렇고 음악도 그렇지만, 우리는 평소 너무 많은 교묘한 '복제'에 둘러싸여 있는 탓에 '실물'이 지니는 거칠고 격렬하고 묵직한 면을 놓치고 있는지도 모른다.

미술관을 나오면서 그런 생각을 했다. 그뒤로 나는 데키리코의 팬이 되었다. 그때 느낀, '뭔가가 확 바뀔' 때 근육이 뒤틀리는 것 같은 감각이 지금도 몸에 남아 있다. 사랑만큼 다이내믹하지는 않지만, 이런 하루가 있으면 좀 이득을 본 기분이 된다.

전에도 어디에 쓴 이야기인데, 내가 불현듯 소설을 써야겠다고 생각한 '어느 하루'가 있다. 스물아홉 살 4월의 오후였다. 나는 그때를 선명히 기억한다. 햇빛과 바람의 강약, 주위에서 무슨 소리가 어떻게 들렸는지도 어제 일처럼 떠올릴 수 있다. 내 머릿속에서 문득 무언가가 작게 반짝였고, 그래서 '그래, 지금부터 소설을 써야지' 하고 생각했다. 아니, '나는 소설을 쓸 수 있다'고 인식했다. 구체적인 계기나 근거 같은 건 전혀 없다. 그저 혼자서 인식했을 뿐이다.

그로부터 약 일 년 후, 『바람의 노래를 들어라』라는 소설이 문예지 신인상을 타고 불완전하게나마 작가라 불리는 몸이 되었는데, 스스로가 느끼기에는 바로 그날 진구 구장 외야석에서 이미 작가가 되어 있었던 것이다. What a difference a day makes.

지금 돌이켜보면 실은 그것도 격렬한 사랑에 빠지는 것과 같은 원리였는지도 모른다. 찌릿찌릿 등줄기를 훑는 느낌은 격렬한 숙명의 사랑 외의 그 무엇도 아니었다. 음, 꽤 좋은 거였다.

이탈리아 자동차는 즐겁다

비교적 나이가 든 뒤, 로마에 살 때 운전면허를 땄다. 생짜 초보 입장에서 운전 매너나 테크닉의 대부분을 로마 거리에서 배운 셈이다. 나중에 생각하면 장님 뱀 무서운 줄 모른다고 할까, 상당히 무서울 상황이었는데 그때는 '뭐, 다 이런 거겠지' 하고 되는대로 술술 몰고 다녔다. 가슴이 덜컥하는 일도 없지는 않았지만 다행히 사고를 낸 적은 없다.

일본 운전자 중에는 '로마에서만은 운전하고 싶지 않다'고 말하는 사람이 많은데, 나는 로마 사람들의 운전이 그렇게 지독하다고 생각하지 않는다. 언뜻 보면 몹시 공격적이고 거의 카오스 같지만, 잘 보면 규칙적인 룰이 있고 그 룰을 모두가 기본적으로 존중한다. 그러니까 잘 따라가기만 하면 별로 무서울 일은 없다.

로마에 가면 로마법을 따르라는 말이 있는데, 딱 그 짝이다.

그 로마 룰의 근본은 역시 '표정'에 있다고 본다. '어쩐다? 괜찮을까?' 고민될 때는 재빨리 상대 운전자의 얼굴을 본다. 눈빛을 보면 내가 가도 될지 가면 안 되는지 대충 읽을 수 있다. 상대의 눈이 보이지 않을 때는 자동차의 제스처를 본다. 이걸로도 거의 알 수 있다. 콧잔등의 떨림이 '노오오오(안 돼)!'라든가 '……시(좋아)'라고 웅변하니까. 거짓말 같지만 한동안 운전하다보면 자연히 알게 된다.

나는 오히려 도쿄에 돌아온 뒤에 운전하기가 훨씬 불안했다. 운전자나 차의 표정을 전혀 읽을 수 없어서다. 주위를 달리는 차들이 대체 무슨 생각을 하는지 도무지 알 수 없었다. 그 사실에 몹시 놀랐을뿐더러 공포마저 느꼈다. 그래도 시간이 좀 지나자 차츰 그런 사회에 익숙해져서, 나도 도쿄 거리를 가득 메운 무표정한 운전자 중 한 사람이 되고 말았다. 좀 아까운 생각도 든다. 일껏 이탈리아 운전자로 귀중한 훈련을 받아놓고서.

『먼 북소리』라는 책에도 썼지만, 나는 로마에서 란치아 델타 1600GT라는 차를 샀다. 순전히 모양 때문이었다. 델타는 인테그랄레라는 초超스포츠 버전이 더 유명하고 일본에서도 곧잘 보이는데, 스타일 자체는 오버펜더가 없는 노멀이 훨씬 낫다. 주지 아로의 군더더기 없고 적확한 디자인이 그야말로 빛을 발한다.

성능을 따지면 별것 없다. 아니, 확실히 말하자면 좀 문제가 있었다. 120킬로미터를 넘기면 핸들이 후들대고, 핸들에서 손을 살짝 떼면 바퀴가 '끼이이이이익' 하고 왼쪽으로 활을 그리며 돌아갔다(이 활에 딱 맞는 긴 커브가 도메이 고속도로에 있는 것을 발견하고 주위에 종종 자랑했다). 에어컨은 흰 안개를 내뿜을 뿐 거의 무용지물이다. 파워스티어링이 없는데다 핸들이 유난히 무거워서 평행 주차는 아널드 슈워제네거에게 맡기고 싶을 지경이었다. 차내에 플라스틱 냄새가 지독해서 어지러울 정도고, 도로의 소음이 그대로 들어온다. 변속레버를 넣기도 어렵거니와 곧바로 흔들거린다.

그래도 정말로 즐거운 차였다. 나는 이것을 인생 첫 차로 선택한 것을 조금도 후회하지 않는다. 오히려 큰 행운이었다는 생각마저 한다. 왜냐하면 이 차에는 표정이 있었기 때문이다. 쉬운 말로 설명하면 '무슨 생각을 하는지 또렷이 알 수 있는' 차였다. 그런 차는 찾기 힘들다. 세상에 훌륭한 차는 얼마든지 있겠지만, 표정이 생생한 차는 그리 많지 않다.

확실히 속도는 잘 나지 않았다. 그래도 메르세데스로 뚱하니 시속 120킬로미터를 내달리기보다, 이 차로 80킬로미터를 밟는 쪽이 훨씬 박력 있었다. 액셀을 밟으면 태코미터 바늘이 피융 튀

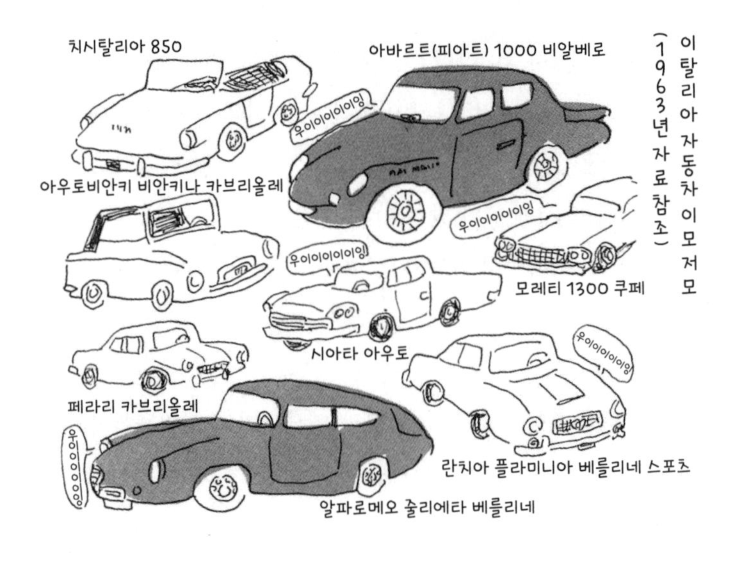

어오른다. 엔진이 '우이이이이잉' 하고 열락의 소리를 낸다. 요란하게 바람 가르는 소리. 마치 레이서가 된 느낌이다. 우어어어…… 그런데 잘 보면 속도는 불과 시속 80킬로미터다. 요컨대 입만 산 셈이다. 얘는 뭐야, 싶기까지 하다. 그래도 이쯤 되면 정이 드는 법이다.

정이 드는 바람에 일본으로 돌아올 때도 가져왔는데, 결국 떠나보냈다. 일본에서는 도저히 유지할 수 없어서다. 어느 무더운 여름날 오후, 가이엔니시 대로 시로카네 근처에서 정지 상태로 핸들을 돌리려다 인내심이 바닥나고 혼이 빠져서(오래된 이탈리아 차를 모는 사람이라면 이 기분을 알아주리라), 결국 지인에게 팔았다. 그때는 두 번 다시 이탈리아 차 따위는 안 사겠다고 다짐했다.

그런데 또 사게 된단 말이죠. 얼마 전 아내한테 "바보 아니야?"라는 말을 들어가며 모 이탈리아 차를 샀다. '우이이이이잉'은 역시 즐겁기에.

소문의 진상　노르웨이어판과 일본어판(오사마)의 비치 보이스 곡집 CD를 번갈아 들으면 여름이 비뚤어지는 느낌이라 좋군요.

일본 아파트 및 러브호텔 이름 대상이 결정됐습니다

하루키　이번 회는 증간호이기도 해서 평소와 분위기를 바꿔 라이브로 진행합니다. 지난번에 햇병아리 편집자 이가라시가 편집장에게 싫은 소리를 실컷 들으면서도 무릎 꿇고 읍소해 네 페이지를 더 얻어온 관계로 지면이 풍성하군요.

햇병아리　고생 좀 했다고요. 더 줘봤자 어차피 쓸데없는 소리나 할 거 아니냐고……

하루키　좋아, 좋아. 잘했어. 그런 연유로, 이번 라이브는 사실 시바공원에 있는 '크레센트' 특별실에서 프렌치 요리라도 먹어가며 우아하게 진행할 예정이었지만, 예산 관계로 아오야마에 있는 미즈마루 씨 작업실에서 보내드리고 있습니다. 그래도 햇병아리 이가라시가 눈치껏 맥주와 안주를 다 사 오고, 갸륵한데.

햇병아리 치즈는 기노쿠니야에서 사 왔습니다. 엄청 비쌌어요. 과연 경비로 처리할 수 있을지. 방울토마토는 내추럴하우스에서……

하루키 알았어, 알았어. 고마워. 그나저나 미즈마루 씨는 올여름 고약한 구내염으로 고생하셨다고요.

미즈마루 네. 입안에 거대한 좁쌀만한 발진이 생겨서 지졌어요. 어찌나 아프던지, 덕분에 살이 꽤 빠졌는데 이제 괜찮아요. 보시다시피 이렇게 멀쩡히 술도 마시죠. 꿀꺽꿀꺽.

하루키 경사스러운 일상 복귀군요. 다행입니다. 그나저나 독자 여러분한테 편지와 이메일이 많이 와서 분야별로 정리해봤는데, '이름이 이상한 아파트 및 러브호텔' 부문이 제법 열띤 관계로 이번에 몰아서 다루겠습니다. 이렇게 보니 일본 전국에 참 희한한 이름의 아파트와 호텔이 많네요. 지금부터 하나씩 보면서 이름이 제일 근사한 아파트 혹은 러브호텔에, 무라카미 아사히도에서 '일본 아파트·러브호텔 이름 대상'을 드리겠습니다. 말이 대상이지 예산 관계상 상품이나 상패 같은 건 없습니다. 없죠?

햇병아리 (단호히) 없습니다. 있으면 제가 받고 싶을 지경이에요.

하루키 우선, 고베시에서 이리사 씨라는 여자분이 '마더즈 움 MOTHER'S WOMB'이라는 아파트가 있다고 알려주셨습니다. '어머니의 자궁'이라는 뜻이죠. 으음(재치 있네요), 이거, 굉장한데.

대체 얼마나 초연한 사람이 이런 이름이 붙은 아파트에 살고 있을까요? 혹시 온수 수영장이라도 딸린 게 아닐지 이리사 씨는 추측하시는데, 그렇다면 영화 〈상태 개조〉의 세계 같겠네요. 어쨌거나 정신이 이상해질 것 같아서 무서운걸.

아이치현의 구리하라 씨(여성, 32세) 회사 근처에는 '레종데트르 6번'이라는 아파트가 있습니다. '존재 이유 6번'이라. 철학적이네요(웃음).

미즈마루　이런 건 이름 붙인 사람이나 사는 사람이나 특별히 깊이 생각하지 않는 거겠죠.

하루키 그렇다고 볼 수밖에요. 일일이 생각하면 정말이지 살 수 없죠. 고가네이에는 '보뇌르 하케노미치'라는 아파트가 있다는 사연도 왔습니다. 대체 보뇌르는 뭐고, 하케노미치는 뭔가? 뜻을 아시는 분은 꼭 알려주시기 바랍니다. 그 밖에 도통 뜻을 알 수 없는 예로, 교토에 '코핀 미크마크'라는 아파트가 있다네요. 미즈타니 씨(여성, 25세)는 후배가 사는 곳이라 한 번 가봤다고 하는데, 주로 학생들이 사는 극히 평범한 건물이었다고요. 창피해서 편지에 주소를 쓸 수 없었다는 사연인데, 그 심정은 알겠습니다. 그런데 '코핀'이 뭘까요?

호텔 '미쓰코시'에서 고등학교 선생님이

하루키 주소는 알 수 없지만, '라 베 루비らう゛えるびー'라는 아파트에 사는 분도 메일을 보내주셨습니다. 프랑스어로 '즐거운 우리집'이라는 뜻인 모양인데요(정말일까?). 초등학교 1학년 아들은 'う에 점 두 개를 붙이는 글자가 어디 있느냐'고 학교에서 놀림을 당하고, 시청 창구에서도 'う에 점 두 개'가 들어간 주소는 접수해줄 수 없다고 퇴짜를 놓는다, 덕분에 매일이 괴롭다는 사연입니다. 이름에 너무 탐닉하는 것도 안 될 일이군요.

저는 한때 센다가야에 있는 '프린스 빌라'라는 2층짜리 목조 아파트에 살았는데, 현 천황이 결혼했을 때 지은 건물이라 그런 이름이 붙었다더군요. 좁지만 꽤 분위기 있고 귀여운 집이었어요. 이렇게 명명 이유가 뚜렷하면 그나마 나은데 말이죠.

미즈마루 제 예전 작업실 건물은 '아오야마 몽다쥐르'였는데, 몽다쥐르는 프랑스어로 '푸른 산'이거든요. 아오야마青山도 '푸른 산'이니 결국 '푸른 산 푸른 산'인 셈이죠.

하루키 좀 집요하긴 해도 말은 되는군요(웃음). 아파트 이름 중에는 이럴 바에야 차라리 안 붙이고 말겠다 싶은 것도 많죠. 이 세상 건물주들에게 일고를 촉구하고픈 심정입니다. 이를테면 '시에스타 가시와바라' 같은 것도 문제 아닌가요. 오후가 되면 쿨쿨 잠들어버릴 것 같잖아요. 이 밖에도 무궁무진합니다만 끝이 없으니 슬슬 러브호텔로 넘어갑시다. 이쪽은 한층 래디컬합니다. 홋카이도에는 한때 '돈가바초'*라는 러브호텔이 있었다네요. 이런 간판을 보면 웃느라 들어가질 못할 텐데요(웃음). 어감이 관능적이긴 하지만.

미즈마루 그러고 보니 옛날 센다가야에 '미쓰코시'라는 러브호텔이 있었는데(웃음). 고교 시절 주위를 어슬렁거리다가 마침 거기서 여자랑 나오는 선생님과 눈이 딱 마주쳤지 뭡니까.

---

* NHK 방송 인형극의 캐릭터.

하루키 옛날엔 센다가야 일대에 쉬었다 가는 남녀를 위한 숙박업소가 많았죠. 지금은 J리그 일색이라 몹시 시끄럽지만. 그래서, 어떻게 됐어요?

미즈마루 이런 데서 어슬렁거리지 말라고, 오히려 호되게 혼났죠(웃음).

하루키 엉뚱하게 불똥이 튀었군요. 도치기현 아시카가시에는 '인간관계'라는 러브호텔이 있다네요. 간판만 봐도 불쑥 생각이 많아지는데. 할일도 못하게 되겠어요.

미즈마루 인간관계라……………………………………

하루키 미즈마루 씨, 그렇게 생각에 잠길 것 없어요. 저기요, 괜찮다니까요. 그리고 교토에 '뭐, 그렇게 돼서'라는 러브호텔이 있다는 정보를 총 일곱 분이 보내주셨습니다. 주목받는 만큼 상당한 굿 네이밍이네요. 드라마적인 맛이 있어요. 너무 계산적인 느낌도 있습니다만. 이시카와현에도 같은 이름의 호텔이 두 곳 있다는데, 교토의 호텔과 관계 있는지는 알 수 없습니다. 그리고 이바라키현 우시쿠에는 '심심풀이'라는 호텔이 있다고요.

미즈마루 이건 굉장하네(웃음).

햇병아리 심심풀이 정사라.

하루키 『오후의 정사』 같은데. 하지만 이왕 사는 거 좀더 목적의식을 가져도 좋지 않을까요. 우시쿠 일대의 권태기 커플이 이

곳에 모여들 것 같은, 더없이 나른한 분위기예요. 거꾸로 나른하지 않은 이름으로는 제3게이힌 도로 주변에 '고시엔'이라는 호텔이 있다고 합니다. 이게 니시노미야에 있으면 아무것도 아닌데, 제3게이힌에 있으니까 무서운 거죠(웃음). 모르는 사이 땀이 줄줄 날 것 같아요. 시간이 되면 사이렌이 울리지 않을까.

햇병아리 연장하실 겁니까, 하고 물어보는 거죠.

원주율에 각도까지, 수수께끼 같은 이름

미즈마루 주인이 고시엔에 출장해본 사람 아닐까요?

하루키 전 고시엔 출장 야구선수, 현 러브호텔 주인. 〈사람에게 역사 있다〉* 같고 좋은데요. 그래도 아사히신문에선 다뤄주지 않을 테죠. 쇼난에는 '수국紫陽花'이라는 호텔이 있는데, 보통명사인 '아지사이'가 아니라 '시요카', 즉 '한번 할까'라는 뜻으로 읽는다고 합니다. 지치부 근처에는 '거기'라는 호텔이 있습니다.

일동 하하하하(힘없이 웃는다).

하루키 쇼난은 제법 와일드해요. 후지사와의 도신 하이스쿨이라는 입시학원 근처에 '45°'라는 러브호텔이 있다고 합니다. 아

---

* 1968년에서 1981년까지 방영된 토크쇼.

마 각도를 말하는 거겠죠. 저도 한때 살았던 곳인데, 도무지 무슨 생각인지 모르겠군요. 정보에 의하면 밤늦도록 학원생들이 근처에 모여 있는 탓에 드나드는 사람은 별로 눈에 띄지 않는다고 합니다. 그야 그럴 테죠. 매번 학원생들이 흘금거리면, 못할 노릇이에요. 위치 선정부터 근본적으로 틀렸어요.

햇병아리 저기, 혹시 45도가 아니면 자격이 안 된다, 그 말일까요? 들여보내주지 않는다거나……

하루키 흠, 글쎄. 그렇게 궁금하면 호텔에 전화해서 물어보든가. 그 밖에 속물적이고 괴상한 예로 'π=3.14……'라는 호텔이 메이신 고속도로 이치노미야 인터체인지 근처에 있답니다. 이번엔 각도가 아니라 원주율이군요. 직경을 산출하기라도 하는 걸까요? 수수께끼군요. '샤르망 69'라는 이름도 있는데, 무슨 사정인지 모르겠지만 좀 노골적이지 않나요?

미즈마루 요컨대 러브호텔은 여긴 러브호텔이구나, 하고 알아볼 수 있는 이름이어야 하거든요. 눈길을 확 끌어야 하죠. 그러니까 다소 괴상한 편이 좋습니다. 연예인이 연예인스럽게 하고 다니거나, 조폭이 조폭처럼 하고 다니는 것과 마찬가지죠.

하루키 그렇군요. 그러니까 뭐든 말이 된다. 하지만 눈에 띄면 그만이라는 의도가 너무 뻔하게 드러나면 좀 거북하죠. 좀더 운치 같은 게 있으면 좋겠어요.

귀여운 이름으로 훈훈한 노선을 택하는 러브호텔도 있나봅니다. 몇 개 예를 들어볼게요. '낮잠 자는 해달'(후쿠오카/잠이나 잘 때가 아닐 텐데), '노란 고래' '분홍 코끼리'(교토/여러분 건강에 유의합시다), '요정이 잊어버린 초록 시간'(주고쿠 자동차도로 아리마 출구/~~우우우우우~~……), '우리집'(이바라키/갑자기 그렇게 나오면, 음), '3학년 2반'(이시카와/소품 같은 것도 비치되어 있으려나), '공부방'(후쿠오카/하긴 인생에는 배워야 할 게 많지).

그 밖에 괴상한 예로 '초밥집 옆'(나라의 국도 24호 도로변/알기 쉽기는 한데 혹 초밥집이 없어지면 어쩌려고?), '늘 만나는 거기'(이시카와/약속 잡기는 편하겠네요. 유독 이시카와현이 많음), '무인도'(나가노 오부세/신슈에 무인도라니, 미스매치가 나쁘지 않군)*. 오타루시에는 심지어 '농업'이라는 호텔이 있네요(웃음). 농민 할인 같은 게 있으려나? 이시카와현에는 '무'라는 호텔이 있는데, 무 두 개가 교차하는 모양의 간판이 도로변에 나와 있다고 합니다. 심오하네요.

미에현에는 '센스쟁이 공화국'과 '멋쟁이 공화국'이라는 쌍둥이 호텔이 있답니다. 간판이 나란히 있고 한쪽이 '센스쟁이', 한

---

* 신슈는 나가노현의 별칭으로, 육지로 둘러싸인 내륙이다.

쪽이 '멋쟁이'라네요. 그 앞에 서면 어디로 들어갈까 심각하게 고민할 것 같은데(웃음).

미즈마루 난처하네요(웃음). 듣고 보니 상당히 고민되는데. 나는, 흠, 그나마 센스쟁이 공화국 쪽이 좋지 않을까.

하루키 그러면 전 이쪽, 멋쟁이 공화국에 들어갈게요. 그럼 미즈마루 씨 애쓰세요. 이때 다시…… 이런 의미 없는 농담을 할 때가 아니죠.

햇병아리 저는요, 아직 45도가 뭔지 머릿속을 떠나지 않아서……

하루키 계속합니다. 효고에 '네코마구레'라는 러브호텔 네온사인이 있답니다. 네코마구레? 이분(오사카시 회사원, 익명 희망)이 무슨 말인가 싶어 가까이 가서 보니까, 그냥 '네코노기마구레'*에서 '노기'가 지워져 있더랍니다. 헷갈리니까 제때 수리해 주면 좋겠어요, 이런 거는(웃음). 그나저나 '네코마구레'라니, 미야자와 겐지의 동화 속 세계 같고 좋지 않나요? 일이 끝난 후 담뱃불을 붙이고, '아아, 오늘도 이렇게 또 네코마구레를 하고 말았다' 같은 말을 불쑥 읊조리면 가슴에 따끈한 온기가 번질 테죠. 원래의 '네코노기마구레'보다 훨씬 뛰어난 이름 같아요.

이런 연유로, 이번 '무라카미 아사히도·일본 아파트 및 러브

* '고양이의 변덕'이라는 뜻.

호텔 이름 대상'은 '네코마구레' 님께 드리고자 합니다. 설령 우연의 산물일지라도 자연히 드러난 부조리한 어감이 그야말로 탁월합니다. 근사해요. 영예의 수상을 기념해 『주간 아사히』 이번 호를 지참하신 분께는 '네코마구레' 평일 대실 요금을 30퍼센트 할인해드립니다—는 새빨간 거짓말이고요. 아무튼 '네코마구레' 님, 축하합니다. 유감스럽게도 위치는 불명입니다만, 하여튼 독자 여러분도 앞으로 '네코마구레' 님을 응원해주세요.

일동 짝짝짝(박수).

(책 끝에 뒷이야기를 실었습니다.)

이루어지지 못한 것

매해 오본*이 지나고 며칠 후, 진구가이엔 둘레를 도는 코스에 꽃이 놓인다. 화려한 꽃다발이 아니라 알아차리는 사람은 많지 않을 터고, 무슨 사연인지 아는 사람은 더욱 드물 터다.

8월 23일은 에스비 식품의 육상부원이었던 가나이 유타카, 다니구치 도모유키의 기일이다. 두 사람을 포함한 다섯 명이 1990년 이날 홋카이도 도코로초에서 교통사고로 사망했다. 진구가이엔은 에스비 식품 팀의 홈그라운드라 그들은 늘 이곳에서 연습을 했다. 그래서 해마다 기일이면 꽃이 놓이는 것이다.

나는 그 무렵 가이엔 근처에 살았는데, 거의 매일 아침 여섯시

* 양력 8월 15일 즈음. 조상의 명복을 비는 일련의 행사를 한다.

에서 일곱시 사이 진구를 달렸기에 두 선수와 낯이 익었다. 선수 시절의 세코 도시히코와도 자주 마주쳤다. 그들도 대개 같은 시간, 일하기 전에 가볍게 조깅했기 때문이다. 그러다보니 서로 가볍게 묵례를 나누게 되었다.

비가 오면 지붕이 달린 진구 구장의 회랑을 따라 달리곤 했는데, 거기서는 장신의 가나이 선수와 곧잘 마주쳤다. 그럴 때면 그는 싱긋 웃었다. 어쩌면 '비 오는 날도 달리다니 이 사람도 특이하네'라고 생각했는지도 모른다.

다니구치 선수와는 아카사카고쇼 오르막길에서 몇 번 스쳐지나간 기억이 있다. 아카사카 쪽 오르막길은 폭이 좁아서 두 사람이 지나치면 거의 어깨가 닿을 지경이 된다. 그럴 때 그 역시 싱긋 웃었다. 가나이와 다니구치가 사이좋게 대화하며 나란히 조깅하는 모습도 자주 눈에 띄었다. 둘 다 와세다 출신이고 나이도 비슷했다. 내가 이렇게 잘 기억하는 건 두 사람의 인품이 워낙 좋아 보였기 때문이다. 직접 얘기를 나눠본 적은 없지만.

딱 한 번 두 사람과 같이 달린 적이 있다. 달리기에 대한 전작 소설을 쓸 생각으로, 오키나와에서 전지훈련중이던 에스비 팀을 취재하러 갔다. 1990년 봄의 일이다. 이시가키지마에 사흘간 머물면서 연습을 지켜보고 세코 감독의 이야기를 들었다. 세코 씨에게 "여러분과 함께 아침 조깅을 해도 될까요?"라고 물었더니 "그러십시오" 하기에, 나도 따라 달렸다.

그해 9월에 있을 아시아 대회 대표였던 다니구치, 가나이 선수는 마지막 맹연습중이었다. 이 년 후 바르셀로나 올림픽도 철저히 계획하고 있었다. 세코 감독이 지역에서 운영하는 육상 트랙에서 맨투맨으로 다니구치 선수를 지도하는 모습을 본 기억이 난다. 그들에게는 지극히 일상적이었는지 몰라도 내 눈에는 사뭇 혹독했다. 1000미터 전력 질주, 200미터 조깅, 숨 고른 다음 다시 1000미터 전력 질주를 끝없이 되풀이했다. 기록이 떨어지면 감독의 호통이 날아갔다. 침인지 뭔지 모를 것을 흘리거나 토하면서, 다니구치는 텅 빈 트랙을 묵묵히 달렸다.

몇 달 뒤 그와 가나이 선수가 사고로 목숨을 잃었다는 뉴스를 듣고서 나는 가장 먼저 그때의 모습을 떠올렸다. '그가 치렀던 고생은 다 어디로 가버렸을까?'라고 생각했다. 그러자 눈물이 흘렀다. 물론 나는 그들과 비교도 안 되는 아마추어, 그중에서도 초급 러너다. 그러나 뻔뻔한 말인지 몰라도 그들이 느꼈을 괴로움이나 기쁨을 어느 정도 실감할 수 있다. 경기에서나 인생에서나, 뜻을 못다 이루고 세상을 떠나야 하는 심정은 원통함 외의 그 무엇도 아니었으리라. 달리다가 힘들어질 때면 지금도 그때 일을 떠올린다. '힘들지만 적어도 나는 이렇게 달릴 수 있고, 글

도 쓸 수 있잖아'라고 생각한다.

결국 나는 그 책을 쓰지 않았다. 그 비참한 사고 후, 달리기에 대해 아무것도 쓸 수 없었기 때문이다. 대신 날마다 묵묵히 가이엔을 달렸다. 한동안은 태풍이 와도 쉬지 않고 비바람 속을 달렸다. 바보 같지만 그러지 않고서는 견딜 수 없었다.

올해도 올림픽 남녀 마라톤으로 전국이 달아올랐다. 나 역시 텔레비전중계를 봤다. 물론 일본 선수가 이기면 기쁘고, 지면 아쉽기는 하다. 그래도 메달이 어쩌고저쩌고하는 것에는 솔직히 그다지 흥미가 없다. 결과로서의 형태는 분명 중요하지만, 우리가 살아가는 데 정말로 보탬이 되는 것은 좀더 다른 것이다. 그렇게 생각한다. 영원히 이기기만 하는 인간은 세상에 아무도 없으니까.

애틀랜타 도로변에 기운차게 펄럭이는 국기를 보면서 내 마음은 훌쩍 텔레비전 화면을 떠나, 그곳에 결코 비칠 일 없는, 이루어지지 못한 것들의 세계로 옮겨간다.

동시 상영 영화는 좋다

나는 새로운 영화를 보고 싶을 때는 전철을 타고 영화관에 가서 내 돈으로 표를 사서 본다. 시사회는 절대 가지 않는다.

한때 영화평 비슷한 것을 잡지에 기고하면서는 이따금 시사회를 다녔다. 벌써 십수 년 전 일인데, 모 영화배급사 관련으로 썩 유쾌하지 않은 일이 생긴 뒤로 시사회는 일절 가지 않으리라 마음먹었다. 나는 비교적 참을성이 많은 성격이라 어지간해서는 화내지 않지만, 한번 진심으로 화가 나면 쉽게 잊지 않는다. 또 한번 마음먹은 일은 신경증을 앓는 등대지기처럼 철저하게 지킨다. 이런 연유로 지금도 시사회와는 연이 없다. 떠올리기만 해도 불쾌해지니까 경위를 일일이 적지는 않겠지만.

시사회를 다니던 시기, 극장에서 종종 다나카 고미마사 씨를 봤다. 요즘은 어떤지 모르지만 그 시절 다나카 씨는 여름이면 늘 반바지 차림으로 다녔다. 그런데 극장 내부는 냉방이 되니 반바지로는 너무 추우니까, 실내에 들어가면 어디 가서 긴바지로 갈아입었다. 그리고 영화가 끝나면 또 어디서 반바지로 갈아입고 우아하게 거리로 사라졌다.

좋은 아이디어다 싶어 나도 그뒤로 부지런히 따라 하게 되었다. 여름에는 늘 반바지를 입고 다니면서, 필요한 때 가방에서 청바지를 꺼내 재빨리 겹쳐 입는다. 해보니까 참 편리하다. 일본의 여름은 역시 반바지다.

한번은 긴자 1번가의 고급 요릿집 '깃초'에 모 출판사의 식사 초대를 받아서, 여느 때처럼 반바지에 운동화를 신고 갔다. 그런데 입구에서 관계자가 "죄송하지만 반바지 차림의 손님은 사양하고 있습니다" 하며 입점을 정중하게 거부했다. '흥, 긴바지를 안 입으면 못 먹을 만큼 훌륭한 요리인가보죠?'라고 쏘아붙여줄까 생각했지만, '네, 그렇습니다'라는 대답이 돌아오면 더는 할 말이 없을 듯해 그만두었다. 대신 그 자리에서 긴바지를 꺼내 반바지 위에 척척 껴입었다.

"이러면 됐나요?" 하니까 그 직원은 놀라면서도 "네, 됐습니다" 했다. 꽤 자신 있게 단언하건대 깃초 문 앞에서 가방을 열어 주섬주섬 바지를 꺼내 입는 사람은 그리 많지 않은 모양이다. 미

안했습니다. 하여간 세상 물정 모르는 사람이라.

그건 그렇고, 영화 얘기로 돌아가서.

영화관에서 영화를 보는 건 즐겁다. 관객석이 한산하면 더욱 즐겁다. 허름한 영화관이면 더더욱 즐겁다. 동시 상영 영화도 좋아한다. 영화와 영화 사이 휴게시간에 흐르는 어색한 무료함이 좋다. 학창 시절에는 동시 상영 휴게시간에 가방에 넣어온 빵을 꺼내 혼자 먹으면서 심각한 얼굴로 도스토옙스키의 『죽음의 집의 기록』 같은 책을 읽었다. 꽤 기분좋은 일이었다. 도저히 명작이라고는 하지 못할 영화를 두 편 연달아 보고 뒷골목으로 나왔을 때, 뭐라 말할 수 없는 질척질척한 권태감이 좋았다.

반대로 썩 좋아하지 않는 것이 최근의 도내 아트시어터 계열, 스노브한 '교차식' 영화관이다. 전부 그렇지는 않지만, 이따금 너무 빳빳한 드레스셔츠를 입은 기분이 든다. 휴게시간에 브라이언 이노의 음악이 흘러나오기라도 하면 이유 없이 식욕이 감퇴된다. 딱히 이노에게 악감정은 없지만.

그런 영화관에서는 영화가 끝나도 관객들이 자리를 지킨 채 엔딩 크레디트를 꼼짝 않고 응시하는 것이 좀 불편하고 피곤하다. 나는 본편이 끝나고 크레디트가 뜨면 냉큼 일어나 나와버리는데, 그럴 때면 가끔 차갑게 노려보는 눈길을 느낀다. 그러나 촬영 조감독 조수가 누구고 캐스팅 어드바이저 보조가 누구다 하는 거, 미안하지만 전혀 관심이 없다. 그런 걸 쳐다보면서 시간을 소모하고 싶지 않다. 지금까지 여러 나라 영화관에서 여러 영화를 봤지만 일본 말고 관객이 이토록 열심히 엔딩 크레디트를 지켜보는 나라는 없었다. 극단적인 경우에는 문을 잠그고 엔딩 크레디트가 끝날 때까지 내보내주지 않기도 한다. 이건 무섭다.

대체 언제부터, 어떤 계기로, 이렇게 격식을 차린 '엔딩 크레디트 감상' 예절이 세상을 석권하게 됐는지—혹은 사회적 합의가 이뤄졌는지—명확하지 않지만(냉전 종결과 무슨 관계가 있을까?), 스터디 모임 같은 그런 분위기는 아무래도 마음이 편치 않다. 물론 이 세상이 내 마음을 편하게 해주려고 존재하지 않는다는 건 잘 알지만.

(책 끝에 뒷이야기를 실었습니다.)

여행의 벗, 인생의 반려

여행에 무슨 책을 가져갈 것인가는 동서고금 누구나 고민해본 고전적 딜레마일 것이다. 물론 사람마다 독서 성향이 다르고, 여행 목적과 기간, 장소에 따라서도 선택의 기준이 달라진다. 그러므로 일반적인 결론을 내기는 힘들다. 하지만 만약 당신에게 '이거라면 언제 어떤 여행이든 오케이'라고 생각하는 만능 책이 한 권 있다면 인생이 편해질 확률이 상당히 높다.

내게는 주오코론샤에서 나온 『체호프 전집』이 그런 책이다. 왜 『체호프 전집』이 여행에 최적인지, 적어도 내게는 꽤 명확한 이유가 있다.

(1) 단편소설 중심이라 끊어 읽기 쉽다.

(2) 어느 작품이나 완성도가 높아서 실망하는 일이 거의 없다.

(3) 문장이 읽기 쉽고 담박하면서

(4) 내용이 풍부하고 문학적 향취가 충만하다.

(5) 사이즈가 적당하고 무겁지 않으며, 표지가 딱딱해서 구겨지는 일이 없다.

(6) 혹 누가 제목을 보더라도 '체호프를 읽는다면 그렇게 이상한 사람은 아니겠군'이라고 생각해준다. 이건 어디까지나 덤이지만.

(7) 이게 상당히 중요한 점인데, 몇 번씩 읽어도 질리지 않고 매번 새롭게 작은 발견을 한다.

이런 연유로, 나는 여행할 때 거의 예외 없이 『체호프 전집』 한 권을 가방에 넣어간다. 지금까지 후회한 적은 한 번도 없다. 유일한 문제는 읽고 나서 다시 가져와야 한다는 것 정도일까(대개는 놔두고 온다).

같은 주오코론샤에서 졸역으로 『레이먼드 카버 전집』을 낼 때, "가능하면 『체호프 전집』과 같은 판형, 같은 체계로 해주세요"라고 부탁했다. 그만큼 이 『체호프 전집』이 마음에 든다. 그러고 보니 레이먼드 카버가 가장 경애하던 작가가 안톤 체호프다. 그때는 미처 알아차리지 못했지만 이것도 인연이라면 인연인지 모르겠다.

여행에 가져가지는 않지만 일생 동안 두고두고 읽는 책이 있다. 내게는 스콧 피츠제럴드의 『위대한 개츠비』가 그렇다. 처음부터 다시 읽는 일은 드물고, 마음 내킬 때 아무데나 펼쳐서 몇 쪽 꼼꼼히 읽는다. 내용이 이미 머릿속에 있으니 어디서 시작해 얼마큼 읽어도 문제가 없다. 오히려 처음부터 읽다보면 놓칠 듯한 대목이 신기하게 눈에 들어온다. 물론 이런 식으로 읽을 수 있는 책은 뛰어난 문체를 지닌 밀도 높은 작품으로 제한된다. 개인적인 애착도 필수다.

명편집자로 알려진 맥스웰 퍼킨스에게는 톨스토이의 『전쟁과 평화』가 그런 책이었다. 그는 몇 번이나 그 소설을 다시 읽고 인생의 자양분과 용기와 힌트를 끌어냈다. 사무실에 『전쟁과 평화』를 몇 권씩 상비해두고 누가 오면 선물했다. 피츠제럴드, 헤밍웨이, 토머스 울프도 다들 한 권씩 받았다.

비슷한 이야기인데, 오래전 『뉴요커』의 한 편집자 사무실을 방문했을 때 책상 뒤 책꽂이에 다니자키 준이치로의 『세설』 영어판이 예닐곱 권 꽂혀 있는 것을 보았다. "왜 똑같은 책이 저렇게 많이 있습니까?" 하고 그에게 물어보았다. "여기 오는 모든 사람에게 그 질문을 하게 만들려고요." 그는 싱긋 웃고 말했다. "그러면 얼마나 훌륭한 책인지 설명할 수 있으니까요. 관심을 보이는 사람에게는 한 권 선물할 수도 있고요. 당신도 한 권 드릴까

요?"

괜찮습니다, 나는 웃으면서 말했다. 일본어판 한 권이 집에 있으니까. "아 참, 당신은 일본인이었죠."

언제까지고 마음을 울리는 한 권의 책을 가진 사람은 행복하다. 그렇듯 귀중한 인생의 반려가 있느냐 없느냐에 따라, 긴 세월이 흐른 뒤 사람의 마음가짐에 큰 차이가 생길 것이다.

얼마 전 미국 서점에서 멋진 디자인의 양장본 『위대한 개츠비』를 손에 넣었다. 오리지널 판본의 복각판 같은데, 종이 질과 인쇄 모두 훌륭하다. 내용이야 이미 갖고 있는 몇 권과 똑같지만 손에 잡히는 느낌이 좋아 자꾸 기분이 좋아져서 틈나면 손에 들고 팔랑팔랑 넘겨보게 된다. 번역 실력이 좀더 좋아지면 언젠가 내 손으로 번역해보고 싶다고 예전부터 생각해왔는데, 갈 길이 멀다고 할지, 애착이 깊으면 오히려 어렵다.

소문의 진상 서랍을 정리하다 여름내 한 번도 입지 않은 티셔츠를 발견하면 가슴이 아프네요. 내년에 입어줘야지.

고객 불만 편지 쓰는 법

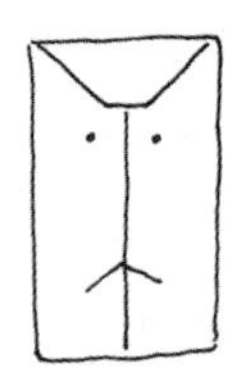

소설가가 되기 전, 칠 년쯤 내 가게를 운영했었다. 그래서 잡지에 곧잘 실리는 '쓴소리 음식점 비평' 같은 것을 읽으면 왠지 남의 일 같지 않아 측은해지곤 한다.

나는 소설가라 문학 비평지 등에서 비판받기도 하는데, 일단 직업적인 글쟁이니까 만약 상대의 주장에 반론하고 싶으면 어디선가 반론할 수 있다. 원칙적으로는 비평에 일일이 반론하지 않으려 하지만, 그런 경우에도 '일부러 반론하지 않음'으로써 어떤 자세를 결과적으로 드러낼 수 있다.

그런데 평범한 라면 가게 주인은 설령 반론하고 싶어도 불가능하다. 잡지나 책에 도저히 이해 못할 얘기가 실려도 대개 속수무책이다. 딱하기도 하거니와 공정하지 않은 일이다.

물론 세상에는 '이런 한심한 음식을 내놓고 잘도 돈을 받는군' 혹은 '비싼 돈을 내고 왜 이런 대접을 받아야 하나'라고 절로 항의하고 싶어지는 형편없는 가게도 있다. 엄연한 사실이다. 그런 가게에 가면 당연히 화가 난다. 그래도 나는 위에 적은 이유로, 그 일에 대해 글을 쓰고 싶지는 않고, 실제로도 쓰지 않는다. 개인적으로 느끼기에 도저히 공정한 행위가 아니니까. 다른 사람의 개인적 느낌까지 주제넘게 뭐라 하고 싶지 않지만.

그럼 화가 나면 어떻게 하느냐—세상 사람 대부분이 그러지 않을까 싶지만—일단 주위 지인과 친구에게 닥치는 대로 그 가게 험담을 한다. 어느 가게에 갔더니 '이렇게 맛없는 게 나오더라'라든가 '이렇게 황당한 일을 당했다' 하는 식이다. 그런데 내 얘기를 듣고도 다들 왁자지껄 웃기만 할 뿐(하긴 우스갯소리처럼 말하는 내게도 문제가 있지만), 조금도 동정해주지 않는다. 그러니 나 자신의 정신적인 안정에는 별로 도움이 안 된다.

경우에 따라 문제의 레스토랑 앞으로 고객 불만 편지를 쓰기도 한다. 나는 글쓰기를 몹시 귀찮아하는 인간이지만 그런 유의 편지만은 신속하고 열심히 쓴다. 쓰자마자 바로 우체통에 넣을 때도 있다. 그러나 따져보면 우체통에 넣지 않을 때가 더 많다. 몇 시간씩 머리를 쥐어짜내 편지를 쓰는 사이 내가 느꼈던 분노

나 불만이 어느 정도 해소돼버리기 때문이다. 편지를 쓰고 이삼 일 지나면 이상하게 귀찮아져서 결국 보내지 않고 넘어갈 때가 많다. 덕분에 책상 서랍에는 보내지 않은 고객 불만 편지가 몇 통이나 쌓여 있다. 전부 열심히 쓴 것이니 가능하면 여기서 한두 가지 소개하고 싶지만 안타깝게도 지면이 모자란다.

가장 최근의 고객 불만 편지는 도내 모 유명 프렌치 레스토랑에 쓴 것이었다. 가격이 비싼 편이라 잘해야 일 년에 한 번쯤 가는 곳이다. 중요한 사람을 제대로 대접하고 싶을 때만 간다. 음식맛, 와인 선택, 서비스 모두 나무랄 데 없고, 그전까지 실망한 적은 한 번도 없었다. 뿐만 아니라 손님들이 맛있게 음식을 즐길 수 있도록 해주는 '정성' 같은 것이 느껴졌다. 데려간 손님도 다들 흡족해했다. 가격은 확실히 비싸지만 그만한 가치가 있다고 생각했다.

그런데 이번에는 형편없었다. 맛은 그렇다 치고 서비스가 최악이라, 데려간 손님도(이스라엘에서 온 사람. 당일이 생일. 지난번에 여기 데려갔을 때는 매우 좋아했다) 심히 화를 냈다. 나도 대단히 불쾌했다. 말투는 무신경하고, 음식 내오는 순서도 엉망진창이고, 태도는 삐딱함 그 자체다. 나도 그녀도 특별히 미식가는 아니지만 어떤 레스토랑이 좋은 곳인지 정도는 안다. 화가 나서 다른 곳으로 옮겨 한 시간쯤 또 술을 마셨다.

이튿날, 공들여 고객 불만 편지를 썼다.

고객 불만 편지를 쓰는 데는 나름의 요령이 있다. 첫번째는 70퍼센트 칭찬하고 30퍼센트 혹평하기다. 혹평만 해서는 쓰는 이의 진의가 상대에게 닿지 않는다. '댁의 가게에는 이렇게 훌륭한 점이 있는데, 이래서야 정말이지 아쉽다'는 메시지를 주어야 한다. 두번째 요령은 세세한 것까지 이러쿵저러쿵 쓰지 않기다. '누구누구가 이렇게 했다, 그래서 저렇게 됐다'처럼 시어머니 잔소리 같은 디테일은 필요 없다. 제일 하고 싶은 말—요컨대 불만의 에센스—를 최대한 간결하게 쓴다.

그런 원칙에 따라 오전 두 시간을 들여 고객 불만 편지를 완성했다. 하지만 이것도 결국 우체통에 넣지 않았다. 여느 때처럼 쓰고 싶은 말을 한바탕 쓰고 나니 아무렴 어떤가 싶어져서다.

그래도 아마 그 가게에 다시 가는 일은 없을 것이다. 훌륭한 음식을 내놓는 분위기 좋은 가게였는데, 정말 유감이다. 그 가게 이름은……이라고 쓰고 싶어도 쓸 수 없다는 게 괴롭네요. 음.

(책 끝에 실제 편지를 실어뒀으니 괜찮으면 읽어보세요.)

시간이 아무리 흘러도 변하지 않는 것

에세이를 연재하다보면 옛날에 쓴 소재를 또 써버려서 '예전에도 본 얘기다'라는 독자의 지적을 받을 때가 있다. 저는 어지간한 일이 아니면 옛날에 쓴 글을 다시 읽지 않거니와 워낙 기억력에 문제가 있는 편이라 가끔 그런 실수를 하곤 합니다. 미안합니다. 재활용하는 게 아니라 그냥 잊어버려서 그런 거니 용서해주세요.

이번에는 반대로, 예전에 어딘가에 썼지만 굳이 한번 더 하고 싶은 이야기를 몇 가지 써보려 한다. 나로서는(정론적 주장이란 것을 별로 하지 않는 나로서는) 비교적 진지하게 목소리 높여 세상에 호소했던 일인데, 효과가 전혀 없었기에(훌쩍훌쩍) 눈물을 머금고 리플레이해봅니다. 뭐, 별로 대단한 주장은 아닙니다만.

(1) 잡지 기사 제목에서 VS를 올바르게 써주면 좋겠다.

이를테면 어느 날, 나와 마돈나 씨가 어떤 잡지에서 대담했다고 하자. 얘기가 예상 밖으로 화기애애하게 흘러가서 완전히 의기투합하고 웃으면서 악수하고 헤어졌는데, 잡지에 기사 제목은 '마돈나 VS 무라카미 하루키'로 실리곤 한다. 이건 VS의 명백한 오용이다. VS는 'A와 B가 대결해 우열을 가리다'라는 경우에만 사용되는 표현이다. 상당히 격한 어감으로, 보통 소송(〈크레이머 VS 크레이머〉라는 이혼소송 영화가 있었죠)이나 권투경기 등에 쓰인다. 시비조가 아닌 평범한 대담에 쓰면 이상하다. 마돈나 씨도 그 사실을 알면 당황할 것이다. 전에도 이 점을 지적했지만, 내 목소리는 너무나 작고 무력하기에 지금도 VS를 부적절하게 사용하는 잡지가 많이 눈에 띈다. 유감스러운 일이다. 그런 거 아무려면 어때서, 라고 한다면 할말 없지만.

(2) 계산대에서 5,235엔을 거스름돈이 나오지 않도록 딱 맞춰 건넸는데 "5,235엔 맡아둡니다"라고 말하지 않았으면 좋겠다.

그렇잖아요. "만 엔 맡아둡니다"라고 말하고 "4,765엔 거슬러 드립니다" 하면서 거스름돈을 내주는 건 이해된다. 그러나 아무것도 돌려주지 않을 거면서 '맡아둔다'는 좀 아니지 않나. 나름

정중하게 말하려는 의도일 테지만 앞뒤가 맞지 않는다. 맡아뒀다면 뭔가 돌려줘야 할 일이다. 간혹 "영수증 돌려드립니다"라고 말하는 사람도 있지만 이것도 논리적으로 맞지 않는 느낌이다. 테니스 서브를 야구배트로 받아치는 듯한 위화감이 든다. 어쩌면 내가 사소한 문제를 너무 따지는지도 모른다. 그래도 역시 신경쓰인다. 어떻게 좀 해주면 좋겠다. 내 기억에 따르면 한 십 년 전까지는 아무도 그런 말을 하지 않았을 텐데.

(3) 교통표어는 이제 없애면 좋겠다.

도로에 범람하는 바보 같은 표어는 이쯤에서 좀 없애주기를 간절히 바란다. '교통사고 제로를 목표로'라는 거대 현수막은 대체 누가 무엇을 위해 내걸었는지? 그런 것을 보고 '맞아, 안전운전 해야지'라고 다짐하는 운전자가 세상에 제법—혹은 조금이라도—있다고 경찰에서 진심으로 믿는 걸까. 결국은 다 관계자의 안이하고 값싼 자기만족이 아닐까. 여기 서서 단언컨대 이건 국토 미관을 해치고 언어감각을 허무하게 마비시킬 뿐인 쓸데없는 노력이다. 그보다 좀더 유용하고 현실적인 도로 정보를 알기 쉽게 표시해주면 좋겠다. 그편이 훨씬 교통안전에 기여할 터다. '교통표어 없앤다고 어느 누가 곤란하리.'

말이 나온 김에, 교통표어 외의 일반표어도 세상에서 몰아내

주면 기쁘겠다. 나는 스스로를 그다지 섬세한 인간이라고 생각하지 않지만, 사람 신경을 다그치는 칠오조 운문의 폭력적인 언어 드라이브는 때로 참기 힘들다. '쓰레기 하나 줍는 마음, 줄어드는 쓰레기 하나'라는 표어를 지난번에 봤다. 뭐…… 확실히 맞는 말이고, 이 이상 할말도 없지만……

이상 세 가지가 저의 소박한 '(조금 늙은) 청년의 주장'입니다. 그래봤자 어차피 또 무시당할 테지만.

(책 끝에 뒷이야기를 실었습니다.)

소문의 진상 가루이자와에서 '받고 나서 퇴출 말고 받지 않고 막아내자'라는 표어를 발견했다. ?? 싶어서 잘 보니 조직폭력배 얘기였다. 그렇구나.

"소도 아는……"

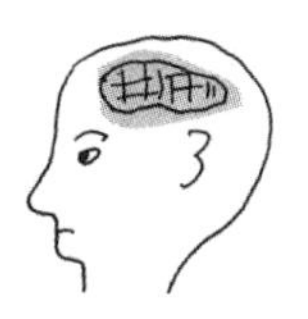

머릿속 한구석에 낚싯바늘처럼 걸려서 도무지 떼어낼 수 없는 묘한 것들이 있다. 별로 기억하고 싶은 마음도 없는데, 이상하게 잊히지 않는다.

옛날, 카우실스The Cowsills라는 미국 팝 밴드가 있었다. 아마도 카우실 일가에서 만든 패밀리 밴드였던 것으로 기억한다. 그 밴드의 신곡 광고가 라디오에 나왔는데, 카피가 '소도 아는 카우실스'였다. 하도 시시해서 어이가 없었다. 고등학교 시절의 일이다. 그런데 웬걸, 지금도 그 카피가 똑똑히 기억난다. 어디서 소를 보면 '소도 아는 카우실스' 하고 절로 중얼거리는 바람에 자기혐오에 빠진다. 무엇보다 나는 그 밴드를 전혀 좋아하지 않았는데 말이다.

1976년 가을, 소련 공군 벨렌코 중위가 최신 기종인 미그 25기를 타고 홋카이도에 망명했다. 당시 꽤 시끌벅적했는데, 기억하는 분 계실지? 이때 삿포로인가 어딘가의 스트립 극장 간판에 '벨렌코 중위도 이거 보면 데렌코'*라고 쓰여 있었다—는 기사를 읽었다. 그때도 정말이지 한심하다고 생각했다. 당최 무슨 소리인지.

그런데 무슨 영문인지 이것도 또렷이 기억난다. 아무리 오래돼도 잊히지 않는다. 1976년 한 해에 일어난 사건 중 가장 생생하고 명료하게 뇌리에 떠오르는 것이 다름아닌 이 문구다. '벨렌코 중위도 이거 보면 데렌코.' 역사의 응축 작용이란 실로 불가사의하다.

만에 하나 미래에 어쩌다 외계인에게 잡혀가 뇌 속의 정보를 낱낱이 분석당하기라도 하면 얼마나 난처할지. '소도 아는 카우실스'라든가 '벨렌코 중위도 이거 보면 데렌코'처럼 한심하기 짝이 없는 정크 기억이 줄줄이 나오면(이 밖에도 한참 더 많습니다), 아무리 넉살이 좋은 나라도 창피해서 몸 둘 곳이 없다. 지구인 전체의 지성이 의심받고 말 것이다.

생각해보면 벨렌코 중위가 망명한 1976년에는 그 밖에도 많은 일이 있었다. 몬트리올 올림픽이 열렸고, 코마네치가 유명세

* 느물거린다는 의미의 '데레데레(でれでれ)'와 벨렌코를 합쳐 만든 조어.

를 탔다. 지미 카터가 미국 대통령에 당선됐다.

그리고 벨렌코 중위 사건과 거의 같은 시기에, 미국 유타주에서 게리 길모어라는 강도 살인범이 스스로 총살형을 요청해 세계적인 화제가 됐다. 지성과 예술적 재능을 타고난 폭력범죄자인 길모어는 사람의 마음을 끌어당기는 기묘한 매력이 있었다. 심지어 『뉴스위크』 표지도 장식했다. 노먼 메일러는 그를 취재해 『사형집행인의 노래』라는 논픽션을 쓰고 그 책이 베스트셀러가

* 야구인 나가시마 시게오가 '대역전극 연출'이라는 뜻으로 유행시킨 말.

되어 퓰리처상을 받았다. 나는 그 사건을 꽤 잘 기억하고, 메일러의 책도 훑어보았다(평판에 비해 지루했다).

사형으로부터 약 이십 년 후, 그의 동생 마이클 길모어가 가슴속에 묻어온 모든 사실을 책으로 썼다. 게리 길모어는 왜 푼돈 때문에 죄 없는 사람 둘을 죽이게 되었나? 알고 보니 그 이유에는 가슴을 짓누르는 무서운 가족사가 있었다. 마이클이 그것을 남김없이 말하기로 결심할 때까지, 혹은 실제로 말할 때까지는 그렇게 긴 세월이 필요했다.

이 『내 심장을 향해 쏴라』(분게이슌주, 졸역)라는 책은 여러 의미에서 등골을 오싹하게 만든다. 길모어가에 일종의 원한이 들씌워진 건 틀림없는 사실이다. 미국의 기구한 역사를 관통해 외가와 친가 양쪽 혈통을 타고 흘러들어온 '악한 것'이 있다. 그런데 정말 무서운 것은 어디까지나 살아 있는 인간이다. 사령死靈은 보기에 무서울지언정 결국 살아 있는 인간의 트라우마를 반영한 것에 지나지 않는다. 게리가 그 트라우마=사령이 지배하는 세계에서 탈출할 길은 스스로를 폭력적으로 말살하는 것뿐이었다. 이 책의 저자이자 생존자인 마이클은 아이를 가지지 않음으로써 이 원한 맺힌 핏줄의 존속을 끝내려 한다. 그러나 그뒤에 몇 가지 놀라운 반전이 기다린다.

이런 자리에서 자기 책을 홍보하는 건 달갑지 않지만, 비교적 무난한 책이니까 몇 마디 하겠습니다. 이 책은 되도록 많은 사람이 읽어주면 좋겠다. 무섭지만 배울 점이 많은 책이다. 부모는 왜, 어떻게 아이들에게 상처를 주고, 회복 불가능한 지점까지 몰아세우는가.

이 년 가까이 이 책을 번역하면서, 가엾은 길모어가의 모든 사람을 위해 몇 번이고 마음속으로 눈물을 흘렸다. 그런 책은 적어도 내게는 그리 많지 않다.

무라카미에게도 이런저런 고충이 있다

지난번에 필명에 얽힌 이런저런 고충을 썼으니, 이번에는 '말 걸어오기'의 고충에 대해 쓰겠습니다.

나는 어슬렁어슬렁 거리를 산책하고, 전철로 이동하고, 근처 식당에서 장어덮밥(중급)을 사 먹고 하면서 극히 평범하고 속 편하게 사는 사람이라, 가능하면 사생활에서 익명성을 보장받고 싶고 일할 때도 그런 기본 방침을 적용한다. 그래서 텔레비전이나 라디오에 나가지 않으며, 어지간한 일이 아닌 한 사람들 앞에 얼굴을 내놓지 않는다. 어쩌다 잡지에 사진이 실리는 정도다. 노출도가 상당히 낮은 편이다. 그런데도 간혹 길에서 "실례지만, 무라카미 씨 아니세요?" 하고 말을 걸어오는 일이 있다. 대략 한 달에 한 번쯤이다. 밥 먹을 때 갑자기 말을 걸어오기라도 하면 긴장해서 음식맛을 알 수 없어진다. 중급과 고급의 차이도 사라져버린다. 그럼 좀 아깝잖아요. 그러니까 묵묵히 밥 먹는 무라카미를 보거든 되도록 모르는 체해주시길.

"용케 제 얼굴을 아셨네요?"라고 가끔 되묻기도 하는데, 대개 "그야 알다마다요" 하는 대답이 돌아온다. 뭘 당연한 걸 가지고, 하는 분위기다. 으음, 내 얼굴이 그렇게 특징적이던가?

"미즈마루 씨가 그린 그림이랑 똑같은걸요" 하면서 쿡쿡 웃는 젊은 여자분도 몇 명 있었다. 닮았나? 하긴 닮았는지도 모른다. 예전 연재 당시 더플코트를 입은 삽화가 나간 후로, 더플코트를 입을 때면 상당히 긴장하게 되었다. 난처하게도 더플코트 말고는 코트가 거의 없단 말이죠. 이건 미즈마루가 잘못했다.

지금까지 제일 난처했던 경험은 매일 아침 야마노테선을 타고 오사키에 있는 운전 교습소에 다니던 시절, 만원 전철에서 옆 사람이 "무라카미 하루키 씨죠? 작품 잘 읽고 있습니다" 했을 때다. 차내가 몹시 붐벼 꼼짝달싹할 수 없어서 나와 그 청년은 거의 달라붙다시피 서 있었다. 도망가고 싶어도 갈 데가 없다. "그러세요? 고맙습니다"를 끝으로 대화는 끊기고(아무래도 끊기기 마련이다, 이런 대화는), 주위에서는 흘금거리고, 긴장하고 창피해서 땀이 뻘뻘 흐르고, 별수없이 한 정거장 앞, 고탄다에서 내려버렸다. 덕분에 도로 연수에 늦어서 혼이 났다. 그러니까 혹시 만원 전철에서 무라카미인가 싶은 사람이 눈에 띄어도 가엾게 여겨 부디 모르는 체해주십시오. 부탁합니다.

사실 그 밖에도 전철에서 누가 말을 걸어온 적이 있다. 그때는 밤이었고 차내가 한산했다. 붙임성 있게 생긴 젊은 여자가 성큼성큼 다가와 "무라카미 하루키 씨죠? 아주 오래전부터 팬이에요"라고 상냥하게 말했다. 흠흠. 나도 "그러세요? 고맙습니다" 했다. "저는 무라카미 씨의 첫 소설이 제일 좋아요." 그녀가 말했다. "흐음, 그러세요?" 내가 말했다. "그런데, 그뒤로는 이상하게 점점 나빠지지만요" 하고 그녀는 해맑게 말했다.

그야 뭐…… 그런지도 모르겠지만. 그래도 말이죠.

내가 아는 한 소설가는 길에서 누가 "***씨죠?"라고 말을 걸면 지체 없이 "아뇨, 아닌데요, 저는 ***가 아닙니다" 하며 잡아뗀다고 한다. 나는 그렇게까지 쿨하게 굴지는 못한다. 게다가 뭐가 됐건 사람 면전에서 거짓말하는 데는 소질이 없다(소설에는 거짓말만 잔뜩 쓰지만). 다음엔 꼭 시치미떼야지 마음의 준비를 했다가도 불시에 누가 "무라카미 씨죠?"라고 물어보면 "아, 네, 그런데요"라고 성실하게 대답하고 만다. 지금까지 딱 두 번 아니라고 잡아뗀 적이 있는데, 그때는 그럴 수밖에 없는 또렷한 이유가 있었다. 미안합니다.

내 입으로 말하기 좀 그렇지만, 나는 개인적으로 마주앉아 대화하기에 딱히 재미있는 인간이 아니다. 흥미로운 재주도 없고, 말주변도 별로 없다. 머리도 절대 좋지 않다. 열어서 보여주고 싶을 지경이다.

내가 사람들 앞에 잘 나서지 않는 것은 많은 이가 '뭐야, 별거 없잖아' 하고 실망할 것이 명확히 예측되기 때문이다. 내 글로 누군가를 실망시키는 거야 직업이니 별수없다 쳐도, 다른 방면에서는 가능한 한 세상 사람들을 괜히 실망시키고 싶지 않다.

게다가 유독 낯을 가리는 성격이라 얼굴이 곧바로 풀 먹인 것처럼 빳빳해지고, 더 긴장하면 상대에게 달려들어 물어뜯기도…… 한다는 건 농담이지만(그렇다고 완전히 농담도 아니지만), 하여간 말을 건다고 좋을 일은 하나도 없으니까요. 정말로, ~~우구루루루루~~.

♡ 소문의 진상　일전에 어디선가 "『매디슨 카운티의 다리』 잘 읽었습니다"라는 말을 들었는데, 미안합니다, 그거 무라카미가 쓴 책 아닙니다.

오블라디 오블라다, 인생은 흘러간다

평소 좋아하는 R.E.M., 펄 잼, 셰릴 크로, 수잔 베가, 존 멜렌캠프 등이 새 음반을 속속 내는 덕에 요즘 기분좋은 나날을 보냅니다. 좋네요. 흐뭇하네요. 느낌 오네요. 역시 나는 예나 지금이나 기본적으로 심플하면서 한 방이 있는 아메리칸 록을 좋아하는 것 같다. 후티 앤드 더 블로피시도 좋아한다. 한동안 영국 음악에 눌려 젊은이들이 "엇, 미국에도 록이 있었나요?" 같은 말을 진지하게 하기도 했지만…… 네, 있었답니다.

비틀스를 필두로 한 '리버풀 사운드'가 잇따라 등장했을 때, 고등학생이었던 나는 일찌감치 아메리칸 록과 모던 재즈의 뜨거운 세례를 받은 터라 '엇, 영국에도 록이 있었나요?' 싶으면서 곧바로 흐름을 따라가지 못했다. 실은 비틀스도 롤링스톤스도 내심 '이건 좀 아닌데' 하고 늘 생각했다. 크리던스나 도어스가 개인적으로 더 와닿는 느낌이었다.

실시간으로 쭉 들어왔지만, 비틀스나 스톤스의 음악이 각별히 좋아지게 된 것은 요 칠팔 년 사이다. 그리스의 섬에서 살 때 별 이유 없이 갑자기 듣고 싶어져서 비틀스를 줄기차게 들었다. 덕분에 '화이트 앨범'을 들으면 지금도 그리스의 가을 오후의 인적 없는 해안이 눈앞에 떠오른다. 멀리서 파도소리가 들리고, 하늘은 끝없이 맑고 드높고, 구름은 덤벼들 것처럼 새하얗다. 소나무숲 냄새가 난다. 생각해보면 '화이트 앨범'=그리스 해안도 묘한 조합이지만.

'화이트 앨범' 얘기를 하자면, 옛날 어디서 본 가사에 〈오블라디 오블라다〉의 한 소절이 '인생은 브래지어 위를 흘러간다'라고 쓰여 있었다. '우헤헤, 엄청 파격적인 가사잖아. 과연 존 레논(인지 폴 매카트니인지)다운걸' 하면서 가만히 들어보니,

Obladi, Oblada,

Life goes on, blah!

였다. 짐작건대 그렇다. 문맥으로도 이 '블라'는 브래지어의 '브라bra'가 아니라, 구호처럼 내뱉은 blah!라고 봐야 하지 않을까. 압운을 맞추려는 뜻도 있고. 그건 그렇고, '인생은 브래지어 위

를 흘러간다'는 이미지도 매우 재미있고 마음에 든다. 뭐, 내 마음에 든다고 해도 별수없지만.

계속 속옷 얘기로 흘러가서 아침부터(지금은 아침입니다) 송구합니다만, 얼마 전 나온 브라이언 애덤스의 음반에 〈I Wanna Be Your Underwear(나는 네 속옷이 되고 싶어)〉라는 곡이 있는데, 이 가사는 최근 들은 노래 중에 제일 형편없었다. 들을 때마다 진심으로 '이게 뭐야?'라고 생각한다.

'나는 네 침대의 시트가 되고 싶어/네 털을 깎는 면도칼이 되고 싶어/네가 걷어차는 하이힐이 되고 싶어/네가 핥는 루즈가

되고 싶어/네 속옷이 되고 싶어……'

이런 직접적이고 강박적이며 위험한 문구가 끝없이 나열되는데, 으음, 완전히 스토커의 정신세계 아닌가 싶다. 요즘 그런 유의 사건이 심심찮게 일어나는 모양인데, 이런 사람이 집요하게 따라붙으면 여자들은 좀 무섭지 않을까? 어쩌면 내가 이미 성실한(비교적 성실하다는 말입니다만) 어른 시민이 되어버려서 그럴 뿐이고, '이 가사 멋진데'라고 생각하는 젊은이도 꽤 있을지 모른다. 그런 분위기가 엄연한 사실일지도. 음악 자체야 나도 매우 좋아한다. 〈18 til i die(죽을 때까지 열여덟 살)〉이라는 근사한 제목의 앨범에 수록되어 있답니다. 그런데 정말로 죽을 때까지 열여덟 살이라면 분명 피곤할 테죠.

인생은 흘러가니 화제를 바꾸어서, 지난번 '초·중하급 달리기 동호회' 다섯 명이 처음으로 에키덴에서 달리고 왔습니다. 와세다대학 동문 세 명, 사신대학 동문 두 명이라는 괴상한 구성에 장소는 요코하마 '어린이 나라'. 그런데 열한시 출발로 알고 갔는데 도착해보니 아홉시로 바뀌어 있지 뭡니까. 이러면 곤란하지. 후원사에 아사히신문사도 떡하니 들어 있었는데. 그리하여 다 함께 햇병아리 편집자 이가라시를 '정신이 어디 갔냐' '쓸모없는 녀석' 하고 걷어차면서 실컷 괴롭혀주었습니다. 별수없이다 함께 10킬로미터 레이스를 달렸는데 나는 이틀 전 해외여행에서 돌아온 참이라 시차 때문에 몸이 풀리지 않아서(변명), 부회장 에이조에게 처음으로 패하고 말았다. 일등은 역시 우리 팀 유일의 예체능계 다니구치 군(회원번호 3번). 회장인 나는 꼴찌였다. 훌쩍훌쩍.

(책 끝에 뒷이야기를 실었습니다.)

매뉴얼 뒤편에 있는 것

며칠 전 도내 모 백화점에서 엘리베이터를 탔다. 휠체어 사용자를 위해 낮은 위치에 전용 버튼이 달려 있었다. 몇 년 전 새로 생긴 곳이라 역시 세세한 배려가 엿보인다. 버튼 옆에 휠체어 마크도 붙어 있다. 여기까지는 좋다. 아무 불만 없다.

그런데 엘리베이터 입구에 '휠체어 사용자는 되도록 동반자와 함께 이용해주십시오'라는 안내문이 붙어 있었다. 읽고서 실로 놀랐다. 그럴 수밖에 없지 않나. 휠체어 사용자를 위해 엘리베이터에 굳이 전용 버튼까지 달아두면서 '되도록 누구랑 같이 오시오. 혼자 오지 마시고'라는 건 좀 아니다. 그럴 거면 처음부터 전용 버튼을 달 필요도 없다. 동반자가 얼마든지 대신 눌러줄 테니까. 휠체어 전용 버튼까지 달 정도면 휠체어 사용자가 혼자 쾌적하게 쇼핑할 수 있는 환경이 정비되어야 한다. 그러지 못하면 결국 장치만 따로 놀아 거의 무용지물이 되어버린다.

말할 필요도 없이, 나는 어떤 면에서건 그다지 훌륭한 인간이 아니고 틀린 일도 상당히 많이 해왔다. 남의 잘못을 지적하며 잘난 척하고 싶진 않고, 그럴 자격도 없다고 생각한다. 그래도 이 백화점의 자세에는 아무래도 고개를 갸웃할 수밖에 없었다.

내가 제일 한심하게 느낀 부분은 이 백화점이 휠체어 사용자 전용 엘리베이터 버튼을 일종의 '유행하는 액세서리'쯤으로 취급했다는 점이다. "최근엔 약자를 배려하는 게 사회적 '유행'이니까, 달아두는 편이 좋지 않을까요" 같은 말을 설계자인지 누구인지에게서 듣고 '그런가' 싶어 일단 달았는데, 달아놓고 보니 '휠체어 타고 다니는 사람이 오면 솔직히 번거롭단 말이지' 싶어서 걱정되기 시작했고, 그 결과 이런 안내문을 붙이게 됐다—혹시 이런 내막이 아닐까.

안내문을 쓴 사람은 이 한심한 문구가 다리에 장애가 있는 사람의 마음에 얼마나 상처를 주는지 느끼지 못했을까? 이렇게 무감각한 글을 당당히 게시하는 데 "그건 좀 부적절하지 않나요?" 하고 이의를 제기하는 사람이 사내에 한 명도 없었을까? 만일 그렇다면 이 백화점 관리자의 사회의식에 제법 문제가 있는 셈이다.

그뿐 아니다. 엘리베이터 안에는 다짐을 두기라도 하듯이 별도의 안내문이 붙어 있었다. '바닥 높이가 다른 곳에서 휠체어 사용자는 다른 사람의 도움을 받으십시오'라는 요지의 글이었다.

알기 쉽게 번역하면 '백화점에는 바닥 높이가 다른 곳이 많으니까 되도록 혼자서는 오지 마시오' 하는 말일 터다. 말도 안 되는 이야기다. 애초 바닥 단차가 없게 건물을 설계하면 될 일이다. 어려운 일은 아니다. 미국은 보통 동네 쇼핑센터도 그렇게 되어 있다. 일본의 일류 백화점에서 불가능할 리가 없다. 주차장 엘리베이터에서 제일 가까운 곳에 장애자(혹은 고령자) 전용 공간을 지정하는 것도 세계적인 상식이다. 하지만 여기에는 한 자리도 없다.

참고로—쉽사리 짐작할 수 있는 일이겠지만—이 백화점에서 혼자 휠체어를 타고 다니는 사람은 한 번도 본 적이 없다.

나는 달리기를 무척 좋아해서, 매일 두 다리로 기운차게 달릴 수 있음에 늘 감사한다. 만약 무슨 사정으로 더이상 달릴 수 없게 되면 괴로운 심정을 피할 수 없을 것이다. 그래서 휠체어를 사용해 일상생활을 해야 하는 것이 오히려 남의 일 같지 않다.

외국에 살 때는 휠체어 사용자가 밖에 나와 활동하는 모습을 심심찮게 목격했다. 그런데 일본에 돌아온 후로는 거의 보지 못한다. 그 백화점 엘리베이터를 타보니 이유를 실감할 수 있었다.

사회 시스템이 '댁들은 웬만하면 밖에 나와 돌아다니지 마세요' 라고 말하고 있으니까.

이 백화점은(여기뿐 아니라 어느 백화점이나 그렇지만) 직원의 대응이 매우 정중하다. 좀 과하다 싶을 정도다. 말씨부터 인사하는 각도까지 틀이 딱 잡혔다. 개점 시간에 맞춰 들어가면 직원이 늘어서서 깍듯이 배꼽 인사를 하는 것이 무슨 왕이라도 된 기분이다. 굉장하다고 매번 감탄한다. 그래서 매뉴얼 뒤편에 있는 것을 발견하면 한층 씁쓸해진다.

(책 끝에 뒷이야기를 실었습니다.)

함부르크에서의 전격 만남

여성의 외모에 대해 어떤 생김새가 좋다 하는 취향은 거의 없다. 다 좋다는 건 아니지만(당연합니다) 딱히 이상형이라고 할 만한 게 없다. 굳이 말하자면 이목구비 뚜렷한 전형적인 미인형에는 그리 끌리지 않는 것 같다. 조금쯤 파격적이고 개성적인 얼굴이 활기가 있어서 좋다.

얼굴만 보고 손쓸 겨를 없이 한눈에 반하는 로맨틱한 경험도 거의 없다. 아는 사이끼리 이야기하면서 점차 마음이 끌리는 일이 많다. 따분하죠. 재미없죠. 그래도 긴 인생에서, 번개를 맞은 듯 극적인 만남도 없지는 않았다. 정확히 말하면 두 번 있었다.

한 번은 함부르크의 매춘부였다. 십 년도 넘은 일인데, 잡지

취재로 독일을 여행하던 중 기획의 일부를 위해 함부르크의 매춘 여관을 돌고 있었다. 실제로 그런 유의 행위를 시도한 건 아니고(정말입니다. 도저히 그럴 여유는 없었다고요), 특수한 시설을 몇 곳 견학하고 전문적인 여성들의 유익한 이야기를 경청했을 뿐이다. 이것만 해도 상당히 재미있었다.

어느 밤, 약속 시간까지 좀 여유가 있어 가까운 텔레폰 바에 들어가 맥주를 주문했다. 테이블마다 전화기가 놓여 있고 건너편에 여자들이 앉아 있는데, 마음에 든 여자에게 전화를 걸어 별실로 초대하는 시스템이다. 나는 그럴 시간도 생각도 없어 그냥 맥주 한 잔을 주문하고 기다리고 있었다.

그때 내 테이블 전화기가 울렸다. 수화기를 들자 여자 목소리가 영어로 말을 걸었다. "16번 테이블인데. 보여요?" 그녀는 말했다. 나는 16번을 보았다. 여자가 보였다. 그리고 믿을 수 없을 만큼 강렬하게 그녀에게 끌렸다. 따지고 보면 평범한 얼굴이었다고 기억한다. 화장기도 없고 수수했다. 하지만 바라보고 있자니 가슴이 세차게 뛰고, '그래, 나는 바로 이런 여자를 찾아 헤맸던 거야!' 하는 확신이 들었다. 마치 순식간에 깊은 구덩이에 떨어진 기분이었다. 그러나 안타깝게도 시간이 없었다. 약속 상대가 올 시간이 가까웠다. 나는 전화로 그녀와 짧은 잡담을 나누고(멍청이 같지만 조깅 얘기였다. 그녀도 조깅을 한다길래) 가게를

텔레폰 바는 이런 분위기이려나요(미즈마루)

나왔다. 당연히 그뒤로는 만나지 못했다.

두번째는 도쿄 지하철에서다. 역시 십 년도 넘은 일이다. 실제로 같은 전철을 탄 사람도 아니었다. 어느 날 석양 무렵, 전철 손잡이를 잡고 멍하니 차내 광고를 보는데 사진 속 젊은 여자 모델이 내 머리를 망치로 쾅 내리쳤다. 그때도 생맥주 한 잔만큼 크게 숨을 삼켰다. '그래, 나는 이런 여자를 줄곧 찾아 헤맸던 거야!'라고 생각했다. 나는 그 얼굴을 꼼짝 않고 올려다보았다. 한참이나 멍청한 표정으로 뚫어지게 쳐다봤지 싶다.

하지만 어떤 얼굴이었는지 전혀 기억이 없다. 그게 무슨 광고

였는지도 생각나지 않는다. 어쩌면 그때 손을 뻗어서 광고 포스터를 잡아떼어 집에 가져와야 했을지도 모른다. 그런 기분은 인생에서 거의 겪어볼 수 없으니까. 그래도 만원 전철에서 그렇게 과격한 짓은 할 수 없었다. 예의 시시하게 저주받은 염소자리 A형의 피가 내 불타는 본능적 충동에 양동이로 철벅철벅 물을 끼얹었던 것이다. 별수없지 않나.

그 두 여자에게는 몇 가지 공통점이 있다. 첫째로, 나는 둘의 얼굴을 완전히 잊어버리고 말았다. 그렇게 강렬히 이끌리고도 지금은 도저히 떠오르지 않는다. 둘째, 두 사람 다 결국 본모습이라 할 수 없었다. 한쪽은 독일의 매춘부고 다른 한쪽은 광고 모델이었다. 그녀들은 실재하는 사람이되 그 자리에서는 이른바 가상의 역할을 수행할 뿐이었다.

때때로 내 몸속에 지금의 내가 아닌 '또다른 나'가 숨어 있는 기분이 든다. 어쩌면 평소에는 새근새근 기분좋게 잠들어 있는지도 모른다. 그 '또다른 나'는 무덤덤한 현실의 나와 달리 확고한 '이상형'을 갖고 있고, 그런 사람을 목격하면 눈이 번쩍 뜨여서 못 참고 밖으로 튀어나오는지도 모른다. 하지만 그래봐야 가상의 존재인 그는 역시 가상의 여자밖에 사랑할 수 없는 것이다. 그렇게 생각하면 왠지 앞뒤가 들어맞는 기분이다. 앞뒤가 들어

맞아서 어쩔 거냐 싶기도 하지만.

소문의 진상　시시 스페이섹과 로재나 아켓이 좋다고 하면 아내는 “그냥 코가 들린 여자가 좋은 거잖아” 한다. 그런가.

학교는 아무래도 썩 좋아할 수 없었다

키티 하트라는 사람이 쓴 『아우슈비츠의 소녀』(지지쓰신샤)라는 책이 있다. 나치 강제 수용소의 폭압과 광기 속에서 기적적으로 종전까지 살아남은 유대인 모녀의 자전적인 이야기다. 이 책을 읽다보면 특정 그룹에 속한 인간이 다른 그룹의 인간을 이토록 가혹하게 의도적, 조직적으로 훼손하고 공격할 수 있다는 사실에 실로 말을 잃게 된다.

당시 십대 소녀였던 저자는 전쟁이 끝난 후에 수용소 시절을 회고하면서, 당시 학교에 다니지 못했던 것이 가장 괴로웠다고 말한다. 다른 어떤 포학함이나 모욕보다, 육 년 동안 '놈들이 내게서 교육의 기회를 빼앗았다'는 사실에 깊은 분노를 느낀 것이다.

그 대목을 읽고 좀 의외라고 느꼈다. 그렇게 온갖 가혹함을 겪고도 교육 기회의 박탈을 가장 큰 분노로 꼽다니. 그러나 곰곰이 생각해보면 정말 그럴지도 모른다. 많은 이가 평화로운 사회에서 교육의 기회를 당연하게 여기며 살아간다. 아니, 오히려 과도한 교육에 진저리를 낼 지경이다. 하지만 만약 내 인생에서 중고등학교 육 년의 교육을 송두리째 빼버린다면 지금의 내가 어떤 모습일지 상상하기 힘들다.

학교에 가지 않고도 혼자 공부할 수 있는 환경이 조성된다면 그럭저럭 괜찮을지도 모른다. 그러나 수용소에서는 책을 읽는 것도 글을 쓰는 것도 일절 허용되지 않았다. 그러다 발각되면 불문곡직 즉결 처형되었다. 교육이란 것이 말 그대로 전무했다. 밀폐된 장소에서 소년 소녀가 배운 것은 남을 밀어낼지언정 하루라도 오래 살아남는 법뿐이다. 그런 식으로 인간의 존엄성을 왜곡하는 일은 목숨을 빼앗는 것과 마찬가지로 잔혹하고 비인간적인 행위일 터다.

내 얘기를 하자면, 지금껏 학교에서 공부하는 게 즐겁다고 생각한 적이 거의 없다. 학교 가는 것이 특별히 고통스럽지는 않았지만 그야 친구들을 만나니까 그랬던 것이지, 공부가 좋았던 건 아니다. 초등학교부터 대학교까지 일관되게 그랬다. 뒤떨어지기는 싫어서 그럭저럭 남들만큼 공부해 그럭저럭 남들만한 성적을

냈다. 별수없었던 셈이다. 학교에서 배운 중요한 사실은 내가 학교교육에 맞지 않는다는 것뿐이었다.

인생이 점점 재미있어진 건 학교를 나온 뒤였다. 이제 학교 같은 데 가지 않아도 된다. 좋아하는 일을 하고 싶을 때 마음껏 하면 된다. 이렇게 근사한 일은 또 없다고 생각했다. 인생의 하루하루가 내게는 제일 귀중한 학교였다.

스포츠도 그래서, 학교 다닐 때는 체육 시간이 못 견디게 싫었다. 기분이 내키지 않는데 선생님의 명령으로 억지로 하는 운동은 차라리 고문에 가까웠다. 마지못해 했으니 잘할 리도 없다.

사회에 나온 뒤 하고 싶은 운동을 내 페이스에 맞춰 하게 되면서 처음으로 내가 몸을 움직이는 일을 얼마나 원했는지 알았다. 지금껏 귀중한 시간을 많이도 낭비해왔다는 걸 그때 깨달았다.

어쩌면 내가 외동이라는 점과 관계있는지도 모른다. 좋게 말하면 자립심이 강하고, 나쁘게 말하면 제멋대로다. 스스로 한번 시스템을 정하면 성에 찰 때까지 철저히 지키지만, 도중에 남이 '이래라저래라' 참견하면 기분이 상하고 만다. 일반적으로 타인의 기준보다 자발성을 존중한다. 이런 성격은 역시 학교 공부에는 맞지 않을 것이다. 그 점에 생각이 미친 것은 학교를 나오고 한참 지나서였다(나는 여러 가지에 생각이 미치는 데 남들보다 긴 시간을 필요로 한다). 오히려 다행인지도 모른다. 학교 다닐 때 일찌감치 그 사실을 깨달았더라면 더 불행한 사태가 벌어졌을 테니까.

때때로 길에서 학생들을 보면 저 가운데 학교생활이 맞지 않는 아이들도 제법 있겠거니 생각한다. 그들은 아마 그곳에서 내키지 않고 답답하고 괴로운 생활을 하고 있을 터다. 나는 그들의 기분을 잘 안다. 가능하다면(가능할 리 없지만) 그런 곳에서 해방시켜 넓은 세계에서 자유로이 살게 해주고 싶다.

일본인이 가장 좋아하는 단어를 물은 한 신문의 설문조사에서는 '노력'이 압도적인 1위라고 한다. 나라면 망설임 없이 '자유'

를 선택할 텐데.

(책 끝에 뒷이야기를 실었습니다.)

소문의 진상 '텔레폰 클럽 상대, 부모님과 동갑내기'라는 표어가 있다고 도쿄 스미다구의 이와바야시 씨(16세, 여)가 보내주셨습니다. '그래서 어쨌다는 걸까요?' 그러게 말입니다.

탈의실에서 남의 험담을 하지 맙시다

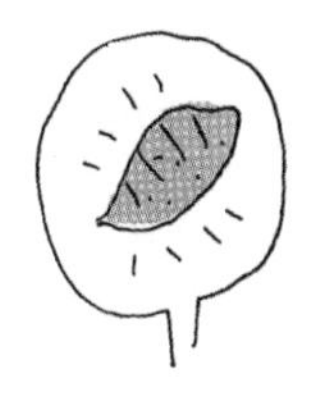

얼마 전 한 여자분께 들었는데, 가끔 남편과 함께 가는 헬스장 여자 탈의실에 '탈의실에서는 되도록 다른 회원의 험담을 하지 맙시다'라는 종이가 붙어 있더란다. "그렇게 써붙일 정도라니, 남의 험담을 하는 사람이 어지간히 많은가봐요" 하며 그녀는 어처구니없어했다. 험담이 로커 너머 당사자 귀에 들어가 ('누구누구 씨 수영 폼은 꼭 숭어 같지 않아?'라든가), 처절한 혈투가 벌어졌는지도 모른다. 덕분에 헬스장 쪽도 아주 데었고. 있을 법한 일이다. 다행인지 불행인지 나는 여자 탈의실에 들어간 적이 없으니 자세한 사정은 모르지만.

참고로, 남편에게 그 얘기를 들려주자 "호오, 남자 쪽은 그런 거 안 붙어 있는데" 하더란다. 흐음. 하긴 나도 헬스장에 자주 가지만 남자 탈의실에서 남의 험담을 들은 기억은 없다.

나는 되도록 세상 (혹은 특정) 여자의 분노를 사지 않는 것만 유의하면서 모래쥐처럼 조심조심 숨죽이고 사는 인간이라 '그렇다면 여자가 남자보다 남의 험담을 많이 하는 모양이군'이라는 안이하고 차별적인 결론은 결코 입에 올리지 않는다. 남자 중에도 남의 험담을 잘하는 사람들이 있다. 그렇죠? 다만 일반적으로 남자의 경우 '험담'보다는 '푸념' 쪽이 많은 느낌이다. 그에 비하면 여자의 경우는 전체적으로…… 아니, 아니다, 역시 일반론은 그만두자.

얘기를 듣고 문득 생각했는데, 만일 문단(혹은 문학 저널리즘 업계)에 칭찬받아야 할 부분이 있다면 '그곳에선 모든 이가 남녀 구별 없이 험담을 한다'는 것이 아닐까. 그런 면에서는 성차별이라 할 것이 전혀 없다. 평등하다. 멋지다, 훌륭하다—말하자면 그 업계 전체가 여자 탈의실 같다는 뜻이지만.

내가 예전에 운영하던 술집에는 어찌된 셈인지 문학 업계 손님이 많아서, 작가, 편집자, 평론가 등이 다양하게 드나들었다. 그때 제일 먼저 생각한 것이 '이 업계 사람들은 남의 험담을 정말 많이 하는구나'였다. 그 업계에 있어서 험담을 하게 되는지, 원래 험담하기 좋아하는 사람이 유독 그 업계로 진출하는지는

모른다. 닭이 먼저냐 달걀이 먼저냐 같은 문제다.

어쨌거나 험담이 쉴새없이 오간다. 그것도 주로 그 자리에 없는 사람에 대한 것—간단히 말해 뒷담화다. 술 마시러 오는 손님 대부분은 카운터 너머의 인간 따위 안중에 없다. 고로 인간의 본모습, 겉과 속을 관찰하는 데 그만큼 훌륭한 환경도 없었다.

A와 B 둘이 술을 마시면 A와 B는 서로 칭찬하고, 그 자리에 없는 C의 험담을 한다. 그러다 C가 합류하면 이번에는 A와 B와 C가 D의 험담을 한다. 이윽고 B가 자리를 뜨면 이내 A와 C가 서로를 인정하고, B의 험담을 시작한다. 좀전까지 사이좋게 술

마시던 사람을 두고 언제 그랬느냐는 듯이 "하여간 재능이라고는 없는 녀석이야. 처세술이 전부지" "변변한 글도 못 쓰면서 불륜이나 저지르고" 하며 통렬히 매도한다. 처음에는 듣다가 '대체 뭐지?' 하고 아연실색했지만, 조금 지나자 '이건 일종의 인사말 같은 거군'이라는 생각이 들었다. 일일이 신경쓰다가는 정말이지 못해먹을 것이다.

물론 그렇지 않은 사람도 더러 있었다. 좋으면 좋다, 나쁘면 나쁘다고 누구 앞에서나 분명히 밝히는 사람도 없지 않다. 다만 그런 경우는 지극히 예외적이었고(게다가 그런 사람은 그런 사람대로 또다른 문제를 안고 있었다), 대부분은 상대에 따라, 장소에 따라 발언 내용을 대굴대굴 바꿔댔다. 신랄하고, 구체적이고, 하여간 끈덕진 험담들이다. 덕분에 이른바 문단 술자리에는 밤이 깊도록 '집에 가고 싶어도 못 가는' 사람들로 가득하다. 자리를 떴다가는 무슨 말이 나올지 몰라서다. '이거 굉장한 세계구나' 싶어 진심으로 감탄했다. 장차 나 자신이 그런 세계에 들어서리라고는 상상도 하지 못했다.

그런데 그후 어떤 계기로 소설을 쓰게 됐고, 결국 가게를 그만두고 전업 작가가 되었다. 벌써 십오 년쯤 지난 지금 와서 돌이켜보면 카운터 안에서 세상을 바라봤던 칠 년의 경험은 작가인 내게 무엇과도 바꿀 수 없는 귀중한 재산이 되었다. 나는 그곳에서 여러 가지 교훈을 머리가 아닌 몸으로 철저히 배우고 익혔다. '어설프게 칭찬받을 바에야 차라리 욕을 먹는 게 낫다'는 교훈도 그중 하나다. 비판받고 험담을 듣는 일이 물론 즐겁지는 않다. 하지만 적어도 속는 건 아니다.

소문의 진상 그나저나 문고판에 실리는 '품앗이' 격려성 해설, 요즘엔 좀 거추장스러워 보이지 않나요?

오레俺와 보쿠僕와 와타시私

외국어를 일본어로 번역할 때 제일 고생하는 것이 역시 경어와 인칭 문제 아닐까 싶다. 특히 1인칭 소설의 경우 주인공의 호칭을 '오레'*로 하느냐, '와타시'**로 하느냐, '보쿠'***로 하느냐에 따라 작품의 인상이 많이 달라진다.

물론 그런 것을 일일이 생각할 것 없는 텍스트도 많다. 이를테면 『호밀밭의 파수꾼』의 주인공 홀든 콜필드는 어디를 보나 스스로를 '오레'라고는 할 타입이 아니고, 그렇다고 '와타시'라고도 하지 않을 것이다. 일찌감치 '보쿠'로 답이 나와 있다. 하지만 이

* 주로 남성이 또래나 아랫사람에게 친밀하게 쓰는 1인칭.

** 여성, 혹은 격식을 차리는 자리에서 쓰는 일반적 1인칭.

*** 주로 젊은 남성이 허물없이 쓰는 1인칭.

런 경우는 오히려 예외다.

하드보일드 탐정물은 같은 주인공을 내세운 시리즈물이면서 번역자에 따라 '와타시'가 되기도 하고 '보쿠'가 되기도 하고 '오레'가 되기도 해서 때로 이미지가 혼란스러워진다. 가능하면 좀 맞춰주면 좋겠는데, 뭐 출판사에도 이런저런 사정이 있으리라. 어쨌거나 호칭이 자기 느낌과 어긋나면 사이즈가 맞지 않는 옷을 입은 것 같아서 읽다보면 꽤 피곤하고, 그게 신경쓰여 끝까지 읽지 못할 때도 있다.

나는 레이먼드 카버의 작품을 쭉 번역해왔는데, 매 작품마다 1인칭을 '와타시'로 할지 '보쿠'로 할지 고민했다. '오레'는 대화 부분을 빼면 부적절해 보여 제쳐둘 수 있지만, '보쿠'와 '와타시'의 구분은 마지막까지 고민이었다. 결국 작품별로 톤을 재어 이건 '보쿠'다, 이건 '와타시'다, 하고 감으로 결정하는 수밖에 없었다. 그렇게 구별한 정확한 근거를 대보라고 하면 좀 난처하다.

카버의 생전에 워싱턴주 올림픽반도에 있는 그의 집을 방문해 꽤 오래 대화를 나눈 적이 있다. 지금도 그때를 신기할 만큼 선명하게 기억한다. 그의 인품이나 이야기 속에 내 마음을 거세게 끌어당기는 것이 있어서라 생각한다. 작품과 인간성의 일체감이라 할 만한 것이 강력한 마그네티즘처럼 존재했다. 무릎을 맞대고 얘기하면서 '그런가, 내가 지금껏 읽어온 이 사람의 작품이란 이런 것이었나' 하고 자연스럽게 눈이 뜨였다.

그뒤로 카버의 작품 속 주인공을 그의 분신이라 생각하고 구체적으로 상상하는 습관이 생겼다. 머릿속에서 가상의 주인공을 이리저리 움직여보고 '이 사람이 만약 일본어로 말한다면 자신을 '보쿠'라고 할까 아니면 '와타시'라고 할까' 생각해보려 했다.

결과적으로는 '보쿠'를 쓰는 경우가 많았던 것 같다.

이에 관해서는 몇 사람한테 '좀 아니지 않나. 카버 작품의 주인공은 미국 지방 소도시에 사는 블루칼라인데, 그런 사람들이 '보쿠'라는 인칭을 쓰는 건 부적절하다'는 지적을 받았다. 그 의견은 '와타시'……가 아니라 '보쿠'도 머리로는 이해가 된다.*

그래도 내가 직접 만나 얘기해본 카버는 결코 단면적으로 '저쪽이냐 이쪽이냐'로 이해할 수 있는 인물이 아니었다. '미국 블루칼라의 생활을 있는 그대로 그려내어 당시 미국문학에 새로운 기반을 구축했다'는 평가를 받지만, 그 자신을 그렇게 단순히 블루칼라의 대변자라 볼 수는 없다.

확실히 노동자계급 가정에 태어나 젊어서는 가혹한 육체노동을 두루 경험했지만, 그후 인생의 태반을 대학 도시에서 문학하

---

* 이 에세이에서는 '보쿠'라는 1인칭을 써왔다.

는 동료들과 더불어 보냈고, 주로 사색과 창작에 열정을 쏟았다. 새치름한 '문단'에 익숙해질 수 없음을 자각하고 주변 노동자의 생활에 깊은 공감과 동정을 품었지만, 동시에 자신은 이미 그곳으로 돌아갈 수 없음을 절감했다. 매일 되풀이되는 육체노동이 사람을 얼마나 피폐하게 만드는지 몸으로 알고 있었다. 그런 양가적인(사실은 어느 쪽에도 속해 있지 않다는) 씁쓸함 같은 것이 그의 인품과 작품에 선명히 드러났다고 느낀다.

나도 소소하게나마 칠 년 동안 육체노동을 매일 계속해온 인간으로서 그 기분은 잘 안다. 사무치게 안다. 또한 내가 만난 카버는 지적이고 부끄럼 많은 거구이자, 조용조용히 말하고, 호기심이 왕성하며, 소년처럼 눈을 반짝이는 사람이었다. 나는 그 사람이 한눈에 좋아졌다.

그런 생각이나 기억이 하나가 되어, 나는 카버의 등장인물을 주로 '보쿠'라는 인칭으로 번역하게 된 듯하다. 전부 그렇지는 않지만 그편이 작중인물이 자연스럽게 움직이는 느낌이 들어서다. 어쩌면 어느 정도는 내 마음의 투영인지도 모른다. 만일 이것이 '오역'이라면, 나는 그 '오역'을 짊어지고 기꺼이 순교해도 좋다는 생각까지 한다만……

구와타어, 편의점어

매일 아침 일찍 부엌에서 식사 준비를 하며 NHK 라디오를 듣는다. 꽤 즐겁다. 특히 여섯시쯤 하는 프로그램이 중후하고 좋다. 일본의 건전한 고령자가 무슨 생각을 하는지 잘 알 수 있다. 아직 공감까지는 못해도, 알 수는 있다.

다만, 불평은 아니지만 요즘 NHK 아나운서의 말투에 몇 가지 신경쓰이는 점이 있다. 옛날에는 NHK 아나운서의 일본어가 정확하고 아름다운 발음의 모범으로 여겨졌는데, 최근에는 내가 나이를 먹은 탓인지도 모르겠지만 구석구석 걸리는 부분이 좀 있다.

우선, 라ㅋ행을 영어의 R에 가깝게 발음하는 경우가 이상하게 많다. 다시 말해 혀끝이 말리는 느낌이다. 이를테면 '롯파쿠六百'의 발음이 극단적으로 표기하면 '우롯퐈쿠' 비슷하게 들린다. 이게 귀에 설어서 보통 신경쓰이는 게 아니다. 처음에는 '설마 그럴 리가……' 했는데, 틀림없다. 그것도 한 사람이 아니라 남녀불문하고 여러 아나운서가 이런 식으로 발음한다. 혹시 NHK 사내 방침인 걸까. 아니면 일본어 발음의 기준이 내가 모르는 사이 조금씩 변화한 걸까.

나는 최근 몇 년 일본을 벗어나 있었고, NHK 라디오를 제대로 들어본 지도 꽤 지나서 언제부터 그런 변화의 조짐이 보였는지는 자세히 모른다. 어쨌거나 일본어에는 애초 혀끝을 마는 발음이 없었을 터다.

참고로 일본어 라행 발음은 미국인이 특히 어려워하는 모양이다. 소수의 예외, 어린 시절 일본에 장기간 살아본 사람(이를테면 고등학교 때 교환학생으로 왔다거나) 말고는 정확히 발음하지 못하는 듯하다. 아무리 일본어가 유창해도 이 발음만은 약점이라, 자꾸 혀끝이 말리는 느낌이다. 일본인이 R와 L 발음을 잘 구분 못하는 현상의 좋은 반증이다('고소하다'고까지는 말하지 않겠습니다만). 그런데 굳이 일본인이 혀끝을 말며 발음하는 건 역시 이상하다.

그나저나 NHK 아나운서가 혀끝을 말며 말하는 게 뭐랑 좀 비

슷한데…… 싶어 팔짱을 지르고 생각해보니, 맞다, 탁(하고 손뼉 침), 서던 올 스타스 보컬의 구와타 게이스케의 날조된 R&B풍 발음과 닮았다. 정말이라면 굉장한 일이다. SF 영화 〈신체강탈자의 침입〉처럼 그 NHK에도 '구와타어'가 슬금슬금 침투하는 중인지 모른다.

말 나온 김에 한마디 더 하면, '—입니다'라는 어미를 '—입니다아' 하고 길게 끄는 사람도 NHK에 가끔 보인다. 한번 신경쓰기 시작하면 귀에 거슬린다. 편의점 아르바이트생 중에 '감사합니다아아아' 하고 끝을 늘이는 사람이 흔한데 그와 비슷하다. 나는 이것을 멋대로 '편의점어'라고 부른다. 음, NHK에는 '구와타어'뿐 아니라 '편의점어'도 침투중인가.

'편의점어' 하니까 말인데, 계산대에서 거스름돈이 나오지 않게 딱 맞춰 건넸는데도 아랑곳없이 "**엔 맡아둡니다"라고 말하는 현상을 전에 이 칼럼에서 지적했더니 상당히 반향이 컸다. 맞는 말이라는 찬성 의견이 압도적이었지만, 편의점 아르바이트 매뉴얼에 따라 철저히 교육받아서 그렇다는 사람도 있었다. 그래, 그런 거였나. 젊은이들의 언어가 흐트러진 게 아니라 위에서 명령하는 아저씨들의 일본어가 흐트러진 것이었군요. 당치 않은 일이다. 이렇게 무의미하고 망국적 매뉴얼은 한시바삐 철폐해주면 좋겠다.

계산대에서 "만 엔에서 맡아둡니다" 하는 것도 귀에 거슬린다, 문법도 엉터리고 불쾌하니 그만두면 좋겠다는 편지도 몇 통 있었다. 그러고 보면 그런 식으로 말하는 사람이 세상에 적지 않다. 확실히 귀에 거슬린다.

또 이를테면 식당에서 고기감자 조림을 주문했는데, 종업원이 음식을 내오면서 "많이 기다리셨습니다. 고기감자 조림 되겠습니다"라고 말하지 않으면 좋겠다는 의견도 있다. 그런 말을 들으면 "그럼, 어디 고기감자 조림이 돼보시든가"라고 무심결에 쏘아붙이고 싶어진단다. 그 심정도 아주 잘 알겠다.

그러다 종업원이 정말 고기감자 조림으로 스윽 변신하거나 하면 그야말로 카프카나 유어그라우의 세계인데. 재미난 광경일 것 같기는 한데 냉큼 '잘 먹겠습니다' 하고 먹을 수 있느냐 하면 기분상 좀 힘들겠네요.

(책 끝에 뒷이야기를 실었습니다.)

소문의 진상 오즈먼즈의 옛날 크리스마스 앨범의 피아노는 돈 랜디였네요. 상당히 마이너한 화제입니다만.

우리 세대는 그렇게 형편없지 않았다고 생각한다

옛날, 지금은 돌아가신 나카가미 겐지 씨와 대담 비슷한 것을 하면서 "자네는 아시야인가 고베 출신이던데, 그 일대에 피차별 부락이 많이 있었지?"라는 말에 대답을 못한 적이 있다. 그도 그럴 것이 나는 열일곱 살까지 내가 사는 곳 근처에 피차별 부락이란 것이 존재한다는 사실을 전혀 몰랐기 때문이다. 그렇게 말하자 나카가미 씨는 '이 녀석 멍청이인가' 하는 표정을 지었지만(실제로 멍청이 맞지만), 솔직히 말해 부모님도 선생님도 친구들도 부락 문제에 대해 아무것도 가르쳐주지 않았고 언급한 적조차 없었다. 그래서 나는 피차별 부락에 대한 지식이 전혀 없었거니와 차별이 존재한다는 사실조차 몰랐다.

어쩌다 열일곱 살 때 부락 문제를 알게 됐는지, 그 자리에서 나카가미 씨에게 경위를 얘기할까 잠시 망설였지만 결국 말하지 않았다. 이야기도 길고, 제대로 전달할 자신이 없어서다. 지금도 썩 자신이 없다. 사실을 말하자면 지금까지 이 이야기는 아무한테도 한 적이 없다. 하지만 이 연재도 벌써 이번 회로 마지막이니, 큰맘먹고 적어봅니다.

당시 나는 고베의 현립고등학교에 다녔다. 같은 반에 말이 제법 잘 통하는 여자애가 한 명 있었다. 딱히 성별을 의식하지 않고 편하게 농담하며 웃을 수 있는 사이였다. 남녀공학을 다닌 사람이면 어떤 느낌인지 알 것이다.

한번은 누군가가(누구였는지는 기억나지 않지만) 그 아이에 대해 뭔지 모를 말을 입에 올리기에, 나는 옛 별명이라도 되나 싶어 무심코 칠판에 적어두었다. 좀 이따 그애가 교실에 들어와 그걸 보고는 창백해졌다. 나를 향해 "네가 썼어?"라고 묻기에 그렇다고 하자 그애는 왈칵 울음을 터뜨리며 교실을 뛰쳐나갔다. 대체 무슨 일인지 전혀 이해할 수 없었다.

그런데 그 일을 계기로 같은 반 여자애들 대다수가 나와 말을 하지 않았다. 볼일이 있어서 말을 걸어도 무시하고 고개를 돌렸다. 정확히는 기억나지 않지만 일주일쯤 계속됐지 싶다. 도무지 원인을 모르니 몹시 괴로웠다. 어떻게 해야 할지 막막했고, 꼭

바늘방석에 앉은 기분이었다. 어느 날 점심시간, 여자애 둘이 딱딱한 표정으로 다가와 내 옆에 앉았다.

"있잖아, 무라카미, 네가 칠판에 적은 게 대체 뭔지 아니?" 한 명이 내게 물었다.

나는 전혀 모른다고 말하고, 솔직하게 사정을 설명했다.

"그랬구나." 둘은 마주보더니 깊은 한숨을 쉬었다. "아마 그런 게 아닐까 했어. 너는 뭐(주: 좀 문제는 있을지언정) 그렇게 못된 짓을 할 타입은 아니니까."

이어서 두 사람은 내게 고베의 부락 문제를 간단히 설명해주었다. 내가 칠판에 쓴 말은 고베 피차별 부락의 속칭으로, 울음을 터뜨린 여자애가 그곳 출신이라고. 나는 그애한테 가서 사과했다. 아무것도 몰랐다지만 내 잘못이라고 말했다. 그애는 사과를 받아주었고, 크게 응어리가 남진 않았다. 적어도 나는 그렇게 기억한다. 하지만 솔직히 기억의 디테일에는 별로 자신이 없다. 마치 암전된 것처럼 그애의 이름이 도저히 생각나지 않는다.

앞서 쓴 것처럼 나는 이 이야기를 지금껏 아무한테도 하지 않았다. 내게는 상당히 무거운 경험이었고 별로 떠올리고 싶지 않아서다. 그때 충격을 받은 것은, 첫째로—나카가미 씨가 들으면 또 '이 녀석 멍청이인가' 하고 혀를 찰지도 모르지만—그런 일

로 사람이 사람을 차별한다는 사실이 잘 이해되지 않아서였다. 하지만 그게 다가 아니다. 더 큰 충격은 이 세상에서 어떤 사람이든 자신도 모르는 사이 누군가에게 무의식적인 가해자가 될 수 있다는 잔혹하고 냉엄한 사실이었다. 나는 지금도 한 사람의 작가로서 그 사실에 깊은 두려움을 느낀다.

그래도 그때 한데 뭉쳐 나와 말을 하지 않았던 같은 반 여자애들을 생각하면 지금도 약간 뭉클해진다. 내가 썩 돌이켜보고 싶지 않은 이 무거운 이야기의 긍정적인 측면이다. 주위를 둘러보면 많은 사람이 우리 세대를 비판하고 혐오하는 경향이 있는 것 같다. 단카이 세대*가 지나간 자리에는 풀도 나지 않는다는 말도 듣는다. 하긴 그런 부분도 있을 것이다. 인정한다. 그래도 우리 세대는—가령 이 세상에 좋은 세대나 나쁜 세대 같은 것이 있다면—모두가 말하는 만큼 형편없는 세대는 아니었다고 나는 생각한다.

* 1947년에서 1949년 사이에 태어난 전후 베이비붐 세대.

‘덤’과 ‘뒷이야기’

이 뒤에 수록된 글은 「무라카미 아사히도」에 실으려고 썼지만 『주간 아사히』 연재 당시에는 각종 사정으로 싣지 못한 것입니다.

저는 주간지에 에세이를 연재할 때는 언제 무슨 일이 있을지 모르니 늘 네다섯 편 여분을 써서 서랍 속에 비상용으로 재워둡니다. 그리고 너무 오래되기 전에 정기적으로 적당히 바꿔넣습니다. 마치 재난 대비 비상식처럼요.

그런데 ‘이것도 쓰고 싶고 저것도 쓰고 싶은’ 나머지 마지막에 몇 회분이 남아버렸습니다. 이왕 썼으니 이 책을 엮게 되며 서랍에서 꺼내왔습니다.

‘뒷이야기’에서는 글이 잡지에 게재된 후에 떠오른 생각이나,

당시는 지면상 쓸 수 없었던 얘기, 혹은 독자의 반응 등을 조금 덧붙여봤습니다.

덤 (1)

호텔 이름: 더 파고들기 편

지난번 여름 증간호에서 이름이 희한한 러브호텔(과 아파트)에 관해 공들인 특집을 꾸몄는데, 그후 추가 정보가 제법 들어와 한번 더 집요하게 파고들어봅니다. 인터넷의 정보수집 및 교환 기능은 굉장하네요. 눈 깜짝할 새 모이는군요. 이런 걸 좀더 의미 있는 목적에 사용하는 사람도 세상에는 많을 테지만, 우리는 참…… 뭐랄까……

오사카 국도 1호선 길가에 '멘델의 법칙'이라는 러브호텔이 있습니다. 완두콩 꽃 색깔이 유전하느냐 안 하느냐 하던 그 멘델이죠. 이봐, 이럴 때 그런 얘기 꺼내지 마, 라고 하고 싶네요. 같은 분의 정보에 의하면 오사카 간조 선 교바시역에서는 '오쇼王將'라는 호텔 간판이 보인다고 합니다. 이것도 제법 오사카적으로 심오하군요. 장기짝 모양의 욕실이나, 뭐 그런 장치가 있으려나? 베갯머리에 장기판이 놓여 있거나 하면 무서울 것 같은데.

대상에 빛난 고베 '네코마구레' 근처에 '고릴라의 꽃다발'이라는 호텔이 있는데, 벽면에 정말로 고릴라가 매달려 있습니다. 근처에 '피라미드의 불가사의'라는 호텔도 있습니다. 대체 이 동네는 어떤 곳이람? 고베 출신으로서 좀 복잡한 기분이다.

이전에 소개한 후지사와의 러브호텔 '45°'의 유래에 대해서도 새로운 정보가 들어왔습니다. 정식 이름은 '크리에이션 45°'(크리에이션?)인데, 알고 보니 45도 각을 이루는 뾰족한 쐐기 모양 토지에 지어졌다고 합니다. 흠, 그랬군. 이가라시의(나였던가?) 에로틱한 사추는 빗나갔습니다. 45도 꼭짓점 부분에 '데자뷰'라는 술집이 있습니다. 네이밍 경향이 상당히 자유분방한 동네인가봐요. 유서 깊은 후지사와의 커플이라면 '데자뷰'에서 분위기 띄우고 '45°'에서 사랑을 확인한 다음, 학원생들의 놀림을 받으며 나가는 코스가 바람직한 모양입니다. 한가한 분은 한번 시험해보세요. 한때 후지사와에서 살았던 저로서는 어쩐지 심경이 복잡하지만.

기타큐슈에서 보내주신 정보에 따르면 '당근'과 '양상추'라는 호텔이 나란히 붙어 있다고 합니다. 혹시 주인이 같은 사람일까? 만일 그렇다면 다음번 후보는 뭘까요? 아마 '토마토'나 '오이'일

태죠. 그러나 '오이'는 이미지상 탈락할 게 틀림없고. '아스파라거스' '콩나물'은 논외고요. 참고로 '당근'과 '양상추'에서 좀 떨어진 곳에 '리도'라는 호텔이 있는데(그야말로 의미 불명) 글씨체도 '리도 키친타월'과 꼭 닮았다는군요. 아무래도 부엌 관련 이름으로 통일한 지역 같다.*

후지에다에는 '친척'이라는 호텔이 있습니다. 이쯤 되면 너무 초현실적이라 코멘트를 하고 말고도 없다. 그러니까 다음으로 넘어갑니다. 사가에 '사이좋게 지내자'라는 호텔이 있습니다. 조그만 여자아이와 남자아이가 손잡고 걷는 간판을 시내에서 몇 개나 볼 수 있다고 한다. 소꿉동무 커플이라면 분위기가 훈훈하게 달아오를지도 모르겠네요.

기후현에 사는 N씨의 정보에 따르면 '내가 사는 시골 동네에는 놀 만한 데가 별로 없어서, 동창회가 있으면 다 같이 볼링 몇 게임 하고, 술 마시고, 노래방 갔다가, 마지막은 러브호텔 가서 마무리하는 코스가 전형적입니다. 달리 할 게 없으니까요'라고 한다. 흠, 왠지 이 동창회, 재미있을 것 같아요. 그렇구나, 동네에 따라서는 볼링장, 노래방의 연장선에 러브호텔이 올 수 있구나. 덕분에(라고 할까) 이 동네는 일찍 결혼한 커플이 많다는 후문이다.

* '리도'는 일본 기업 라이온사의 조리용품 라인이기도 하다.

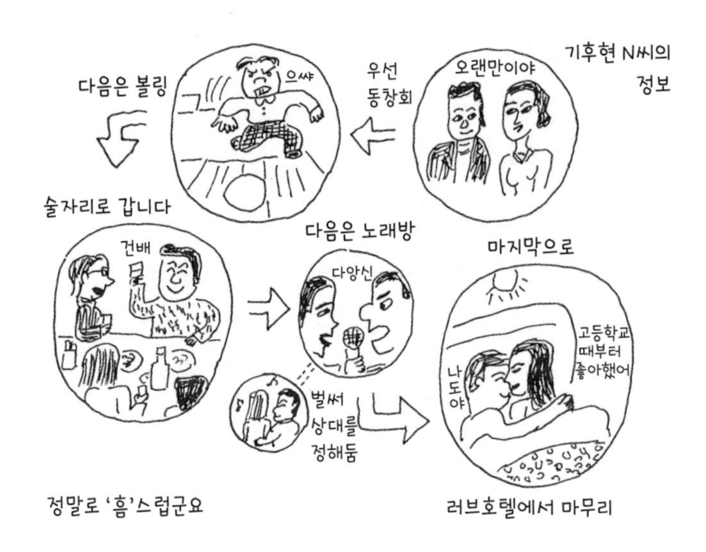

유감스럽게도 위치 불명이지만(우리집 근처라고만 적혀 있었다) '사드 후작의 저택'이라는 호텔도 있다네요. 이름으로 보아 좀 특이 취향인 커플이 대상이려나? 짐작건대 그럴 터다. 거꾸로 극히 건전한 러브호텔로는 로비 BGM으로 〈안녕 아기야〉가 나오는 곳도 있다는군요. '피장파장'이란 느낌입니다만.

아사히카와의 호텔 '농협'은 만실일 때는 '풍작', 빈방이 있을 때는 '흉작'이라는 안내판을 내건다고 합니다. 호텔 입구에는 웰컴, 대형 송아지 모형 두 개가 놓여 있다네요. 어떤 취지와 콘셉트에서 만들어진 호텔인지 꼭 알고 싶다. 아니면 이 정도는 아사히카와에서 평범한 축일까?

그건 그렇고, 얼마 전 쓰즈키 교이치 군(괴상한 물건을 잔뜩 수집하는 사람입니다)한테 러브호텔 업계 잡지 『월간 레저호텔』 과월호를 한아름 빌려왔습니다. 한가할 때 읽는 중인데, 정말이지 상상을 초월하는 재미가 있어요. '일본은 심오한걸' 하고 새삼 생각에 잠기는 오늘날의 무라카미입니다.

덤 (2)

워크맨을 깎아내리는 건 아니지만

비가 와서 달리기를 못하는 날, 헬스장에서 실내자전거나 스테어마스터 같은 기구로 땀을 흘리다 말고 '이거 에너지 낭비 아닌가' 하고 불쑥 생각할 때가 있다.

해본 사람은 알겠지만 이런 유의 운동은 진지하게 하면 몹시 피곤하고, 바닥에 물웅덩이가 고일 만큼 땀이 난다. 그러나 발산되는 에너지는 고스란히 허공으로 사라져버린다. 외려 기구를 가동하느라 전력을 소비할 정도다. 제한된 자원에 의존하는 지구의 일개 주민에게 이런 낭비가 허용돼도 좋을까.

가령 헬스장에서 사람들이 쏟아붓는 에너지를 발전 같은 것에 돌릴 수 있으면 좋으리란 생각이 든다. 뭐 대단한 양은 아니어도 한군데 모아 충전해두면 온수 수영장 하나쯤은 덥히지 않을까.

만약 그런 기계가 생기면—세상에 편리한 가전제품이 이렇게 많이 나와 있으니, 연구하면 그 정도는 만들 수 있을 것이다—건강도 챙기고 적게나마 그 노력이 사회에 환원되는 셈이니 기쁜 일이다. 헌혈 수첩처럼 '발전 수첩'을 발급해 100와트마다 스탬프를 찍어주고, 만 와트 모이면 '전력 뱅크'가 기념품을 보내주거나 하면 더욱 기쁠 것이다.

최근엔 너나없이 건강을 챙기느라 골프며 축구며 수영이며 조깅 같은 스포츠에 열심인데, 대다수가 '나만 건강해지면 된다'는 이기적인 지점에서 끝나버리는 듯하다. 결코 이기적인 발상으로 시작하지는 않아도 결과적으로 그렇게 돼버린다는 얘기다. 이 점은 나 자신도 반성한다.

최근 들어 운동중에 '나 하나 좋자고 이래도 될까. 삼림이 소멸하고, 아프리카가 사막화하고, 쿠르드인이 탄압받고, 오키나와 사람들은 미군 기지 문제에 시달리는데'란 생각을 할 때가 있다. 최소한 사회를 위해 미량의 전기를 생산하고 싶다. 흔히 잘못 인식되는 사실인데, 건강 자체가 반드시 선善은 아니라고 나는 생각한다. 굳이 정의하면 건강은 선의 시작을 알려주는 한 가지 요소에 지나지 않는다.

'앞으로 21세기에 일본이 나아가야 할 길을 잘 모르겠다, 보이

지 않는다'라고 말하는 사람들이 있는데, 정말 그럴까? 내 생각에 현재 우리에게 닥친 가장 중요한 과제 중 하나는 에너지 문제 해결—구체적으로는 석유발전, 가솔린엔진, 특히 원자력발전을 대체할 안전하고 깨끗한 새 에너지원 개발의 실현이다. 물론 말처럼 쉬운 목표는 아니다. 시간도 필요하고 돈도 필요하다. 그러나 일본이 건실한 국가로서 시대를 완수할 길은 극단적으로 말해 '이제 이것밖에 남지 않았다'고, 오 년 가까이 일본을 벗어나 살던 내내 절감했다.

일본은 20세기 후반 수출을 근간으로 한 자본주의국가로 급속히 성장했다. 하지만 그사이 우리는 과연 어떤 '시대의 한 획을 긋는 테크놀로지'를 탄생시켰던가? 도요타 코롤라를 만들었다, 소니 워크맨을 만들었다, 전기 제빵기를 만들었다, 가라오케도 있다…… 흠, 그 밖에 또 뭐가 있더라? 뭔가 있을지도 모르지만 나는 더 떠오르지 않는다.

그렇게 생각하면 만약 21세기 들어 일본이 이대로 번영의 절정에서 내려와버린다면 너무 황량하고 허무하지 않은가. 후세 역사학자의 손가락질을 받아도 할말이 없지 않나.

반핵운동도 물론 중요한 일이다. 프랑스 와인 불매 운동도 좋다. 그래도 기술적으로 원자력을 폐절할 시스템을 만드는 데 성공한다면 일본이라는 국가의 무게가 현실적으로, 역사적으로 크게 바뀔 터다. '우여곡절이 있었지만 일본은 그 시대에 지구와 인류를 위해 유익한 큰일을 하나 했다'는 셈이 된다. 그것은 유일한 피폭국인 일본에게도 국가적 비원이 될 것이다.

나는 변변찮은 문과계 인간이라 기술적으로는 돕지 못하지만, 만약 대대적인 연구에 거액의 자금이 필요하다면 특별 세금을 내도 좋다고 생각한다. 국민의 한 사람으로 그 정도 희생할 각오는 있다. 하지만 납득할 만한 장기적 국가 비전을 내놓고 국민에게 지원 협력을 호소할 만한 뚝심과 역량을 지닌 정치인이 가까운 장래에 일본에 나올 수 있을까 생각하면 아무래도 절망적이 될 수밖에 없다. 슬픈 일이지만.

어차피 우리는 '워크맨 정도의 나라'에 살고 있다는 말일까? 결코 워크맨을 깎아내리는 건 아니지만.

『장수 고양이의 비밀』에 덧붙이는 뒷이야기

신문에 대해, 정보에 대해, 이것저것(→ 본문 42쪽 참조)

신문 휴간일에 대해 불만 섞인 글을 썼더니 몇 가지 반론이 나왔다(물론 신문사 쪽에서). 요컨대 '지방의 신문 판매점은 한 곳에서 여러 신문을 배달하는 경우가 많은데, 신문마다 휴간일이 제각각이면 그런 가게가 쉴 수 없으니까 아무래도 한날에 맞춰 쉬게 된다'는 주장이었다. 하긴 판매점도 고충이 많을 테고, 이런 주장도 어느 정도 이해는 된다.

하지만 이러니저러니 해도 결국 파고들면 '기업의 논리' 아닌지? 적어도 구독자(소비자)의 편의를 중심으로 생각했다고는 볼 수 없다. 원래는 구독자 편의를 가장 존중하고 고려해야 하지 싶은데……

신문사 쪽 이야기를 들어봐도 '뭐 이런저런 문제가 있지만 함께 지혜를 모아 획일적이고 불편한 체제를 조금씩이라도 바꿔나가야겠죠' 하는 유연한 접근 자세가 솔직히 별로 느껴지지 않는다. 오히려 '이렇게 나오면 저렇게 반론해야지'라는, 신문사측 방어 매뉴얼 같은 것이 내부에 완비된 느낌을 지울 수 없다. '그런 얘기는 너무 공공연히 하지 않는 편이 좋아요'라는 충고도 들었다. 이렇게 뻣뻣하고 융통성 없는 부분이 나로서는 아무래도 개운치 않다. 내 기질과 맞지 않는다. 어쨌거나 논리의 우선순위가 좀 다르지 않냐, 하는 게 여기서 제가 하고 싶은 말입니다.

'신문 배달원도 가끔 쉬게 해줘야 하니까'라는 그럴듯한 이유를 갖다붙여(즉 정서적으로 반론을 배제하며) 일이 진행된다는 것이 내 눈에는 좀 수상쩍게 비친다. 외국에서는 휴간 없이 매일 신문이 배달되는데, 그쪽 사람들이 연중무휴로 일하는 것 같지는 않다. 그렇다면 일본의 배달 시스템 어딘가에 바로잡아야 할 점이 있는 게 아닐까. 그걸 바로잡는 일은 뒷전이고 '신문 배달원이……' '판매점이……' 운운하는 문제로 둔갑시켜 단체로 짠 것처럼(요금 인상 때도 마찬가지죠) 소비자에게만 일방적 희생을 강요하는 건 아무래도 잘못된 논리가 아닐까.

어찌됐든 이 '휴간일' 문제의 근간은 실은 더 깊은 데 있지 않을까 싶다. 예를 들자면 과도한 판촉 경쟁이라든가.

'일본의 높은 신문 배달율은 문화 시스템 수준이 높다는 증거다'라는 캠페인이 일부에서 활발히 펼쳐지는데, 그건 좀 아니지 않나. 신문 배달율과 문화 수준이 반드시 정비례하지는 않는다고 나는 생각한다. 문화 형태, 생활 스타일의 형태와 기준은 장소에 따라 제각각 다르니까 일률적으로 뭐라 말할 수는 없을 터다. '오늘은 신문을 살까 말까' '오늘은 무슨 신문을 살까'라는 선택지를 가지고 싶은 사람도 세상에는 많다. 도시와 지방에서 똑같은 신문을 똑같이 배달하는 일본 같은 스타일이 세계적으로 보면 오히려 특수하다.

문화라는 잣대를 꺼낸다면, 온 나라에서 주요 전국지와 지방지가 한날 고스란히 사라져버리는 게 문화적으로는 훨씬 문제 아닐까?

진화하는 사전(→ 본문 192쪽 참조)

이 글이 『주간 아사히』에 실리고 난 뒤 겐큐샤 편집부에서 정중한 편지를 보내와, 『리더스』의 별책 격인 『리더스 플러스』에는 'drafty(생맥주)'와 'pound sign(#)' 모두 등재되어 있다고 지적했다. 말씀대로 분명히 등재돼 있더군요. 저는 일본에 돌아온 지 얼마 되지 않아 별책 『리더스 플러스』를 갖고 있지 않은 까닭에 거기까지 체크하지 못했습니다.

그런 연유로, 지금은 본권과 별책이 같이 들어간 『리더스』 CD-rom판을 씁니다. 콤팩트하고 정보량이 풍부해 여행에 가져가기도 꽤 편리하죠. 저것 말고도 『American Heritage』라는 영영사전을 컴퓨터에 넣어뒀습니다. 하드디스크에 전부 들어가니 정보량에는 한계가 있지만 일일이 디스크를 갈아 끼울 필요가 없어 잠깐씩 찾아볼 때 편리합니다.

다만 절대 꼬투리 잡는 건 아닌데, 일본의 사전은 대체로 경쟁사의 속셈을 흘끔거리면서 '저쪽이 넣는다면 우리도 넣어야지' 하는 식으로 만드는 게 아닌가 싶을 때가 종종 있다. 그러다가는 결국 단점까지 닮은꼴인 사전만 나오지 않을까. 그러면 좀 재미없다. 사전이란 것에는 어느 정도 '남이야 그러거나 말거나' 하는 꿋꿋한 구석이 있으면 좋겠다. 서로 눈치를 보기보다 의외성과 독자성이 있는 예문을 넣어주면 좋겠다. 이를테면 (어디까지나 예지만) might as well의 예문은 어느 사전이건 거의 판박이 같단 말이죠.

말보로 맨의 고독(→ 본문 197쪽 참조)

이 원고를 쓴 뒤, 오랫동안 말보로 맨 광고 모델이었던 미국인 배우가 폐암으로 사망했다는 기사가 신문에 실렸습니다. 광고 촬영으로 카메라 앞에서 매일 몇십 개비씩 담배를 피워야 했던 탓이라며 부인이 담배회사를 상대로 소송중이라고 합니다. 광고 모델의 인생도 고생스럽군요. 그런 이야기를 들으니 지금도 거리에 조용히 서 있는 말보로 맨의 고독과 우수가 한결 사무치게 다가옵니다. 그런데 말보로 맨의 얼굴이 어떻게 생겼는지 갑자기 생각이 잘 안 나네요.

폐암으로 말하면, '카멜' 광고 모델이었던 낙타도 촬영중 흡연이 원인으로 벌써 서른다섯 마리쯤 폐암으로 유명을 달리했답니다, 라는 건 새빨간 거짓말이고요.

나도 한때는 헤비 스모커였기에 담배에 대해 별로 쓴소리는 하고 싶지 않지만, 초밥집 카운터에서 뻑뻑 피우는 것만은 참아주면 좋겠다. 신선한 재료가 아깝게 빛을 잃으니까. 요즘은 그런 손님 중에 이상하게 젊은 여성이 많다.

필명을 쓸 걸 그랬나 싶지만(→ 본문 202쪽 참조)

나는 필명, 즉 펜네임은 없지만 거꾸로 '리얼 라이프 네임'이 있다. 요컨대 대충 만든 이름을 실생활에서 쓴다는 소리다. 예를 들어 마라톤 대회에 나갈 때. 안 그러면 골인한 뒤에 취재가 들어오거나 해서 번거로워지니까.

그래도 역시 필명을 만들 걸 그랬다고 절감하는 일이 많다. 료칸 예약 같은 걸 할 때는 정말 싫답니다.

일본 아파트 및 러브호텔 이름 대상이 결정됐습니다(→ 본문 217쪽 참조)

'보뇌르 하케노미치'에 대해 많은 편지를 받았습니다. 하케노미치는 오래전부터 고가네이에 있던 유명한 거리라고요. 참고로 보뇌르는 프랑스어로 '행복'입니다. 아파트 '보뇌르 하케노미치'에 실제로 사시는 분이 편지를 보내주셨습니다.

정식 명칭은 '고쿠분지가이센'이라는데(이름 한번 굉장하네요), JR 고쿠분지역 주변부터 고가네이시, 미타카시, 조후의 진다이지 근처까지 '해안단구'가 이어져 있고, 그중 고가네이 주변

2킬로미터 정도를 '하케노미치'라 한다고 합니다.

한때 옆 동네 고쿠분지에 살았다면서 '하케노미치'도 모르느냐는 꾸지람을 들었습니다. 주오 선 연선은 은근히 내셔널리즘이 강하군요. 어쨌거나 미안합니다. 하여튼 무라카미는 상식이 부족해서요.

나라현 '초밥집 옆' 옆에 있는 초밥집(헷갈리네)은 몇 년 전 없어졌지만, 다행히 그 자리에 테이크아웃 전문 초밥집이 생긴 덕에 '초밥집 옆'은 여전히 '초밥집 옆'이랍니다. 잘됐네요.

'코핀 미크마크'의 '코핀'은 프랑스어로 '여자 사람 친구' 아닐까란 독자의 지적이 있었습니다. '그랬구나'랄까 '그래도'랄까, 뭐 그렇습니다. 구마모토에는 '오늘밤은 최고야'라는 러브호(이렇게 줄여 쓰는 모양이에요)가 있다고 합니다. 구마모토, 굉장한데요.

동시 상영 영화는 좋다(→ 본문 233쪽 참조)

영화의 엔딩 크레디트를 마지막까지 보지 않고 일어나 나와버린다고 썼더니 이런저런 항의 편지가 왔습니다. 그런 식의 감상은 이상하지 않느냐고요.

저는 '여러분, 엔딩 크레디트 따위 일일이 보지 맙시다'라고 주장하는 게 아니라, '개인적으로 나는 잘 보지 않는다'라고 말할 뿐이니까, 모쪼록 그렇게 화내지 마시길. 영화 얘기가 나오면 은근히 감정적이 되는 사람이 세상에는 적지 않은 모양이다.

그래도 영화가 끝났는데 무슨 '관례'처럼 자리를 지킨 채 크레디트를 응시하는 건 역시 좀 이상하다는 게 개인적인 느낌이다. 그것도 '정말 훌륭한 영화였어' 하는 거라면 감동의 여운을 즐긴다는 면이 있을지 모르지만(그런 때는 저도 조금 천천히 나옵니다) 대단한 작품도 아닌데 공손히 앉아 엔딩 크레디트를 한없이 감상하는 건 아무리 생각해도 시간 낭비 같다.

어쨌든 엔딩 크레디트를 보는 사람도 있고 보지 않는 사람도 있다고 생각하면 되지 않을까. 남이야 뭐라건. 저는 영화가 끝나서 잽싸게 일어나 나갈 때 주위에서 눈총을 주지 말아줬으면 할 뿐입니다. '보는 건 이상하다'라든가 '보지 않는 건 이상하다'고 따지는 얘기가 아니고요.

나는 클래식 콘서트에 가서도 '그저 그렇네' 싶으면 앙코르를 거의 듣지 않고 그냥 와버린다. 대단한 연주도 아닌데 '관례'처럼 계속 박수를 보내 앙코르를 요청하는 건 연주자를 망칠 뿐이라고 생각한다. 이탈리아에 살 때 콘서트에 자주 갔는데, 가령 시노폴리가 지휘하는 연주라 해도 따분하다 싶으면 관객들이 도

중에 가차없이 일어나 나가버린다. 이쯤 되면 제아무리 나라도 '굉장한걸' 하고 감탄하게 된다. 보통은 아까워서 못 나가는 법인데. 그래도 그 정도는 해야 하나보다.

영화 크레디트 얘기가 다른 데로 빠졌지만, 어쨌든 '관례' 같은 건 썩 좋은 게 아닌 듯한데.

시간이 아무리 흘러도 변하지 않는 것(→ 본문 248쪽 참조)

스무 살 여대생에게서 이 문제에 대해 이런 이메일을 받았습니다.

하루키 씨, 처음 뵙겠습니다. 예의 '잔돈이 필요 없게 돈을 건넸는데 직원이 '맡아두겠습니다' 하는 건 이상하다는 문제'(이미 좀 지나간 화제군요)에 대해 생각하는 바가 있어 메일을 씁니다. 저도 아르바이트하다 의문을 품고 점장님에게 질문한 적이 있습니다. 점장님 말로는 '손님한테 받은 돈은 지금 이 가게나 나 개인한테 직접 들어오는 것이 아니니까 '맡아둔다'라는 표현이 올바르다'라고 합니다. 그러니까 잔돈이 생기고 안 생기고와는 관계없다는 말이지요. 저도 그렇게 이해하고 지금은 '맡아둡니다'

를 사용합니다.

(답장)

안녕하세요.

과연 이 세상에는 다양한 논리가 있군요. 저도 모르게 고개를 끄덕일 것 같습니다.

그래도 잘 따져보면 점장님의 주장도 역시 이상하다고 봅니다. 말하자면 억지 이론 같습니다. 그도 그럴 것이 '맡다'란 '외투 맡아두겠습니다'처럼 누군가에게 돌려줄 것을 전제로 일시적으로 물건을 받아두는 행위를 말합니다. 어디까지나 '맡다'라는 행위의 영역에서 완결해야 하죠.

그런데 가게란 돈을 '받고' 그 대가로 물품이나 서비스를 제공하는 장소입니다. 인격의 개별성을 넘어 경제교환 행위를 하는 장소이지, 지불된 대금이 사장에게 가건, 은행으로 가건, 빚을 변제하기 위해 대출회사로 가건, 국세청으로 가건, 소비자와는 관계없거든요. 돈을 받고 그 자리에서 그에 걸맞은 대체품을 제공하니까(이를테면 돈을 내고 도넛을 받아서 먹는) 여기서는 엄연한 '수수 행위'가 발생하는 셈입니다. 결코 '맡아두는' 것이 아닙니다.

무엇보다 이런 자잘한 논리를 따지기 전에 어째서 '몇 엔 받았습니다. 감사합니다'라는 직관적이고 심플한 대답을 할 수 없게 돼버렸나? 저는 이게 제일 의문입니다.

의문이 풀리지 않는 무라카미 하루키 올림

오블라디 오블라다, 인생은 흘러간다(→ 본문 263쪽 참조)

이 글을 쓴 뒤에 독자 편지를 받았습니다. 편지에 의하면 고등학교 시절 영어 수업에서 〈오블라디 오블라다〉를 번역한 적이 있었다는군요. 그때 선생님 역시 '시간은 브래지어 위를 흘러간다'라고 번역했다, 반 아이들은 뜻을 잘 이해할 수 없었다, 그러자 한 학생이 손을 들고 "그러니까 '인생에는 좋은 일이 있으면 나쁜 일도 있다'는 말 아닐까요?" 해서 폭소가 터졌다.

재미있네요. 재미있어도 그 번역은 역시 틀리다고 저는 생각합니다.

매뉴얼 뒤편에 있는 것(→ 본문 268쪽 참조)

이 건에 대해 건축 관계자로부터 정중한 편지를 받았습니다. 그분 말씀으로는 엘리베이터의 장애자용 버튼은 '유행'이라 달아둔 게 아니라 법률상 의무로 규정되어 있다는군요. 요컨대 백화점측도 '법률이 그러니 할 수 없지' 하고 억지로 설치했다는 말이네요. 즉 실질적 효과나 효용 같은 건 어떻든 상관없다는 얘기다. 휠체어 사용자의 편의를 전혀 고려하지 않았으니. 단차는 그대로 둔 채 엘리베이터에 장애자용 버튼만 건성으로 달고서 끝. 그렇구나…… 이래서야 '유행'설보다 더 고약한 게 아닌지? 죄질이 더 나쁘지 않나요?

이 글이 『주간 아사히』에 실리고 이럭저럭 반년쯤 지났지만 예의 백화점 엘리베이터에는 지금도 무감각한 안내문이 그대로 붙어 있다. 아무 변화도 없다. 주간지에 글이 나가면 조금이나마 백화점 쪽 반응이 있을까 싶어 주의깊게 지켜봤는데, 내가 안이했다. 나는 원칙적으로 영업 방해 같은 짓은 하고 싶지 않으니 실명은 덮어두지만, 이래서야 '사자'*도 부끄러워서 울겠어요.

---

* 미쓰코시 백화점 앞의 사자 동상을 가리킨다.

학교는 아무래도 썩 좋아할 수 없었다(→ 본문 277쪽 참조)

겨울이 되면 체육복 차림의 고등학생들이 단체로 거리를 달리는 광경을 곧잘 본다. 나는 옛날부터 장거리달리기를 꽤 좋아했지만, 그래도 중고등학생을 아침부터 억지로 몇 킬로미터씩 뛰게 한다고 대체 무슨 교육 효과가 생기는 건지 모를 일이다.

장거리를 달리려면 평소부터 체계적인 체력 관리가 필요하고, 전문 지도자가 있어야 하며, 동기 부여도 중요하다. 아무나 무작정 끌어내 달리게 한다고 능사가 아니다. 쌀쌀한 아침에 갑자기 장거리를 달리면 오히려 몸에 좋지 않은 케이스도 얼마든지 있다. 수면 부족에, 아침도 거르고, 내키지 않는데 억지로 달려봤자(그런 사람도 많을 터다) 역효과일 뿐이다. 때로 달리기 도중에 쓰러져 죽는 사람도 나오는데, 정말 안됐다고 생각한다. 무리한 러닝은 백해무익이다.

장거리달리기는 경우에 따라 상당히 가혹한 운동이므로 학생의 희망을 존중해 다른 스포츠와 선택할 수 있게 해야 한다고 생각한다. 무조건 달리게 해서 정신 단련을 시켜보겠다는 발상은 군대나 마찬가지다. 교육 관계자의 재고를 촉구하고 싶다.

구와타어, 편의점어(→ 본문 292쪽 참조)

얼마 전, 일본어가 유창한 미국인 대학교수(일본문학 전공)와 얘기를 나누었다. 이 사람은 몇 년간 일본에서 사는 동안 몸으로 부딪치면서 말을 익혔는데, 텔레비전 시청이 제일 좋은 공부가 되었다고 한다. 확실히 일리 있는 말이다. 나도 미국에 살 때는 매일 텔레비전 뉴스를 보면서 듣기 연습을 했다. 특히 CBS 앵커 댄 래더의 발음이 명료하고 알아듣기 쉬웠다.

그래서 그에게 "텔레비전에 나오는 일본인 가운데 누구 말이 제일 알기 쉽고 귀에 잘 들어오던가요?"라고 물어보았다. "나가시마 시게오입니다." 그는 망설임 없이 대답했다. 나는—아마 여러분도 마찬가지 아닐지—놀라서 말문이 막혔다.*

"왜 놀라세요?" 내 반응을 보고 그는 의외라는 얼굴로 말했다. "나가시마 씨의 말투는 발음이 분명하고 내용도 알아듣기 쉬워요. 훌륭한 일본어의 모범입니다." 그런가…… 하지만…… "그래도 말이죠, 보통은 '이른바 독자적인 나가시마어語'라고 하면서, 엄청, 그 뭐랄까, 특수한 일본어로 생각하거든요"라고 나는

* 나가시마 시게오는 주어와 술어가 몇 번씩 반복되며 문장이 끊어지지 않는 화법, 일본어와 영어를 부자연스럽게 섞어 쓰는 습관으로 유명했다.

말해보았다.

"무라카미 씨, 무슨 말씀인지 전혀 이해할 수 없네요. 그 '나가시마어'란 것의 실제 예를 들어보세요." 그는 꿋꿋이 말했다. 나는 '이른바 독자적인 나가시마어'의 실제 예를 끝내 하나도 떠올리지 못했다. 그래서 안타깝게도 대화는 거기서 흐지부지 끝나버렸다. 그는 그대로 미국 대학에 돌아갔다. 참 이런 사람 저런 사람이 있네요.

고객 불만 편지: 예시

(실제로 제가 썼지만 결국 보내지 않은 편지입니다.)

(전략)

귀중한 아침 시간에 이런 편지를 쓰는 것이 솔직히 저도 썩 달갑지 않습니다. 하지만 적잖이 생각하는 바가 있어 부득이하게 책상 앞에 앉았습니다.

솔직하게 말씀드려 저는 귀 가게를 그리 자주 찾지는 않습니다. 주로 경제적 이유 때문입니다. 그래도 귀한 손님을 모시거나 개인적으로 축하할 일이 있을 때는 '비장의 카드'를 꺼내듯이 귀 가게를 찾아가, 아내나 친구들과 더불어 저녁을 먹곤 합니다. 지금까지는 항상 테이블을 둘러싸고 앉아 맛있는 음식과 유쾌한 대화가 함께하는 흐뭇한 시간을 보낼 수 있었습니다. 살면서 그런 가게를 하나 두고 있으면 상당히 즐거운 법입니다.

제가 평소 다니는 레스토랑에 비하면 확실히 값은 비싼 편이지만, 음식, 추천해주시는 술, 서비스에 정중한 배려가 배어 있어 그만큼의 비용을 지불할 가치가 있다고 생각해왔습니다. 어느 지인이 귀 가게를 거론하며 '지난번에 ***에 갔다가 불쾌한 일을 겪어서 다시는 안 갈 작정'이라며 분개할 때도 '뭐, 무슨 오해가 있었겠지' 정도로만 생각했습니다. 그때까지 저는 귀 가게에서 불쾌한 일을 겪은 적이 한 번도 없었으니까요.

하지만 며칠 전, 외국에서 온 피아니스트 친구를 귀 가게에 초대했을 때 서비스 질이 심히 저하된 데 놀랐거니와 적지 않은 불쾌감을 느꼈습니다. 세세한 불만을 일일이 늘어놓기를 썩 좋아하지 않는데다 그때 서비스를 담당했던 직원의 이름도 (알고는 있습니다만) 굳이 여기 적지 않겠습니다. 제가 하고 싶은 말은 저나 아내나 그 손님이나 음식이 나올수록 기분이 점점 가라앉았고, 마지막에는 적잖이 화가 났다는 점입니다. 구체적으로 말해 서빙하는 분에게서 불쾌하고 부당한, 혹은 배려가 부족한 언동이 예닐곱 가지 보였습니다. 지금까지 귀 가게에서는 한 번도 겪어본 적 없던 일입니다.

그 피아니스트 친구는 전에도 귀 가게에 초대한 적 있어 도쿄에서의 두번째 저녁식사를 기대했던 만큼(더욱이 그날은 그녀의 생일이었습니다) 저희는 무척 머쓱한 기분으로 귀로에 오르게 되었습니다. '낙담했다'는 표현이 가장 적당할지도 모릅니다.

물론 레스토랑에서 불쾌함을 느낀 적이 처음은 아닙니다. 지금껏 도쿄나 외국의 유명 레스토랑 몇 곳에서 비슷한 경험을 했습니다. 그렇다고 불만의 편지를 쓴 적은 한 번도 없습니다. 그 가게에 다시 가지 않으면 그만입니다. 아시겠지만, 편지 쓰기도 제법 손이 가는 일이니까요.

하지만 앞에서 언급했듯이 귀 가게는 제가 개인적으로 좋아하던 곳이고, 데려간 친구들도 만족했던 곳이라 '다시 안 가면 그만'이라는 결론으로는 도저히 마음이 향하지 않았습니다. 그런 연유로, 어쩌면 주제넘고 무익한 일인지도 모르지만 책상 앞에 앉아 이렇게 불만을 호소하는, 그다지 유쾌하다고 할 수 없는 편지를 쓰는 형편입니다.

저희 계산서 중 **엔 남짓이 이른바 '봉사료'였는데, 단언컨대 그날 서비스에는 **엔의 가치는 없었다고 봅니다. 이것만은 저희 셋이 완전히 동감입니다. 만약 미국이나 유럽의 레스토랑이었다면 부정적인 메시지로 10엔 정도의 팁만 테이블에 남기고 자리를 떴을 겁니다. 그렇게 실질적 메시지를 전달하는 선택권이 없었던 점은 저로서 좀 유감입니다. 아시겠지만, 이것은 단순히 돈의 문제가 아닙니다. 감정의 문제입니다.

어쩌면 그날 테이블을 담당했던 직원에게도 나름의 이유가 있었는지 모릅니다. 그냥 기분이 좋지 않았던 건지도 모릅니다. 하지만 저희 셋 모두 불편한 마음으로 가게를 나오게 만드는 서비스는 도저히 서비스라고 할 수 없지 않을까요. 저희는 나름의 대가를 지불하고 테이블에 앉은 겁니다. 딱히 무리한 요구를 하거나, 억지를 쓰거나, 잘난 척하는 태도를 보인 것도 아닙니다.

귀 가게 입장에서야 아무려나 좋을지 모르지만, 저는 회사 접대비로 먹고 마시는 게 아닙니다. '내 손으로 번 돈'으로, '오늘은 모처럼 ***에서 맛있는 식사를 즐겨볼까' 하고 마음먹고 찾아가는 사람입니다. 하룻밤 소박한 축하를 하고 싶을 때 '가끔은 이런 날도 있어야지' 하며 친구와 함께 찾아가는 지극히 보통 사람입니다. 그러기 위해 매고 싶지 않은 넥타이도 맸습니다. 개인적인 이야기를 해서 송구하지만, 올해 들어 넥타이를 맨 것은 두 번뿐이고, 그중 귀중한 한 번이 귀 가게를 찾은 날이었습니다.

그런 성의가 뜻하지 않게 배신당하다니 심히 유감입니다. 해 질 무렵 품었던 흥겨운 기분이 눈앞에서 이유 없이 흐려져 사라지는 것은 참으로 슬픈 일입니다. 설령 짧고 덧없는 우리 인생에서 종종 불가피하게 일어나는 일일지라도 말입니다.

마지막으로, 음식에는 전혀 불만이 없었습니다.

무라카미 하루키 올림

후기

본문에서 이미 쓰고 싶은 말을 충분히 썼으니 특별히 더 쓸 필요도 없지만, 마지막에 한마디 없으면 쓸쓸하다고 해서, 일단 씁니다.

이 책에는 1995년 11월부터 일 년 한 달 동안 『주간 아사히』에 연재한 에세이를 모았습니다. 사실 저는 주간지에 에세이를 연재하는 것을 좀 어려워해서, 십 년 전 똑같은 『주간 아사히』에 똑같은 '주간 무라카미 아사히도'라는 제목으로 똑같이 안자이 미즈마루 씨와 일 년 동안 연재한 것이 처음이자 (지금까지는) 마지막이었습니다.

어째서 주간지 연재를 어려워하느냐 하면, 매주 의무적으로 뭔가를 써야 한다는 생각이 늘 머릿속을 떠나지 않기 때문입니다. 소재도 구상해야 하고, 마감일을 맞춰야 하고, 그런 것들이 하나하나 신경쓰여 차분하게 소설을 쓸 수 없어집니다. 체질이라고 할까, 저는 소설을 쓸 때는 그 한 가지에 오롯이 달려들어야 하는 타입입니다.

그러나 다행인지 불행인지 작년에는 소설을 쓸 계획이 전혀 없었고 에세이로 쓰고 싶은 소재가 제법 쌓인 터라 '슬슬 시작해볼까' 하고 오랜만에 옛집으로 돌아오게 됐습니다. 미즈마루 씨도 흔쾌히 삽화를 맡아주셨습니다. 뭐니 뭐니 해도 미즈마루 씨의 삽화 없이는 「무라카미 아사히도」라 할 수 없으니까요.

십 년 전의 연재물을 누가 기억하랴 했는데, 연재를 시작하자 의외로 많은 분이 재개를 반기며 따뜻한 격려의 편지를 보내주셨습니다. 고맙습니다. '고객층이 좋다'고 하면 좀 이상하게 들리겠지만, 덕분에 즐겁고 재미있게 연재를 이어갈 수 있었습니다. 사실 딱 일 년을 채우고 끝내려 했는데 못다 한 얘기가 남아 아쉬운 마음에 한 달 더 연장했을 정도입니다. 그리 흔한 일은 아니지요.

저는 이 에세이를 연재하는 일 년 동안 옴진리교 지하철 사린 사건 피해자 인터뷰를 묵묵히 계속해(시기적으로 거의 겹칩니다) 『언더그라운드』라는 책으로 묶어 냈는데, 솔직히 그쪽이 상당히 무거운 작업이었기에 「무라카미 아사히도」는 정신적인 균

형을 유지하는 데 좋은 기분전환이 되었습니다. 그러니까 더러 이 책을 읽다가 하도 시시해서 '이 녀석 혹시 멍청이가 아닐까' 싶더라도 '아니지, 이건 무라카미라는 인간의 파생적 일면에 지나지 않아'라고 너그럽게 해석해주세요.

뭐, 어쩌면 이쪽이 본질일지도 모르지만요……

이 책은 개인적으로 작년 여름 세상을 떠난 우리집 장수 고양이 뮤즈의 영혼에 바치고 싶습니다. 책에 실린 글을 쓰고 몇 달 뒤, 뮤즈는 고요히 숨을 거두었습니다. 생후 육 개월의 뮤즈가 기묘한 인연으로 고쿠분지의 우리집에 왔을 때 저는 아직 스물여섯 살이었습니다. 그때는 내가 언젠가 소설가가 될지도 모른다는 가능성이 지평선 위로 조금도 떠오르지 않았습니다.

그뒤로 뮤즈는 거의 항상 제 곁에 있으면서, 기구하다면 기구한—닥치는 대로라면 닥치는 대로인—저의 좌충우돌 인생을 시큰둥한 곁눈질로 쿨하게 지켜봤습니다. 뮤즈가 그러면서 대체 무슨 생각을 했을지는 상상도 안 됩니다. 고양이의 마음은 정말이지 모를 일이지요.

어쨌거나 무슨 일이든 불평 한마디 없이, 잇따른 이사도 터프하게 버텨준 이 신비롭고 현명한 암고양이에게 소박한 마지막 인사를 건넵니다.

뮤즈의 영혼이여, 평안히 잠드소서. 나는 아직 좀더 애써볼 테니까.

1997년 3월

무라카미 하루키

무라카미 아사히도 월보

온천에 관한 차라리 무의미한 이야기

하루키　외국에 사는 일본인이 제일 그리워하는 게 온천과 맛있는 일본주겠죠. 특히 온천은 누가 사서 보내줄 수 있는 것도 아니라 이따금 '아아, 온천 가고 싶다'라는 심정이 간절해지곤 했어요. 미즈마루 씨도 온천 좋아하시죠.

미즈마루　좋아하죠. 아라시야마(고자부로)*만큼은 아니지만. 그 사람은 뭐냐, 허리에 수건만 두르고…… 하는 게 딱 어울리잖아요.

하루키　조만간 아무것도 두르지 않은 편이 더 어울리게 되진 않을까요.

---

* 편집자 겸 에세이스트로 여러 편의 온천 여행기를 출간했다.

미즈마루 뭐 아직 그 경지는 아닐 테지만…… 실은 얼마 전 와카야마현 류진 온천이란 곳에 다녀왔어요. 논가에서 산속으로 한 시간쯤 들어가야 하는데, 시골스럽기도 하고, 많이 알려지지 않은 곳이죠. 료칸은 작지만 물은 굉장히 좋았어요.

하루키 혹시 『다이보사쓰 고개』*에 나왔던 류진 온천 말인가요?

미즈마루 네, 맞아요. 산속의 류진 온천. 소설에서 쓰쿠에 류노스케가 눈이 나빠져 치료하러 왔던 곳이죠.

하루키 그럼 미즈마루 씨는 현대의 쓰쿠에 류노스케가 된 기분으로, 탕치 온천에서 남편과 사별한 여인을 홀리고 왔다거나……

미즈마루 아뇨, 아뇨, 무슨 그런(웃음). 비슷한 일은 가끔 있지만요.

하루키 뭐하는 건지 정말. 그나저나 온천은 장소에 따라 제각각 용도나 콘셉트 같은 게 있잖아요. 예를 들어 (1)혼자 가야 할 온천, (2)가족과 가야 할 온천, (3)애인과 가야 할 온천, 뭐 이런 거.

미즈마루 그렇죠, 맞아요, 류진 온천은 그야말로 혼자 가야 할

* 막부 말기를 배경으로 한 나카자토 가이산의 대하 장편소설.

온천입니다. 방에 열쇠도 없어서 장지문이 그냥 슥 열려버려요. 긴장되죠. 그만큼 스릴 있기도 하지만. 후후후.

하루키 스릴 좋아하는 애인과 가면 좋겠군요. 그럼 평범하고 일반적인 애인과 가기에 적절한 온천은 구체적으로 어느 지역일까요?

미즈마루 역시 이즈 쪽이 아닐까요. 방에 전용 노천온천이 딸린 료칸이 있는데, 먼저 전화하지 않는 한 아무도 안 와요. 방해꾼이 없죠. 그런 곳은 일반적인 애인과 가기 좋습니다.

하루키 그렇군요. 도쿄에서도 가깝고, 분명 그런 쪽의 수요가 많겠어요.

미즈마루 이즈 온천에 혼자 먼저 가서 애인이 뒤따라오기를 기다린다, 하는 것도 꽤 그럴듯해요. 우선 목욕 한 번 하고 2층 창가에 앉아 홀짝홀짝 술이나 마시고 있으면 해질녘 저기 건너편에서 애인이 다리를 건너오는 게 보여서 '오, 왔구나' 하는 겁니다.

하루키 엄청 리얼한걸요.

미즈마루 아뇨, 그, 그냥 상상력인데(웃음).

하루키 저는 비 오는 날 노천온천 가는 걸 좋아해요. 특히 이른 봄비가 촉촉이 내리는 날이 좋죠. 노천탕에 들어가 몸이 덥혀지면 밖으로 나와 멍하니 비를 맞고, 몸이 식으면 다시 노천탕에

서 덥히고…… 언제까지라도 반복할 수 있을 것 같아요. 짭짤한 전병과 밀크초콜릿을 번갈아 먹는 것처럼, 끝이 없죠.

미즈마루 전 말이죠, 온천에 가도 몸을 오래 담그지 않는 편이에요. 얼마 안 돼서 나와버려요. 남은 시간은 그냥 느긋하게 보내요.

하루키 요컨대 아무것도 안 하고 술만 마시는 거군요.

미즈마루 그렇습니다.

하루키 그리고 애인이 다리를 건너오기를 느긋하게 기다린다.

미즈마루 그런데 안 오면 난처하죠.

하루키 난처하죠(웃음). 저는 학생 때 혼자서 배낭 메고 무작정 여기저기 돌아다녔는데, 아마 초겨울의 아오모리였던 것 같아요, 산속을 걷는데 인적 없는 설원 한복판에 덩그러니 작은 온천이 있는 거예요. 산토끼나 뛰어다닐 듯한 곳에. 마음 같아선 당장 훌훌 벗고 몸을 담그고 싶었는데, 해 질 무렵인데다 영 미심쩍은 기분이라 그냥 지나쳤어요. 그 광경이 지금도 머릿속에 또렷이 남아 있어서 가끔 에이, 그때 온천에 들어갈 걸 그랬다, 고 생각합니다. 어디였는지도 기억이 안 나는데.

미즈마루 온천, 가고 싶네요.

옮긴이 **홍은주**

이화여자대학교 불어교육학과와 동 대학원 불어불문학과를 졸업했다. 2000년부터 일본에 거주하며 프랑스어와 일본어 번역가로 활동하고 있다. 옮긴 책으로 『기사단장 죽이기』 『고로지 할아버지의 뒷마무리』 『마사&겐』 『미크로코스모스』 『녹턴』 등이 있다.

문학동네 세계문학

장수 고양이의 비밀

1판 1쇄 2019년 5월 27일 | 1판 7쇄 2021년 12월 28일
2판 1쇄 2023년 5월 18일 | 2판 2쇄 2023년 7월 7일

지은이 무라카미 하루키 | 옮긴이 홍은주
책임편집 양수현 | 편집 황문정 박아름
디자인 윤종윤 이원경 | 저작권 박지영 형소진 최은진 서연주 오서영
마케팅 정민호 한민아 이민경 안남영 김수현 왕지경 황승현 김혜원
브랜딩 함유지 함근아 박민재 김희숙 고보미 정승민
제작 강신은 김동욱 이순호 | 제작처 영신사

펴낸곳 (주)문학동네 | 펴낸이 김소영
출판등록 1993년 10월 22일 제2003-000045호
주소 10881 경기도 파주시 회동길 210
전자우편 editor@munhak.com | 대표전화 031) 955-8888 | 팩스 031) 955-8855
문의전화 031) 955-1927(마케팅) 031) 955-2684(편집)
문학동네카페 http://cafe.naver.com/mhdn
인스타그램 @munhakdongne | 트위터 @munhakdongne
북클럽문학동네 http://bookclubmunhak.com

ISBN 978-89-546-9271-7 04830
978-89-546-9265-6 (세트)

www.munhak.com